我和艾青

我和艾青

高瑛／著

人民文学出版社

图书在版编目(CIP)数据

我和艾青/高瑛著. —北京:人民文学出版社,2012
ISBN 978-7-02-009179-9

Ⅰ. ①我… Ⅱ. ①高… Ⅲ. ①纪实文学—中国—当代 Ⅳ. ①I25

中国版本图书馆CIP数据核字(2012)第086155号

责任编辑 陈建宾
装帧设计 刘 静
责任印制 刘志宏

出版发行 人民文学出版社
社 址 北京市朝内大街166号
邮政编码 100705
网 址 http://www.rw-cn.com

印 刷 三河市鑫金马印装有限公司
经 销 全国新华书店等

字 数 295千字
开 本 680×960毫米 1/16
印 张 24.25 插页2
印 数 7001—12000
版 次 2012年8月北京第1版
印 次 2018年9月第4次印刷

书 号 978-7-02-009179-9
定 价 58.00元

题　辞

有人问我：

“你给诗人做妻子，有什么感言？”

我对他说：

“我给诗人做了一辈子影子。有时在他的左边，有时在他的右边，仔细想想，往往还是跟随在他的后边。”

在《我和艾青》里，充分地展现了一个“影子”的生活。

如今

诗人已去

影子依在……

写在前面

说起过去，留下了许多痛苦的记忆。

从1957年“反右”，到1966年“文化大革命”，我们这一家人，就像生活在大海里，很少有风平浪静的日子。运动一开始，就被冲击到浪尖上，惊心动魄。如今回忆起来，心里依然存有恐惧。

我是四个子女的母亲。“反右”运动，艾青被打成“右派”，那一年，我生了未未，我对艾青说，这个孩子是“不速之客”，他说这个孩子是“生不逢时”。

1958年初春，我抱着不满一周岁的未未，领着他的姐姐玲玲，跟随着艾青去了北大荒劳动改造。1961年，我又领着孩子们跟着艾青去了新疆。

1966年，“文化大革命”一开始，我们家就受到了冲击，是石河子第一家被红卫兵抄家的，又是第一家被赶出小城、发落到艰苦的农村（连队）劳动改造。每个月发给全家人四十五元生活费。住的是地窝子，吃的是玉米面。

艾青劳动改造，职责是打扫厕所。全连队的职工和家属有几百人，使用的十几个露天厕所，全由艾青一个人打扫。劳动量很大，每天都是汗流浃背，累出了疝气，有时痛得在土炕上滚来滚去。地窝子里没有电灯，艾青白天干活，晚上还要在小煤油灯下，背毛选和语录（这是连队里规定的）。由于劳累，缺少营养，恶劣的生活环境，积劳成疾，艾青的一只眼睛瞎了。为了给艾青补养身体，我把家里能卖的都换成了钱，买点大米和肉给他吃。

艾青每天打扫厕所收工回来，一进地窝子坐下来就不想动弹了，常说全身筋骨酸痛。孩子们劝他请假休息，艾青说我休息，人家的屁股不休息，屎呀尿呀都积攒在那里，上工了还是得我打扫。

艾青看见垃圾堆里，有些被丢弃的羊蹄子，就叫儿子给捡回来，说他的腿老抽筋，吃点羊蹄筋补一补。连队里刚生下来的小猪冻死了，他也叫儿子给拿回来，说广东人爱吃乳猪，是一道好菜。

可怜的艾青，真是到了饥不择食了。

艾青二十一年的遭遇，有诉说不尽的苦处。他在恶劣的环境里所受到的摧残，都在孩子们的记忆里。也可以说，孩子们是在父亲没有自由的日子里成长的。

“文化大革命”结束了，我们家终于看到了生活的春天。未未凭着自己的刻苦努力，考进了北京电影学院。两年之后，去了美国读书。女儿玲玲先去日本，后又去美国，儿子高剑也去了美国。由于家庭的原因，他们在国内失去了学习机会，只能出国求学去了。

玲玲和高剑都已在美国定居。最早出国学习的艾未未，在回国探亲时，被父亲留住了，叫他在国内创业。未未听从父亲的话，放弃了美国绿卡。他意想不到的是，三年之后，父亲离开了人世。

艾青年轻时代，为自由抗争过，为争取民主呐喊过，为人人平等斗争过。可以说，民主、自由、平等，是艾青一生的追求。为此他坐了三年国民党监狱。

1957年“反右”运动，丁玲和陈企霞被打成“反党集团”，在批判大会上，艾青批评文艺界的当权者，不要搞宗派，不要一棍子打死人。说了几句公道话，付出了惨痛的代价，他从“左派”变成了“右派”，失去了二十一年的自由。

艾青离开我们十几年了，他的儿女们，依然在追求父亲所追求的民主、自由、平等。这也是他们的选择。

艾青是人民的诗人。作为母亲，希望我们的儿子，能成为人民拥戴的艺术家。

目　录

序:画出艾青的灵魂

骆 寒 超

艾青生前没有留下一本回忆录,我当年曾建议过他写一写,但他认为自己一生的是非功过评说的最好依据还是作品,因此不想写。这样考虑自然也有道理,不过正像文学生态学所启示我们的那样,艾青若能把自己一生的经历———特别是其中鲜为人知的内容公之于众,无疑对后人对他人品和文品的估价更为有利。可惜这位“中国诗坛泰斗”给我们留下的是一份遗憾,就这样告别人间了。

值得庆幸的是,艾青夫人高瑛从“四十一年的夫妻缘”这个角度,写下了这本《我和艾青》。这可是高瑛以见证人的身份,为新中国成立后艾青近五十年大落大起、大悲大喜的人生历程提供的一份贴近本色的记录。全书六十三个“故事”,全是通过“贫贱夫妻百事哀”的日常生活描绘来凸现艾青的。所以,它称得上是一本写艾青后半生的传记。

提起传记,总会令人想起它的使命是人生形迹、历史事件有系统的记载吧!至于其他方面的要求,似乎并不十分重要。这本“故事”对艾青的人生行迹及围绕这行迹的历史事件也写了,但重心却放在另一个方面:画出艾青的灵魂。

高瑛所画出的“艾青的灵魂”,首先显示为诗人在纷繁芜杂的人世间由爱与憎交织而成的铮铮铁骨。艾青所爱者是真善美,所憎者是假恶丑,在生活中,这种爱憎之情体现在“讲真话”的行为上。正是这一行为,使他屡遭不测,厄运经年。例如,他因为对不断挨整的丁玲抱不平,仗义执言,讲了几句真话,竟也被网罗为所谓的“丁陈反党集团”,打成“右派”,放逐到北大荒和戈壁滩,落得个以打扫连队厕所为生、住地窝子度日的境地。艾青保持一个革命诗人光明磊落的精神,豁达坦荡的胸襟，不卑不亢地应付，忍辱负重地承受。等到拨乱反正之日终于到来，假案错案得到平反，人的尊严得以恢复，他唱着“归来的歌”重登诗坛后，又以宽宏大量的姿态，送给周扬、徐迟等“俱往矣”三个字，以“一笑泯恩仇”。艾青历经坎坷，尝遍世态炎凉而仍能顾全大局、不计前怨的这种精神，都在这本“故事”中得到了细致、生动的表现，从而画出艾青的灵魂中铁骨铮铮的一面。而夫人高瑛，则是凭四十一年“夫妻缘”中切身感受，以及原生态的材料“画”的。所以，像《引火烧身》、《北大荒》、《爸爸，你不是“右派”》、《地窝子》、《割疝气》、《祸从口出》、《我哪里都不去了》等“故事”所提供给我们的，全是真挚贴切、感人肺腑的内容。

但艾青的灵魂在高瑛笔下不单是铮铮铁骨，也还有温情脉脉的一面。也就是说在这些“故事”中我们不仅能看到艾青对真理人生有虔诚的追求，也能看出他是一个极典型的性情中人，对爱情痴得可爱，对家庭恋得执著。艾青和高瑛“四十一年的夫妻缘”，在这条人生道路上，可说是布满着风风雨雨的。只要读一读《不破不立》、《公开的秘密》等，就可以了解到他们的结合是经受过难以想象的社会阻力的。虽然这些阻力后来全被冲破了，他们终于建立起了温暖的小家庭，但美满的日子没过几个月，1957年的夏天艾青就遭受到灭顶之灾，株连到产后不久的高瑛也退团、退职。从此，他们告别北京丰收胡同温暖的家，抱着孩子，浪迹北满森林、戈壁荒滩。不论是大饥荒的60年代初，还是“文革”十年扫地出门、流放“小西伯利亚”的时期，高瑛则始终跟着艾青、带着儿女，相依为命。可以这样说：使艾青这颗在政治寒流中已经冻僵的心，还能获得温暖，人还能挺过来，其支撑的力量可不是来自别人，而是高瑛对他坚贞不渝的爱情。只要读一读《不测风云》《为了眼睛》等，谁能不为他们风雨同舟、相濡以沫的爱情而动容！当然，日常生活中他们也免不了会产生些口角，但最终总是以“大哥哥”认错、“小妹妹”让步式的喜剧告终，这就十分传神地勾画出了他俩爱到痴时的神态。我特别要提一提《卖烟》等故事，它们所流露出来的艾青的情怀，使人感到一个完全平民化而非高踞神坛的痴情诗人走入我们中间来了。

这本“故事”除了画出艾青的灵魂以外，读罢全稿，我还有一个印象：好像高瑛无意于写一本书，而是在怀念亲人中为排解伤感的心境做着一场又一场的自我倾诉。所以全稿才有细致中的自然，自然中的朴挚，质朴中的亲切。唯其如此，才使“我和艾青”的形象都显得真切动人。大概这种由亲切感带出来的真切表现，正是这本书系列散文的美学风格。但也值得提一提高瑛创作中的这种质朴自然，并不意味着她无意于追求多姿多彩的散文创作技巧。不是的！她很能抓散文创作“形散神不散”的艺术表现策略，画艾青的灵魂就是不散的神。因此，全稿所涉及的一切几乎全是围绕着画出艾青的灵魂而展开的，并且，她还让各个“故事”之间的连接既按时间顺序做自然而然的组合，却也顾及生存命运演变的总体情节，在转折、倒装的组合关系中做破坏时间顺序以造成跌宕起伏的安排。因此，这一本由系列散文组合成的回忆录，可说是具有大巧之朴的特色的。正是这种艺术上的大巧之朴，也强化了本书的阅读亲切感，更进而强化了它的审美功能。

话还得说回来，《我和艾青》大概无须在审美价值上和其他散文家论个长短，它更大的价值似乎在于给世人提供了一份有关艾青建国后浮沉岁月的真实人生档案。

高瑛在《书后语》中说：“写历史回忆性文章，‘真实’就是文章的灵魂。”因此她在这本书中，凡涉及与艾青有关的人和事，总在力求真实。的确，有一些鲜为人知的事，我当年和艾青闲谈中也略有所闻。唯其如此，才使高瑛在《书后语》中敢于这样说：“有的故事里，难免写到想避却避不开的人和事，但愿都能以实事求是的精神面对往事。”大概这里也渗透着艾青一贯提倡的“讲真话”精神。

由此看来，《我和艾青》在认识艾青、研究艾青方面，还是有相当高的史料价值。单就这一点，我们也得感谢艾青夫人高瑛了。

2002年12月15日晚

1957年，艾青和高瑛"反右"前在上海

人生迈错的第一步

1951年,《婚姻法》还没有公布,我还不满十八岁,就和谭谊结婚了。

我们都在哈尔滨松江省鲁迅文艺工作团工作。我是舞蹈演员,他是创作组组长。

我和谭谊都是山东省胶东人。因为远离家乡,远离父母,在这里遇到了同乡人就格外地亲。

谭谊比我大十二岁,像个老大哥,处处照顾我。那时是供给制,吃大锅饭。我生病了,他就想法煮几个鸡蛋给我吃,我非常感激他。

1950年秋天,谭谊去沈阳参加东北文代会回来,把大会给他的纪念册给了我,里边夹着一封信。我打开一看,吓了一跳。他在信里说,要把我们的同乡关系往前发展一步。我明白了他的意思,从此就躲着他,怕见到他。

作为同乡关系相处,我喜欢他;作为未来的丈夫,我不爱他。他缺乏阳刚之气,不是我的意中人。

他看不见我了,就托团里的潘青给我做工作,让她开导我、说服我。

他约我谈谈,我回避不了啦。

他说我一来到团里,他就爱上了我。

我说:“终身大事,得问问父母。再说我还太小,没到谈婚姻的时候。”建议他另找别人。

他说:“另找一个还是你。”

1951年春节前，我们下乡演出回来，谭谊对我说："我写了报告，组织已经批准我们结婚。"他已经把我的东西搬进了新房。我无奈，爱面子，心太软，没有退路了。第三天，就稀里糊涂和他结婚了。

结婚那天，我穿的是一身黑色服装（黄军装染的），团里舞蹈队的刘新对我说："看你这身打扮，哪像个新娘，倒像个寡妇。换一套衣服吧！"

终身大事，没有给我增添什么喜悦，倒让我想起常听说的一句话：结婚如同进入坟墓。

谭谊曾经对我说过，他在老家只有一个母亲，她年轻守寡，后来到上海给人家当保姆，解放后回到老家，在村里做妇女工作。

谭谊阑尾发炎，住医院做手术，我拆开了他母亲的来信。信中说："家里那个人已经走了，嫁给一个皮匠……"我的心"咯噔"一下，想："那个嫁了人的人是谁呢？"这时我想起来，谭谊曾经对我说过，为了尊重对方，互不拆信。当时我们都在革命队伍里工作，过着集体生活，都没有什么社会关系，家都在外地，能收到的信也都是家书。

我拿着信，跑到医院，问谭谊："那个嫁了人的人是谁？"

他说是他大爷的女儿。

我看出来他是在说谎，就说要给他老家的农会（那时还没建立村政府）写信，调查这件事。

他说："写就写吧，随你的便。"

第二天我去医院，谭谊问我："信写了吗？"

我说："今天就写，当着你的面写。"

他说："算了，不要写了，我和你说清楚吧。我结过婚，是父母包办的封建婚姻。结婚不久我就去东北了。"

我火了，也听不下去了，我骂他是个骗子，欺骗了我。他为自己辩解，说他在档案里写了这段历史。那时，我不知道什么是档案，也不知道档案放在什么地方。

我跑回家，把结婚收到的纪念品，撕的撕、砸的砸，想到十八岁的我，嫁给了二婚的他，非常委屈。谭谊从医院回来，进门就向我道歉，说他太爱我才隐瞒了结过婚的事。

木已成舟，我认命了，也麻木了。走到这一步，有苦只能往肚子里咽。

爱情是什么，我不知道。

幸福又是什么，我也不知道。

我们的家，就这样维持下去了。

他酿的苦酒，我得陪着他喝。

几十年过去了，鲁艺文工团一些老同事来看我，谈起往事的时候，我问他们知不知道谭谊从前农村有老婆，大家都说不知道。有人开玩笑说："这是故事新编吧？"也有人说："谭谊没解除婚姻就和你结婚，那是犯的重婚罪。"对于往事，别人当着笑话说，而我呢，会是什么滋味？

我怀孕了。

那时的哈尔滨，冬天吃的不是萝卜白菜就是土豆。我一闻到大锅菜的味道，不是反胃就是吐，想吃的不是山珍海味，而是酸的、辣的和素的。我就自己动手，做点自己想吃的东西。

别人不知道我怀孕，说我一结婚生活就特殊化，讲吃讲喝讲享受，资产阶级作风抬头了。谭谊听到了反映，回家就批评我："你得注意影响了，群众对你有意见，你还想不想入团了？"

我说："姓谭的，你还有没有一点人性？"

我难过，我痛恨，我在床上打着滚儿哭。谭谊看到我这个样子，抬起腿就走了。

我流产了，血不停地流，省文化局贾乃智听到哭声，推开门一看满地是血，就问："谭谊到哪里去了？"我说："他死了。"

他急急忙忙把医生请来，对我进行抢救。

那天是星期六，团里的人都到省委俱乐部跳舞去了。幸亏贾乃智在家里，救了我一条命。

我是流产引起的大出血，非常危险，因失血太多，头抬不起来，胳膊也动弹不了。

贾乃智找到了谭谊，他正在集体宿舍里别人的床上睡大觉。

1952年，我生了女儿玲玲。

1953年，我又生了儿子高剑。

两个孩子，先后都寄养在佳木斯我的父母家里。尤其是儿子生下来几个月就跟着他们，和谭谊没有见过几次面。女儿一岁时，谭谊就去北京中国作家协会文学讲习所学习，一去就是两年。在孩子的心目中只有妈妈和外公、外婆。

我和谭谊五年的夫妻，没有拍过一张合影。谭谊在北京学习两年，我没有给他写过一封信。1954年北京苏联展览馆开馆时，单位派我前往参观，我趁机去中央戏剧学院看望老朋友，回来晚了，谭谊不给我开门。我因无处过夜，只好不停地敲门，引起了文学讲习所学员们的议论。几十年后，邓友梅对这件事依然记忆犹新。

窗户上那双眼睛

1955年,我被调到中国作家协会工作,会址在东总布胡同22号。那是个大宅院,后院是二层小楼。我们每天都在小楼下做工间操。有一天,在做"前屈后仰"一节时,我发现在二楼的窗户上,有一双眼睛。第二天,再做这一节操时,那双眼睛又出现了。第三天我换了位置,那双眼睛也随着我移动了。

他是谁? 为什么老盯着我? 我暗暗地想。我是刚来到这个单位工作的,不好意思向人打听。

一天,楼上走下来一个人,我问关木琴:"他是谁?"关木琴说:"你不知道吗? 他是艾青。"

好一个"庞然大物"! 这位诗人,完全不是我想象的那个形象!

我在哈尔滨行知师范上学的时候,文学教材选用了艾青的《卖艺者》。我原以为艾青是位女诗人。老师讲作者小传,才知道诗人是浙江人。我又想,他可能是一位江南白面书生。

当时中国作家协会正在搞"肃反"运动。我们几个干部参与一些具体工作:印材料、发文件,常加班加点。

记得是一个星期六,楼上那个人又走出来了,关木琴问:"艾青同志,你要去哪里?"

艾青说:"去审查印度电影《流浪者》。"他问关木琴:"你想不想看?"

关木琴转过身来对我说:"今天晚上我们没有什么事做了,去看电影吧,机会难得。"

这时，我想到窗户上那双眼睛，正不知所措时，艾青指指我说："你也一道去吧？"关木琴拉着我，就随着艾青上了汽车。

在车上，艾青问我："你在作家协会哪个部门工作？"我说："在人事科。""你是从哪里来的？"我说："是从哈尔滨调来的。""你在哈尔滨做什么工作？"我说："做文艺工作。"

艾青笑了："一看你就像个演员。"

他问我就得答，让我很不自在。

我和艾青就是在这一天认识的。

没有过几天，人事科长张克对我说，艾青来电话，说要什么介绍信，她叫我上楼去艾青那里问问，给办一下。

我感到可能艾青看上了我，去他那里，有些胆怯。可不去又不行，想到这是工作，还是鼓起勇气上楼了。

我们人事科在小楼一层，二层住着三家：沙可夫、陈企霞，还有艾青。

1955年，高瑛调入中国作家协会

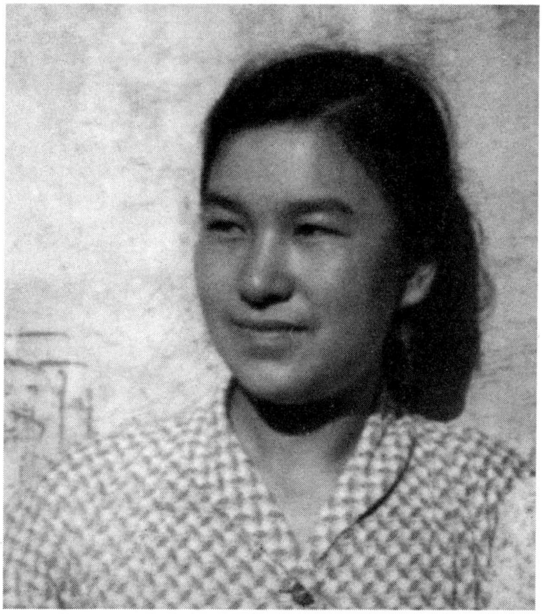

给我开门的是一位四十岁左右的女人。等我坐下来，才知道她是艾青的妹妹，刚从上海来。

艾青从里屋走出来，说他要去医院检查身体，要开一张介绍信。我说马上去给他办。

他说不要着急，先坐坐吧。

他妹妹递给我一

根香蕉。我知道,他们是想多留我一会儿。

艾青问我:"你读过我的诗吗?"

我说:"读过。"我告诉他,1948年我在哈尔滨行知师范读书的时候,老师讲过《卖艺者》。

他说:"为什么选了这一首诗?"

我说:"是学校决定的。"我又说,"那个时候,我还以为你是个女诗人。"

艾青笑了,问:"为什么你要这样想?"

我说:"艾青这两个字,很秀气,好看又好写,叫起来也好听,像个女人名字。"

他又问:"你写过诗吗?"

我说:"我从小就喜欢文学,学着写过诗,就发表过一首。"

他问我是在哪个刊物上发表的。我告诉他是在东北的《新农村》上,写的是新农村的新事物,题目是《拖拉机开到杨柳湾》。

他说:"这个题目很好,也是一句诗。"

他问我答,好像他在面试,而我是在应聘。说到这里,我想起我是来办事的,不宜久留,就匆匆地下楼了。

后来我去给艾青送介绍信,他对我说,他妹妹来北京,想去颐和园看看,人地生疏,问我能不能陪她去,我答应了。

我本以为只有我和艾青妹妹两个人去,没想到艾青也去了。我们在颐和园里转来转去走累了,就在后山人少的地方坐下来,打开他们带去的食品,边吃边漫无边际地聊起来。

艾青妹妹问我有没有对象,我说我已经结婚了。艾青听了愣了一下,对我说的话有点半信半疑:"看不出你像个结了婚的人。"他问我:"你爱人在哪个单位工作?"

我说:"就在我们作家协会组联科。"

他问:"是哪一位?"

我告诉他叫谭谊,是在文学讲习所学习结束时,留在作家协会工作的。

艾青说："我看你都是一个人出出进进的，还以为你是个没有结婚的姑娘。机关里做工间操的时候，我常站在窗户后观看。那些人里，你的动作最好、最美，这也许是因为你过去当过舞蹈演员吧？"

"你的婚姻生活幸福吗？"艾青妹妹问我。

我没有吱声，不知道该怎么回答她。我还不想告诉她我的婚姻状况。

可能艾青察觉到了我有难言之隐，就拿出烟来吸。他的眼睛老是盯着一棵盘根错节的古松，我感觉他不是在看而是在思索，也许他在想："我爱上的怎么是一个结了婚的人？"

艾青妹妹问我是什么时候结婚的，我说，结婚的时候，不满十八岁。她问："你怎么那么小就嫁人了？"我说："错就错在年纪太小，什么事情都还没有弄明白就稀里糊涂地完婚了。"

艾青妹妹一个问题一个问题地问，我一个问题一个问题地答。我们是新相识，却像老朋友那样谈心。在我们聊天的时候，艾青一会儿吸着烟站在一边听，一会儿避开，到林间踱来踱去。他的所思所想我能猜出几分。

从颐和园回来，我想，我把艾青兄妹想知道的都和盘托出了，他们对我不会再"想入非非"了。至于我，对于艾青没有梦，仅仅是崇拜和尊敬。

然而，再做工间操时，我还能看见窗户上那双眼睛。

没过几天，我去小楼后院吃饭时，艾青从楼上走下来，递给我一张纸条，上面写着："明天（星期日）上午九时，我在崇文门内春明食品店等你，你一定要来。"

这一夜我怎么都无法入睡，大脑像个轮子刹不住地转。让我不可理解的是，艾青已经知道了我的婚姻和家庭状况，为什么还不"撤兵"？

对于他，我都是往坏处想：

他对爱情是不是很随便？他是不是个玩弄女性的人？他能认真地爱一个人吗？他是不是拿我来填补一时"情"的空白？他就找不到比我好的女人爱？我还没有离婚，他就想插进来，是不是在和自己开玩笑？他……他……他……

一连串的问题，像水一样从我的脑海里流出来，我心乱如麻。

我想，我和艾青的差距太大。他是位大诗人，我是个小干部，用世俗的话说：不般配。论年龄，我没有问过艾青多大岁数，但是我的眼睛告诉我，他是属于我父辈的人。我想，我在艾青心目中有什么可取之处，值得他来爱？我想，我还没有从失败婚姻的坑里爬出来，会不会有另一个坑在等着我？我就这样怀着不安的心情赴约了。

我在公共汽车上就看见了艾青，他已经站在那里等我了。

他说："我的小妹妹住在永定门外东铁匠营，我们去串门好不好？"

我说："你带着一个陌生人去，好吗？"

艾青说："没有关系，我那个小妹妹人很老实，她会欢迎你的。"

艾青看到我在他妹妹家里显得很拘束，吃完饭就领着我出来了。

我们沿着马路一直往南走，远远地望见了田野。艾青说："高瑛，你看，那才是我们想去的地方。"

这一天，我们是走走停停、停停走走，不知疲劳地走啊走啊，一直走到了龙潭湖。

我问艾青："爱情有没有速成法？"他说："有，既然有一见钟情，就会有速成的爱情。"

艾青告诉我，那天从颐和园回到家，妹妹对他说，我是个很可爱的姑娘，人很直爽，性格开朗，长得也叫人喜欢，想不到已经结了婚。妹妹临走时，劝艾青不要再和我接触，说我还没有离婚会有麻烦。

艾青对我说："我想了好几天，也矛盾了好几天，心里还是放不下你，你知不知道，我是真的爱上了你，你说怎么办？"

我说："这是一道难题，需要我们两个人思考、两个人来回答。"

他说："我想先听听你的。"

我就把昨天夜里的所思所想，通通告诉了他。他一会儿摇摇头，一会儿点点头，一会儿微笑，一会儿皱起眉头。但是，自始至终都很冷静，耐心地听我说。

我说完了。他说："高瑛啊，我真是没有想到，一个二十二三岁的姑娘，思想会这么成熟。你对我有顾虑和猜疑，说明你对待我和你的关系非常认真。有一点我要向你说明，我的感情经历比你复杂得多，但是，我从不玩弄女性，我都是认真地去爱，当然有爱对了的，也有爱错了的。”

他说：“在你不知道的时候，我爱上了你，在你知道了的时候，我了解了你。如果开始我知道你结婚了，我就不会有非分之想了，我会接受我妹妹的忠告。如果你的婚姻美满幸福，我也不会夺人所爱。”

他说：“我为离婚熬了五年，你要离婚，会不会也得熬五年？”

我说：“不会的，我在哈尔滨就和谭谊提出过离婚，他马上表示同意。要不是我母亲苦苦相劝，我和他在来北京之前就分手了。”

我说：“我们俩的关系这道题，我要这样回答：如果我加你，等于苦海，我们都不要往下跳了；如果你加我，等于难逢的幸福，那么我们就得耐心等待。再说，我们还需要相互了解，还要有段时间考验。有一句话：知人知面不知心。上当的人，多半是爱轻信的人。”

艾青大笑起来说：“你这个山东姑娘，年纪不大，倒很老练，真是叫我这个诗人刮目相看了！”

我说：“吃一堑，长一智。生活教育了我，给了我一点聪明，也给了我教训。我已经有过一次失败的婚姻了，决不能再有第二次。我们俩还得走着瞧，要是有缘，就好好地爱；要是无缘，那就是天意了。”

艾青立即说：“我们有缘。不然，我怎么一见到你，就爱上了你？”

我说：“我给你吃了迷糊药。”

他亲了我一下，说：“我已经迷迷糊糊地叫你牵着走了。”

我问：“我们往哪里走好？”

他开玩笑说：“上不了天堂，就下地狱！”

我说：“如果人间有一个真正爱我的人，地狱我不下，天堂我也不去！”

我轻信了他

1955年,谭谊和我要调到北京中国作家协会工作,我想把儿子带走,就叫母亲把他送到哈尔滨来。

母亲一来,就发现我和谭谊在生气。我提出离婚,谭谊也同意了。母亲急得两边劝。母亲知道我和谭谊的关系不好,但是她可怜我的两个小孩,一个三岁,一个还不满两岁。母亲担心我这么年轻离了婚,带着孩子没办法过,就劝我:为了孩子也得委曲求全。母亲的眼泪感化了我。但我蹿上一股心火,脖子都肿起来了。母亲对我不放心,随着我们一家来到北京。

我和谭谊上班之后,母亲见我下班回到家里还要做饭、忙活孩子的事,她就又把孩子带回佳木斯去了。

母亲裹过足,在家里既要照顾父亲还要看管高剑,十分辛苦。我心疼她,想让她请个保姆,但是谭谊不同意。为给孩子寄生活费,我们又发生了矛盾,他说我给母亲寄的钱太多了。

我火了,同他吵了起来,我说:"谭谊,你不能把我妈妈当驴使!"从此我们的工资分开使用,我们两个人也分居了。门外的人看,我们是一家人;门里的人,已经成了两家人了。

一天,我下班回来,作协的李古北正在我们家。我进屋没有吱声,谭谊说我太盛气凌人。我们又吵起来了。

谭谊说:"你哪像个老婆!整天不着家,你别以为我离不开你。我早就和你没有什么感情了。"

我说:"李古北同志,你听到谭谊刚才说的话了吧?"

谭谊说:“我说了,我还在日记里写了,你可以看看。”

我说:“我没有那个闲工夫,也没有那个兴趣。”

谭谊说:“我告诉你,我再找一个老婆,起码是个共产党员!”

我说:“好啊,我这一辈子都入不了共产党,你赶快去找吧!”

到了夜里,谭谊走进我的屋子,说要好好和我谈谈。他问我是不是有了男朋友,说他在我的提包里发现一张相片,问我这个人是谁。我指责他,不该随便翻看我的东西。

他说:“你还是我的老婆,我有权这样做。”他说我早出晚归,行踪不正常,不能不引起他对我的怀疑。

冷静之后,谭谊说:“咱们心平气和地谈谈吧,这样下去,日子没法过。”

我们开诚布公地谈起来了。

谭谊说:“咱们好合好分,你年轻漂亮,聪明能干,很容易找到一个你爱的人,我希望你生活得幸福。我呢,再找个老婆也不难……”

我被他的一席话感动了,我对他的那些良好祝愿,信以为真。我天真幼稚,就把我和艾青相爱的事告诉了他。

谭谊听了很震惊地说:“你年纪这样小,他岁数那么大,你们俩合适吗?听说他刚离婚,这个人在婚姻爱情方面有许多舆论,他能认真地爱你吗?希望你三思。”

当时,我能把我和艾青的事情告诉谭谊,是因为当年他隐瞒了在农村有老婆的事,还是后来被我从他的家书里发现的;而我和艾青的事,是我坦率地讲出来的,这样我和他就打了个平手,谁也不再欠谁的了。

我担心的事,果然发生了。

谭谊一早跑到单位告状,把我对他说的事都汇报了,说艾青破坏了他的家庭。

由于我的轻信,惹出了大祸。

那天,我一到单位,张僖就通知我到小羊宜宾胡同6号《人民文学》编辑部上班。我立刻明白自己做了傻事,我和艾青相爱的事没有人知道，干吗要讲出来？后悔已经晚了！

我刚到《人民文学》编辑部，主编葛洛就找我谈话，叫我写检查。

我的宿舍里住着两个人，一个是正在谈恋爱的张宝珍，另一个是要和丈夫离婚的张希至，现在又来了一个我。三个人表面上相处得很好，实际上，她们俩已经得到通知，要把剪子刀子都藏起来，怕我寻短见。事过境迁，她们都原原本本地告诉了我。我没有想到死，听了觉得很好笑。

我到了《人民文学》，首先想到的是艾青，想到他的日子会比我难过，我的下落不明，会让他焦虑不安。我在收发室胡淑的桌子上发现有艾青《双尖山》的稿费通知单，就偷偷在上面写了一行小字：我在《人民文学》。但是，粗心大意的艾青没有发现。

《人民文学》编辑部诗歌组的编辑谈家芳到艾青那里去约稿，她看到艾青闷闷不乐的样子，就问："老师身体不舒服吗？"

艾青说："我的生活出了问题。我爱上了一个姑娘，不知道把她调到哪里去了。"

谈家芳说："我们单位刚来了一个姑娘。"

艾青问："她叫什么名字？"

谈家芳说："叫高瑛。"

艾青说："就是她，就是她。"艾青就把他和我的关系从头到尾说了一遍。他叫谈家芳转告我，他依然爱我，无论事情发展到哪一步，他都不会改变初衷，对我负责到底。他请谈家芳给我带来几本小说，叫我看书解闷。他不敢给我写信，怕被别人发现了，罪加一等。

我在小说里找到了和艾青交流的办法。我借用小说里的人物对话，向艾青表达我的内心。我把选出的句子，都用红笔勾上，请谈家芳还书时嘱咐艾青重读。

我选用了这样一些句子：

"她会真爱他，所以同意做他的妻子。相信他的生活会重新开始。"

“我感觉我完全是他的，而且在征服我的力量中我是很快活的。”

“在我的心里，他是世界上唯一的人，我除了他而外，不能为任何人活着。”

“看不到你，好像一个死人，自己走进了坟墓中一样。”

“纵然令我面对全人类的讥笑，我要亲口对他们说：‘我爱他。’”

“我得以确信，爱情并不曾欺骗我。”

“我在思念中，便愈和你接近……”

艾青重读了小说，他吊在半空的心落下来了。

随着时间的推移，人人都知道：我和谭谊离婚是迟早的事，我和艾青结婚也是迟早的事。

不破不立

1955年的中秋节，白天雨下得很大，到了晚上，月亮在哪里谁都看不见。我在小羊宜宾6号的院子里，仰望着无月无星的夜空，思念着艾青。我想，此刻或许他也在思念着我。我多么想把已经发生的事情，亲口告诉他。

一天，背着人拨通了艾青的电话。他听到是我的声音，说马上想见我。

我说："今天太晚了，明天下班后再见吧。"

他问："到什么地方？"

我说："最好走远一点，防着熟人看见。"

他想了一会儿说："到八王坟吧。"那是我们曾经去过的地方。

我一下班，就急急忙忙赶到了相约地点。一见面艾青就说他已经等我一个多小时了。我是个急性子的人，看来他的性子比我还急。

那时的八王坟一带很偏僻，来往的行人很少，是个约会的好地方。

这是我调到《人民文学》编辑部之后和艾青的第二次见面。第一次见面，是在王府井百货大楼门前。那天艾青和江丰站在大楼门前等我，我们只互相问了一声"好"就分开了。

陪我去百货大楼的是《人民文学》的编辑张希至。她问我："今天怎么这么巧，会在这里碰见艾青同志？"

我说："不巧不成书，大概是上帝给安排的吧！你回去是不是要打小报告？"

"是，这个小报告打定了，"她朝着我的背拍打了一下，然后又说，

"你说,我是那种人吗?"

那天,我和艾青像闪电一样匆匆地见了一面。但就在这一刹那间,我感觉到他依然强烈地爱着我。

下过雨的秋夜,天气很凉。

艾青问我:"你是不是很冷?"他摸了摸我身上的衣服。

我说:"有点凉,没有关系。"

他一下子把我搂在怀里,说:"来,我给你点温暖。"

我哭了。这时真想把这些日子憋在心里的泪通通地放出来。没见到艾青时,好像有千言万语要诉说,可是见了面,却不知从何谈起。

艾青给我擦着流不完的泪,说:"你从22号消失了之后,我天天都在不安中度过。我叫刘芳暗地里找你,这个笨人却一点消息都没有打听到。"

我说:"我在收发室的桌子上,看到有你的《双尖山》稿费通知单,就偷偷在上面写了一行小字,告诉你我在《人民文学》编辑部。你怎么就没有发现?"

艾青说:"我整天满脑子里想的都是你,哪还有心情看那种东西?"他又问我:"你的行动有人监视吗?"

我说:"没有人对我说我的行动受限制,只是叫我检查和你的关系,把我调出22号,是为了隔离开我们,怕我和你搞'攻守同盟'。现在看来警报已经解除了。"

艾青说:"我们俩都得有思想准备,看来你的丈夫是不会放过我们的。"

我说:"我很后悔。我不该把我们的事情告诉谭谊。我当时想,他在农村有老婆却隐瞒了我,他欠下我的是一笔还不清的债,就很坦然地把我们的事情说出来了。是我害了你,让你背上了破坏别人家庭的罪名。"

艾青说:"不要自责了,事情已经发生了,只要你能经受得住压力,我就放心了。至于我,什么名誉、地位啊,都不去想了。乌云会过去,天还会晴起来。"他握着我的手说,"你还冷吗?"

我说："身上冷点儿不怕，心里还是热乎的。"

艾青说："我重读了你还给我的那几本小说。你怎么想到借用小说里人物说的话和我对话？你真是太聪明了！"

我说："那天晚上，我和谭谊谈到离婚的事，他心平气和地对我表白了一些良好的祝愿。我被感动了，以为他说的是真心话，就把我们的事向他说了，没有想到，中了他的心计。第二天，我一到机关，就被通知到《人民文学》上班。我没有机会把发生的一切告诉你。我急中生智用这种办法向你表白我的心情。"

艾青说："这几本小说我得好好保存起来，因为那里面有你写给我的情书。"听了他这番话，正在难过的我心里轻松多了。

我告诉艾青，黎辛找我谈话，说谭谊的态度很明确：只要我能认识错误，他是会原谅我的。我叫黎辛转告谭谊，叫他不要做梦了，我们的家庭悲剧结束了，这个悲剧归根结底是他造成的。

艾青说："谭谊不会承认他有责任，再说他农村的老婆早就再嫁了。他隐瞒了你，那是一笔旧账，现在他要和你算的是新账。"

我说："新账的根，扎在旧账那里。对于事情要全面看才是合理的。"

艾青说："什么叫合理、不合理？文艺界有的掌权者，和别的女人把孩子都生出来了，有谁去追究过？奇怪的是，还有一些拍马屁的人，帮助他保密呢！"接着他又说，"我们俩的故事才刚刚开始，我想高潮还在后头！我们的恋爱故事，说不定以后还会载入史册呢！"

我说："你不要说笑话了，我的离婚关还没有过，那位姓谭的，肯定要在我和你的身上出口气。我已经下决心，破罐子破摔了。我现在最担心的是你，怕谭谊和支持他的人，把你搞得身败名裂！"

艾青说："你说的这话我也想到了，我已经有了思想准备。你说你破罐子破摔了，我说，不破不立，摔了个破罐子，还可以换来个新罐子。"

从楼上到楼下

一天，下午三点多钟，我接到艾青的电话，他叫我下班后到东便门去，说他在那里等我。我说风太大，明天再见面吧。他说不行，有重要的事要告诉我。我是个急性子人，一听说有重要的事，就是刮台风我也得去。

到了下班的时候，卷着黄沙的风，越刮越大，叫人睁不开眼睛。

我顺着建国门外城墙根的小路，直往东便门奔，连对面走过来的骆驼队都没看见，差一点撞上去。现在想起来，觉得很奇怪，那时怎么会有骆驼从这里走过？

东便门那座小桥上，站着一个人，我想那一定是艾青。他的头发像一大把乱草，在风中飘来飘去，走近一看，他浑身落满了尘土。他说："我站在这里已经抽了好几支烟了。"

我说："你怎么不找个地方避避风？"

他说："站在这里，目标大容易被你发现。要是躲到背风的地方，你看不见我就会走了。"

我说："发生了什么事，赶快告诉我吧。"

他说："不要着急，找个地方坐下来再说。"

我们走进一家只有一间屋的小饭馆，里边一位顾客也没有，成了我们的包房。这倒方便说话了。

小老板走过来问："二位想吃点什么？"

艾青说："先来二两酒，一盘摊黄菜。"

"还要不要别的？"小老板又问。

"先把酒拿来，我们喝着再想想要什么菜。"我把小老板支走了，就问艾青，“你要告诉我什么重要的事？”

艾青说：“作协通知我搬家，从楼上搬到后院的小平房里，说是刘白羽的主意。理由很简单，就是因为我们俩的事。他们先把陈企霞赶下楼，现在又轮到我了。”

我说：“你是不是很难过，很生气？”

艾青说：“我心里是不好受的。当初刘白羽想离开部队，跟我说希望到作协来工作，还是我找周扬谈的。人啊，太无情无义了。”接着又说，“可能明天就给我搬家，看看是谁搬上楼去。我已不在乎住什么楼房啊平房啊，以后只要能和你生活在一起，哪怕是住鸡窝，我都愿意。我想搬出东总布22号，真不愿意再见到那张脸。”我知道他说的是谁。

小老板又走过来问：“还想添点什么菜？”

艾青说：“你们这里都有什么菜？”

小老板说：“我们什么菜都能做。”

艾青说：“那就再要两个菜，一个是‘金边镶白玉’，另一个是‘红嘴绿鹦哥’。”

1956年的高瑛

小老板问：“这是两道什么菜，怎么没听说过？”

艾青说：“你刚才不是说过什么菜都能做吗？其实这两个菜都是大众菜，只是起了个好听的名字，一个是烧豆腐，一个是炒菠菜。”

艾青把菜的做法告诉了他，小老板说：“这两个菜能做，这两个菜能做。”

小老板走了，我们还没说上几句话，他又来了，笑着问：“两位都是北京人吗？”

艾青说：“你看我们像不像北京人？”

小老板说：“这不好说，听你们的口

音，都不是本地人。你们是不是来北京办事的？”

艾青说：“你不要审查了，我们俩都是北京的老百姓。”

小老板感到话不投机，就进里边去了。

风还是在刮。为了在小馆里多待一些时间，艾青又要了一两酒。

我发现小老板探头探脑的，就小声对艾青说：“隔墙有耳。”

艾青说：“我们又不是国统区的地下工作者，想说什么就说什么。”

小老板又来了，问吃什么饭，并说：“大风天气，外边不好散步，你们就在这里慢慢地吃，慢慢地喝吧。”

我对艾青说：“这个小老板，对我们俩的关系可能在想入非非。”

艾青说：“从年龄上看，我们像是两代人，这个小老板，看样子很敏感，也许他猜想我们是偷情。他要是再来问三问四的，我就对他实事实说了。”

我说：“我们是来吃饭的，有必要和他说些与吃饭不相干的话吗？”

艾青说：“人人都有好奇心。这里没有别的顾客，显得冷冷清清的，他想和我们说说话也好嘛。外边刮风，天也黑了，我们可以在这里多待些时候。”

我说：“你为了告诉我要搬家的事，被大风吹了一两个钟头，你说你傻不傻？”

他说：“我不光是想告诉你搬家的事，我是想见你。我这个傻人，一生干了不少傻事。”他举起杯说，“来，为傻人干一杯！”一杯半两，他已喝第三杯了。

艾青看见小老板站在身边，显出殷勤待客的样子，就风趣地对他说：“你进里边休息吧，我们俩要谈恋爱了，不想让别人听见。”

小老板说：“那好，那好，我也要吃饭了。”就笑嘻嘻地进里屋去了。

艾青说：“高瑛，论年龄，应该说我是你的父辈；论爱情，我忘了年龄，以后我的脸上很快就要出现火车道道，会越来越四通八达，到那个时候你还能爱我吗？”我想他是酒后吐真言了。

我说：“我不知道该怎么说才好，自古以来，在文学作品中，在现实生活里，看到的听到的‘海誓山盟’太多了，可是有多少是兑现了的？

我不想向你‘宣誓’。我愿意用我的行动回答你。”

艾青说：“我为了和韦女士离婚，打了五年官司，已经精疲力竭了，再也经受不起折腾了。我多想找一个我爱的和爱我的人。上半辈子已经过去了，我无法预测下半辈子还有多少年，在我有生之年，还是想写出些有分量的作品。我需要有一个称心如意的伴侣，真诚相待，一心一意地跟我生活在一起。”

天已经很晚了，没有别的顾客来，聪明的小老板，就关门打烊了。

他说：“你们慢慢聊，有什么事叫一声。”

艾青说：“通情达理的小老板，给我们安排了很好的谈心环境，一会儿要好好酬谢他。”

我对艾青说：“我一直想问你，你怎么会爱上我呢？”

他说：“我不知道你是什么时候来作协的。有一天我在小楼上，看楼下的人做工间操，就发现了你。在那一群人里，你最出众，动作很优美，像个舞蹈演员。我一直在观察你、欣赏你，那时你常穿一件淡米色的连衣裙，我还以为作协新来了一位医生。当时我怎么都不会想到你已经结婚，并且是两个孩子的母亲了。”

我说：“当你知道了我的情况，为什么还有勇气爱我？”

他说：“在你不知不觉的时候，在我不了解你的时候，我爱上你，这就是所谓的‘一见钟情’吧。当我妹妹向我讲了你的不幸，说你已经和丈夫分居了，陷入救不活的死亡婚姻时，我才没有退却，我爱你爱得失去了理智。说实话，我是刚从婚姻的苦海里爬出来的人，我也矛盾过、犹豫过……”

我说：“你没有想过又掉进另一个苦海里了？”

艾青说：“那天，我领你到文怀沙先生家串门，是想让文先生和他的母亲看看你，听听他们对你的看法。”

我说：“要是我事先知道了你的用意，我是不会去的。”

他说：“你知道文先生母亲见了你以后，是怎么说的吗？她说：‘这个山东姑娘很可爱，我看她是会跟你过一辈子的，娶了她吧！’”

小老板又出现了，我们也该结账了。艾青多给了他十元钱，小老板高兴得连连点头说:“谢谢,谢谢了。”

我推开小饭馆的门一看,风小了,夜很黑,路灯星星点点。

小老板说:“请二位慢慢走,欢迎再来。”

艾青说:“下次来,一定送给你喜糖吃。”

笑眯眯的小老板站在门口,目送我们离去。

我们远远地听到咣当一声响,小老板关上门了。

城外桃源

那个时候的龙潭湖，还没有人文景观，只有一湾湖水卧在那里，地广人疏，很少有人从那里走过。

有一天，我和艾青到郊外漫游，无意中走到了龙潭湖。在那段特殊的日子里，龙潭湖是我们常去的地方。艾青说，它是我们的城外桃源。

在这里，碰不见熟人；在这里，没有干扰；在这里，很放松，也很随意；在这里，我们可以畅所欲言；在这里，艾青给我讲了许多他过去的事情。

我对艾青说，我最想知道的，是你的爱情和婚姻的故事。于是，他就向我叙述起来了：

> 我是1928年去法国巴黎学习的，有一位中国同学去妓院开心，回来向我们说了巴黎女郎如何慢待他的事情。从此，我看不起他，远离了他。
>
> 我有个小舅舅，他比我先到巴黎。我刚去时，法语不好，常跟着他外出。有一天，他带着我走进了一家不知是什么地方的地方，刚坐下，从里边排着队走出来大约有十个裸体女郎，我用脚踢小舅舅一下，就跑出来了。小舅舅说，他想叫我这个从中国出来的土包子见见世面，开开洋荤。我骂他下流，从此不想再见他。
>
> 有一次我去看电影，坐在我身旁的是一位法国姑娘，她摸我的大腿，我马上把她的手推开。过了一会儿，她的手又伸过来。

我掏出本子撕下一页写上“爱情是属于金钱的，而我是穷光蛋”递给了她，就匆匆地走出电影院，那个姑娘也跟着走出来，她看了看纸条，晃了晃头就走了。

我的法语老师是个波兰姑娘，气质文雅，我对她有朦胧的暗恋，但还不能说是爱情。

我从法国回来，在上海参加了左翼美联，在开会时被捕，过了三年的铁窗生活。我在狱中，父母做主，和张竹茹订亲。我是接受了的，不能完全说是包办婚姻。

我出狱时，张竹茹正在我家侍候我的父母，她看我回来了，就回她家准备和我结婚。

我是蒋家的长子，父母很看重我的婚事，按着家乡的习俗，为我们举行了隆重的结婚仪式。

婚后，我在家里住了大约一个月，经我的妹夫张祖良介绍，去常州武进女子师范教书，教了一个学期，又回到金华老家，不久我就带着张竹茹去了上海。

我在常州教书时，韦嫈不是我班里的学生。我离开学校那天，她站在学校门口对我说：“蒋老师，再见。”那个时候，我只觉得这个女学生对我很敬仰，并没有往别处想。

韦嫈从我的妹夫那里打听到我在上海的地址，给我来信，叫我给她介绍戏剧家史东山。我没有理她。

我和张竹茹到了武汉，韦嫈又写信给我，说她梦见了我，穿着长袍从她的面前走过去，她喊我时醒了。

不久，韦嫈和她的同学谈家芳，还有画家邵宇的夫人，到武汉来找我，叫我介绍她们到山西临汾革命大学学习。我因不负责招生工作，就没有介绍。

我和张竹茹到了桂林，韦嫈又写信给我，说她爱上了一位有妇之夫，她要朝着那个目标前进。后来我才知道，韦嫈朝着的那个目标就是我。

张竹茹回金华老家生孩子去了，我发自内心地爱上了记者高灏。但是，高灏是个传统观念很强的人，因为我有妻子，我对她的爱，她无法接受。有一天我想吻她，被她拒绝了。从此，我再也没有勇气靠近她。

就在这个时候，韦嫈找上门来了，说要去贵阳找她姐姐，路过这里顺便来看看我。她问能不能在我这里住几天。我的房间里有两张床，就同意了。到了第七天晚上，我和她发生了男女间的事情，这是我第一次越出了道德规范。我遭到了朋友们的批评，作家白薇不仅责备了我，也骂了韦嫈，说她不要脸，不该破坏我的家庭。从此韦嫈躲在房里，不敢露头。阳太阳的夫人说我招来一只麻雀，赶走了一只凤凰。

张竹茹知道了我和韦嫈的事，从老家赶回来，到了晚上，我和张竹茹在房里，韦嫈坐在窗外哭。

这时，新宁衡山乡村师范聘请我和阳太阳去教书。阳太阳叫我先去看看住处，顺便把韦嫈给打发走。他们夫妇和张竹茹晚走了一天，不巧张竹茹在半路上生了小孩，幸亏有阳太阳夫妇的照顾，才安全地到达新宁。他们见韦嫈也来到新宁，知道我和她分不开了。

张竹茹没有和我吵闹，过了一个月，把孩子留给我就走了。她没有回我的老家，自己寻找生活出路去了。

韦嫈终于实现了所追求的目标：她看不起的张竹茹被她挤走了，我是属于她的了。但是，我们生活在一起之后，过得并不快活。

1941年，在周恩来的建议和帮助下，我带着韦嫈去了延安。我和韦嫈的争吵依然不断地发生，这是延安文艺圈子里的人都知道的。

那时的延安经常举行舞会，韦嫈爱跳舞，场场都不想放过。她跳舞，我就得像圣母马利亚那样抱着小孩，站在舞厅的边上。

1949年解放，我们进了北京之后，韦嫈在工人日报社工作，平时住在单位里，到了周末才回家。

我常常像个邮筒站在马路边上等她，有时等不到她，就去找她。她不给我开门，反而说："你回去吧，我已经睡下啦。"你说这样的老婆，我能忍受得了吗？

1950年，我参加中共中央宣传工作代表团去苏联进行四个月的访问，在莫斯科遇见了在中国驻苏联大使馆工作的陈某。我在华北联合大学文学院当副院长的时候，她是我的学生。我和她相处了四个月，产生了感情。我在苏联就写信给韦嫈，提出和她离婚。她不同意，我就向北京市中级人民法院提出离婚诉讼。法院判决离婚。韦嫈不服判决，上诉最高人民法院，驳回了北京市中级人民法院的判决。我与韦嫈离婚一案搁浅了。

韦嫈向我和陈某展开攻势，到处告我和陈某。她写信给中央组织部部长安子文，说："艾青说'开除党籍，也要和她离婚'。"安子文在她的信上写了批语："我党高级干部，说这样无原则的话，要做深刻的检查。"自从韦嫈给安子文写了诬告我的信那一天起，我不再单独和她对话。

折腾了几年，我受到了党籍处分，陈某被调到南京军事学院。后来听说陈某在南京遇到了爱她的人，我叫她嫁人，不要等我了。我和陈某的关系，就这样结束了。

1954年夏，我和萧三、赵毅敏接受邀请去智利庆祝聂鲁达五十寿辰，实际上是为推进世界和平运动。苏联作家爱伦堡，还有其他国家的作家、诗人，也接受了邀请。大家聚在一起谈论女人的时候，爱伦堡说："我的那位大象（他的夫人又高又胖），太厉害了。"我说："大象虽大，并不可怕；跳蚤虽小，咬起人来，那才烦人呢！"

1955年，是我的解放之年。

我曾说过，不幸的婚姻，像无期徒刑。意想不到的是，在我为离婚苦熬了五年的时候，突然收到韦嫈一张纸条。上面写着："你提出离婚，我同意。"我反复看了几遍唯恐看错了。让我费解的是，现在明明是她向我提出离婚，条子上为什么写的是我向她提出离婚？她又要和我耍什么花招？

没过几天，一个亲戚跑来告诉我，韦婴和张某人犯了事被人捉住了。

这时我才明白是什么原因让我得到了韦婴的这张条子，至于她在条子上为什么要那样写，无非是想让人知道她和我离婚是被动的。

不管怎么说，也不管韦婴怎么写，我都得感谢那位张某人，是他把我从痛苦的婚姻中解救出来了。

公开的秘密

1956年8月，艾青应内蒙古文联的邀请，去内蒙古各地参观，同时去的还有吕剑、费新我、周令钊、姜燕、陆鸿升、严阵等人。

这是我认识艾青以来，他第一次出远门。临走前，他对我说："我真想带着你去大草原，看看'风吹草低见牛羊'的自然风光。"

我说："我何尝不愿意去，我盼望能有这一天。"

我和艾青的关系，虽然木已成舟，但是还不好双双出头露面。周围的人，还都是睁一只眼，闭一只眼，看着我们来往。

一天夜里，我正熟睡的时候，收发室的张师傅来敲门，大嗓门喊我接电话。

我说，都深更半夜了，有什么事明天再说吧。

张师傅说："打电话的人说有急事，叫你一定得接。"

我猜大概是艾青回来了，就急忙往收发室跑。

"天这么晚了，你怎么还打电话来？"其实艾青回来了，我心里高兴，嘴里却没说。

他说："十几天没见面了，我很想你，你马上来吧。"

我说："已经半夜了，明天一大早我就去看你。"

他说："不行，现在就来。我去锡林郭勒大草原参观，从马上掉下来把腿摔断了。"

我信以为真，骑上自行车就往艾青那里跑。

我住在芳草地，是作家协会干部集体宿舍。从那里到建国门内豆腐巷，走大路很远，要是从日坛西侧那片坟地过去是条捷径。白天很多人图近都从那里走，到了夜里则很少有人敢穿行，老北京人说，有人在坟地里见过鬼。是真？是假？信？不信？都这么传说。

我一听艾青说他的腿摔断了，什么鬼呀魂呀全都不顾了，一门心思地往他那里奔。月光下，曲曲弯弯的羊肠小道，没有路灯，朦朦胧胧地看不清。自行车的两个轮子，在小坟丘群里，滚上滚下往前冲。快到建国门外大桥了，我远远望见桥头上站着一个人，以我的眼神断定，那就是艾青。

他看我风风火火赶路的样子扬头大笑，我气喘吁吁地笑不起来。

我说："你不是腿断了吗？怎么能走到这里？"

他说："我要是不说谎话今天晚上就见不到你。一日不见，如隔三秋，十几天不见，你算算是多少年？"

我说："张师傅叫我接电话，四邻都能听见。明天上班准有人传，说你半夜找我。我们还是得检点一些，要注意影响。"

艾青说："不要一见面就批评人，你是不是不想我？"

他拥抱我时，发现汗水湿透了我的衣服，就内疚地说："我这个人哪，就是理智不足，感情有余。以后我得把它倒过来，感情不足、理智有余就行了。走吧，我们回家去。"

我问："你刚才说什么来的？现在还没动地方老毛病就犯了。"我又说，"都深夜了，我不到你那里，这个时候去，让阿姨看见不好，我们各回各的家吧。"

艾青说："你回去走那片坟地就不怕遇见鬼？你来的时候，惊动了鬼魂，你回去的时候，可能有鬼魂等着你。"

他说的话叫我直发怵。我绝不敢再走那条回头路了。

我说："你不要吓唬我。我不走黑黑的小路，我要走灯光亮亮的大路。"

艾青说："什么大路小路的，现在只有一条通往豆腐巷的路，我已经和阿姨说我们快结婚了。阿姨嘛，只管洗衣做饭，主人家里别的事不能管。"

自从艾青买了房子，我们就结束了郊游的生活。

1956年冬，艾青、高瑛在豆腐巷9号家中

我怀孕了，想做人工流产，艾青不同意。他说："这是我送给你的最好的礼物，你不能随便放弃。"

我和艾青相爱一年多了，挨过批评，受过处分。但是我们什么都不顾，感情的温度只升不降，死心塌地，有生在一起、死在一块的决心。

我对艾青说："我现在怀孕还不是时候，等孩子生下来，一算时间，就知道是婚前有的，何必叫人家七嘴八舌地议论？"

他说："让人家说去吧，说够了就不说了。我们俩的关系过去是公开的秘密，现在是秘密的公开。你就不要有那么多的顾虑了。这个孩子是我的，我有权保护他。"

我说："这个孩子，真是个不速之客。"

艾青说："这个孩子是我们两个人的作品，也许是一个杰作！"

我失去了工作

谭谊给我送来一份材料，说让我看了之后他要交给单位。材料里写着我有资产阶级思想，虚荣心很强，接受别人的东西，说我要是做会计工作也许会贪污，等等，等等，一派胡言乱语。我看了非常气愤，拿起笔来在材料上写了几个字："你是个卑鄙的东西！"扔给了他。我知道他是用这种手段要挟我，给我施加压力，叫我向他低头。可是我偏不吃他这一套。他看我发怒了，说要到法院起诉我和艾青，说作家协会某领导人支持他，说这是他的权利。

我说："好哇，既然你有撑腰人，就去行使你的权利吧，我等着上断头台！"

谭谊拿着他写的材料气冲冲地走了。

不久，谭谊果然以艾青破坏他的家庭为名，向法院起诉了。法院考虑到艾青是有社会影响的作家，认为这个案子由在职单位处理为妥。但是，谭谊要出气，背后又有人支持，他坚决想把我和艾青搞得身败名裂。

我们的案子没有公开审理，判半年劳役，监外执行。其实，这个判决是有名无实的。我和艾青没有请律师，也没有认真地为自己辩护。我们只是从法院领回一张判决书，从此就没有下文了，再也没有人提起这件事。我们俩像做了一场噩梦，醒来什么都不存在了。

那天从法院出来，我和艾青往南走，谭谊向北去，真正是分道扬镳了。

我对艾青说："今天，姓谭的出气了。你说，我和他谁胜利了？"

艾青说："你们各有所得，也各有所失。你得到了一张纸（判决书），他失去了一个人，而我付出的代价是很高的。我也有所得、有所失，谁叫我爱上了你？我现在的想法很简单，只要能和你在一起生活，什么名誉、地位啊，都不去考虑了。你说你上断头台都不怕，那么我还怕什么呢？"

几天之后，我和谭谊办理了离婚手续。从此，我去艾青那里不再东张西望了，也不再像两个地下工作者躲躲闪闪了。可以说，我们的来往自由了。

这事刚刚平静下来，烦心的事又来了。《人民文学》编辑部主任玛金找我谈话，说作家协会人事科决定，要调我到吉林省延边作家分会工作。我听了，吓了一跳，心想：天哪，我已经受到惩罚了，还要把我怎么样，他们真想逼死人不成？我不冷静了，就责问玛金："这是谁的主意？是不是有意想把我和艾青分开？人能分开，心是分不开的，我真想不通，这么大的北京就容不下一个高瑛？"

玛金说："这是工作需要、组织调动，你要认真对待。"

我问："是强行调动吗？听不听取个人的意见？有没有商量的余地？"

玛金说："你要是有意见，可以去找作家协会人事科谈。"

"你是我的领导人，我和你谈就行了。"我气得哭了起来，"我不去延边，我是一个人不是一块石头，叫人随便地搬来搬去！如果非要用行政命令逼着我离开中国作家协会，强行把我调到那么远的地方，你们就通知艾青吧，叫他给我准备一口棺材，那样省事多了，就不用在我身上耗费心血了。"

我不知是委屈，还是伤心，一见到艾青，眼泪就止不住了。艾青给我擦着眼泪说："不要哭了。作家协会这种做法，很明显是想拆散我们。他们有千方百计，我们有一定之规。你不要去延边，我们马上登记结婚，看看他们还会施展什么魔法？"

登记结婚回来后，我想把我用的东西，从集体宿舍搬到艾青那里。

艾青说："把你这个人搬过来就行了。你过去用的东西通通都扔了吧!”

我理解他的意思,就说:“我也愿意和过去彻底告别,一切都重新开始。”于是,我把被子、褥子、毯子,还有一些衣物,捆成了一个大包,在深夜里,用自行车驮到建国门外护城河桥上,扔进了河里。

远处有人喊:“有人跳河了,有人跳河了!”一会儿,跑过来两个人,我对他们说:“没有人跳河,是我把自己不用的东西扔到河里去了。”我用手指了指,“你们看,那个大包还在水上漂着呢。”

他们走了,我听到两个人在说:“可能都是死人用过的东西。”

他们说对了,过去的高瑛已经死了,现在的高瑛一切都从零开始。

没过多长时间,作家协会管人事的王翔云找我谈话,说组织考虑了我的意见,决定重新分配我的工作。我问她要把我分配到哪里,她说:“我们看了你的档案,你曾经在哈尔滨行知师范读书,所以决定把你调到北京市教育局由他们分配工作。”

我一听气又上来了,就说:“组织上不要再难为我了,我是一个没有资格做教育工作的人。”

王翔云说:“分配你到远处工作你不去,现在分配你在近处工作,你还是不接受。不是组织为难你,而是你为难组织……”

我想,到什么时候都是胳膊扭不过大腿,没有什么好争辩的了,作家协会不留我,要把我推出去。我自己问自己:“怎么办?”

回到家里,艾青说:“你不同意去北京市教育局是对的。你以为到了那里,真的会分配你到哪个学校教书吗?说不定要叫你到什么单位打杂去!”

我说:“我是十五岁参加革命工作的,他们对我不会那么无情无义吧?”

艾青冷笑了一声说:“你还是年轻幼稚。你说丁玲和陈企霞两个人怎么样?革命的资格够老了吧?说扣就给扣上‘反党’帽子!革命是无情的,斗争是残酷的,是你死我活的。”

我说:“把我逼急了,我就死给他们看!”

艾青说:“我们要活给他们看,不是要死给他们看。不要拿死开玩笑。”

中国作家协会只给我一条出路,不服从组织分配就得退职。我提出停薪留职,但被拒绝了。

艾青说:“叫你退职就退职,我正愁没有时间处理那些读者来稿,你回家给我当助手吧,也不会受人家的窝囊气了。”

退职,我怎么都想不到会有这一天!

母亲知道我退职了,一股心火疼掉了两颗牙。这是母亲后来告诉我的。其实她怎么会想到,那是女儿的无奈,是让人家给“逼上梁山”的……

分　娩

我生孩子的预产期快要到了。艾青建议我在家里生,说他想陪陪我,看看小孩是怎么生出来的。

我说:“在家里生,万一出现意外可怎么办?”

他说:“中国百分之七十多的人,都是在家里生的。你不也是在家里生的吗?再说你检查了几次都很正常。就是有了什么麻烦也不怕,咱们家离医院很近,随时都可以把你送去。”

他说:“过去我一直被人误解,许多文章里都写了我的出生,都说我是难产。有的说我母亲生我时折腾了两天,有的说我母亲三天三夜才把我生下来,越传越邪乎。不管怎么说,有一点是可以肯定的,母亲生我时阵痛的时间是比较长的,叫她受了不少的罪。”

他说:“什么是难产?难产应该指的是横生倒养,而我是顺产生下来的。为此,我得给自己平反了。据说,我的头比一般的婴儿大,我母亲又是初产妇。我可能费了牛劲才从母亲的肚子里冲出来。我的头顶都给挤出来个包。就因为这样,算命先生说我是个克父母的‘克星’。害得我一到世界上来,就失去了正常的父爱和母爱。他们为了保住自己的性命,不准我喊他们爸爸、妈妈,只能叫叔叔、婶婶。我是很不幸的,一生下来就受了迷信的害。”

我被艾青说服了,同意在家里分娩。

早晨四点钟,我的肚子就开始阵痛。阿姨很快就把医生请来了。

折腾到中午孩子还没有生下来,艾青始终站在我的床前守着我,我的手紧紧地拽着他的手。我紧张,他也紧张;我流汗,他也流汗。我一次一次地阵痛，他看我疼痛难忍的样子，急得就像热锅里的蚂蚁坐立不安。

医生看到他那个样子，就说："生孩子的事急不得，不能把他赶出来，也不能把他拖出来，就得耐心地等着他自然地出来。除非是难产，才能采取其他措施。"

艾青说："你们天天都在接生，所以才这么冷静。你们的职业，是了不起的职业。"

医生说："你的爱人属于正常分娩。要是到医院里去看看，遇到小孩子生不下来时，下钳子的、动刀子剖腹的都有，你不就更得称赞我们的职业了？"

艾青看到我的头发被汗水湿透了，想分散我的注意力，就对我说："听说山西女人生孩子，小孩不出来，就搬来一坛子醋，小孩子一闻到醋味，马上头就探出来了。你们山东人爱吃大葱，是不是叫阿姨拿几根大葱，把小孩给引出来？"

医生一边笑一边说："我可是个山西人，从来没听说过这个笑话，是不是艾先生编出来的？"

艾青问医生："你爱不爱吃醋？"

医生说："我爱吃醋，这和生孩子是两回事。"

我说："艾青，我求求你不要说笑话了，我现在疼得什么心思都没有了。"

医生说："艾先生讲笑话，就是为了叫你忘记疼。"

艾青说："做女人真是不容易，怀孩子、生孩子、侍候孩子，比我们男人要辛苦得多！"

医生接话说："艾先生说的这些话是很公平的。就不说别的了，单说怀胎十个月到分娩要受多少罪？今天你不是亲眼看见了吗？"

几个小时又过去了，生孩子的、接生孩子的和陪着生孩子的，都是同样的心情，焦急等待着小孩顺利地生下来。

艾青说："这个孩子也真怪了，快折腾十个小时了，还不出来，是不是他在肚子里要比在肚子外舒服些？"

我说："艾青，你不要再胡说了，我已经疼得哭笑不得了。"

医生又检查了一次，说："小孩子头比较大，这是下来慢的一个原因。"

艾青一听小孩的头大，马上想起他母亲生他时的情况，就不安起来。他沉不住气了，问医生要不要马上把我送到医院去。

医生说："没有必要，都很正常，我心中有数。"

阿姨进来了，看艾青站在那里时间太久了，劝他去休息休息。

艾青马上说："现在是最关键的时候，我哪能退下火线？"他叫阿姨多拿几条手巾来，给我擦汗。

阵痛的间隔时间越来越短，医生说就快生了，叫我好好配合。

我说："我已经没有力气了，怎么办？"

艾青说："我来帮你使力气。"

医生笑了说："你使力气有什么用，又不是你生孩子！"

艾青说："医生，这么半天你没看见我一直在帮助她吗？我的手都快被她箍断了。"医生又是一阵笑。

小孩的头出来了，医生说脐带缠在小孩的脖子上，得赶快剪断，不然时间久了，小孩会窒息的。

艾青听了着急地说："快、快、快！快给他剪断！要保住这条小生命！"

医生的动作很麻利，一剪子下去，一道鲜血冲上了天花板。

我说："真糟糕，雪白的屋子给弄脏了。"

艾青说："太好了，太好了，这是为了迎接他，一串梅花开在天棚上！"

孩子生下来没有声音，我担心是不是出了什么问题，而医生提着两只小脚丫，在孩子的后背上拍了几下，小孩"哇哇"地哭起来了。

医生说："艾先生，祝贺你添了个贵子！"她又对我说，"你看这小子头有多大，整整折磨了你十个小时！"

艾青说："不养儿不知父母恩。今天给我上了生动的一堂课！可惜我的父母都已经去世了，想报恩都没有机会了。"

阿姨送来了月婆饭。我叫她给艾青也送去一份。阿姨说："艾先生已经睡着了，他在打呼噜呢！"

聂鲁达

1951年8月，智利诗人巴勃罗·聂鲁达以国际和平奖委员会成员的身份，来中国给宋庆龄授奖。

这是他第一次到中国。艾青陪同诗人游览了北京的名胜古迹，从此，艾青与他成了朋友。

1954年7月，艾青、萧三和赵毅敏，接受智利众议院的邀请，前去圣地亚哥参加聂鲁达五十寿辰。实际是借此机会搞世界性的和平运动。

1957年6月下旬，聂鲁达和夫人及巴西作家亚马多夫妇来中国访问。艾青前去昆明迎接。分别三年的老朋友又见面了，他们是那样地高兴！艾青陪同他们游览了昆明滇池风光，然后去重庆乘船观看长江三峡秀丽景色。朋友们目睹了中国雄伟壮阔的大好河山后，不断地发出赞叹。在船上，正逢聂鲁达的生日，船长送来大蛋糕表示祝贺。聂鲁达激动得“哇！哇！”地叫喊起来。艾青说，这是聂鲁达夫妇在中国最开心的一次旅游。

艾青一回到北京，“反右”运动的烈火就向他扑来……

艾青对我说：“后天巴勃罗·聂鲁达要回国，看来不会叫我去送行了，我得先去和他告别。”

第二天清晨，我陪着艾青到了北京饭店，敲了一下聂鲁达的房门，没有回音，又敲了一下，聂鲁达在里边问：“是谁？”

“是我，艾青。”

聂鲁达说：“等一等。”

艾青估计他还没起床，就说："我过一会儿再来吧。"

聂说："不，不。"说着，就把门打开了。艾青果然猜对了，聂鲁达和夫人还在床上。

艾青说："巴勃罗，我是来和你告别的。"

聂说："我今天不走啊！"

艾青说："我参加了'反右'运动。可能不会叫我给你们送行了。"

聂说："我们是好朋友，这是为什么？"

艾青说："中国的事情很复杂。我和你一下子是说不清的。"

1957年，高瑛在豆腐巷9号

聂问："他们要运动你？"

艾青就指指地，聂不明白，艾青又做了个刮风的手势。

聂问："这是怎么回事？太可怕了！"正说着，外边有电话打进来，说有位部长要来看聂鲁达。

艾青猜是周扬，马上就说："巴勃罗，我得离开这里，不能让他在这里看见我。"

聂鲁达表现得很茫然。他紧紧地拥抱艾青，说："艾青，我希望还能见到你。"

艾青两眼含着泪，匆匆地和聂鲁达分手了。

在回来的路上，我问艾青："刚才你和聂鲁达说话时用手用脚在干什么？"

艾青说："我的法语快忘光了，我说'反右'运动就像是地震和台风一样的灾难。他用嘴吹了一口气，晃了晃头，表示理解了我的意思。"

聂鲁达离开北京的那天，在送行的人群里少了一个艾青。

艾青和聂鲁达在北京饭店是最后一次见面。从此，聂鲁达永别了艾青，也永别了中国。

听说，那天周扬去看聂鲁达，说到艾青正要受到批判时，聂鲁达提出抗议了。后来聂鲁达得知艾青被划为"右派"，他不但表示无法理解，而且到了极其愤怒的程度！

1975年艾青来北京看病，曾见到过赵沨。赵沨告诉艾青，他去智利时，看到巴勃罗·聂鲁达，站在大海的边上呼唤"艾青——艾青——艾青——"

聂鲁达和艾青能成为朋友，不仅仅因为都是诗人，也不仅仅因为聂鲁达多次来中国得到艾青的接待、陪同，也不仅仅因为艾青曾去过智利，做过聂鲁达的客人，而是因为他们在接触中，在彼此的作品里，对对方有了深刻理解。他们也都有诗人的气质，幽默风趣、乐观豁达、坦率真诚。他们能成为好朋友更重要的原因是，他们都是人民的诗人、时代的良知，都对人类有着同样的使命感。他们的友谊，是建立在共同信念之上的。

引火烧身

1957年5月，因为我要生孩子，我们从上海回到了北京。不久，“反右”运动开始了。

批判“丁陈反党集团”，是从1955年开始的。给这个“反党集团”定性，经过了几个反复，两股势力在较量。到了1957年夏天，大气候是“资产阶级右派向党进攻”，“丁陈反党集团”一案受到大气候的影响，又开始折腾了。

一天，艾青接到丁玲的电话，她希望艾青能在会议上说几句公道话。

会议越开越激烈，说丁玲是“反党分子”、“投降分子”，闹独立王国，搞个人崇拜，一本书主义，和党闹分裂等等。艾青听不下去了，就发言说：“文艺界总是有一伙人专门整人，另一伙人专门被整。不要搞宗派，不要一棒子打死人！”

这几句话，引火烧身了。

艾青从会场上回来，说他的发言可能要惹祸了。

艾青说：“那些所谓的‘左派’先生，死盯着丁玲不放，非要把‘反党’的帽子扣在她头上。要是一个人的政治生命没有了还有什么希望？丁玲当初跟着共产党去了延安，她的大方向是对的。应该说她是一个革命者，也是革命烈士的遗孀。我的作品《春》里有一句诗：‘那些夜听着寡妇的咽泣’，就是写丁玲的。说实话，作为同行我不太喜欢丁玲，她是一个很厉害的女人。有人知道凤姐这个绰号，是我给她起的，这就说明了我对她有看法。也许这个看法不公平。”

“反右”运动越来越深入也越来越激烈，接着开始叫艾青做检查。艾青对我说：“我检查什么？我错在哪里？一个人总该有点正气吧！”

高瑛在上海公园

艾青的检查是出于无奈，他言不由衷，不得不应付。张光年和袁水拍联名写条子递给主持会议的人，说：“我们不同意艾青的检查。”

艾青走下台来，问刘白羽：“我还要发言吗？”刘白羽说：“不用了。”艾青还以为自己“蒙混过关”了。他哪里想到，灾难在等着他呢。

艾青天天参加会议。我因病住进了隆福医院。他顾不了我，每天叫阿姨给我送些吃的来。

9月4日，护士送来《人民日报》。第二版上刊登着中国作家协会党组扩大会议对“右派”作家的批判文章，说艾青是“丁玲的伙伴，李又然的老友，江丰的手足，吴祖光的知心”，又说“艾青长期奔走在几个反党集团之间”。

我吓得心惊肉跳，没有经过医院同意就匆匆地跑回家了。

艾青告诉我，这次运动是不会放过他的，他要成为斗争的牺牲品了。

他说批判大会上人人都在表演，真是大水冲了龙王庙，自家人不认自家人了。昨天还握手言欢的人，今天的面孔都变了，像被霜打了似的。人的多变性太可怕了。这就是所谓的残酷无情的斗争。30年代的老同行、老朋友，为了明哲保身，随波逐流还可以理解，但是徐迟的发言叫他惊讶。谁都知道，他是我们家的常客、艾青的至交。3月里我们在上海时，他还写信给艾青，说他是在代表艾青办《诗刊》。我们屋里那个披着头巾、逆风前进的外国雕塑，是北京刚解放时，艾青在东安市场花大钱买来的，是件非常好的艺术品，他一直放在屋里欣赏。徐迟在大会上，说艾青把自己比作那个雕塑，在顶着逆风前进。艾青说他不记得说过这样的话，徐迟完全没有必要大做文章，在墙倒众人推的情势下，也伸出无情的手！

徐迟的发言，用艾青的话说是“重磅炸弹”，把他给炸蒙了。艾青说：“我只是为丁玲说了几句公道话，就像捅了马蜂窝群起而攻之。在这次运动里，也让我看到了一些伪君子、变色龙、乔装打扮的假革命。”

另一件要说的事是，《文汇报》记者姚芳藻，有一天晚上来向艾青约稿，聊天的时候谈到文艺界的近况。后来她为了自身过关，写了揭发材料，说艾青半夜向记者披露文艺界斗争的两个底：一个是“丁陈反党集团”的问题，另一个是美术界江丰的问题，说艾青煽动《文汇报》向党进攻。

艾青不想吃，也不想喝，觉也睡不好，坐在椅子上目光发直。我问他在想什么。他说：“我在想我的一生，在想为什么非要说我‘反党反社会主义’，我的作品证明了我的人生。我的经历很清楚：日本打进中国，我在巴黎待不住了，国难当头，匹夫有责，我回国了，参加了左翼美联。因为进步、反蒋，被捕入狱，一蹲就是几年。在狱中写了一批被评价很高的诗歌，《大堰河——我的保姆》就是在监狱里写的。出狱后，为了生存，东跑西奔到了重庆。周恩来找我谈话，欢迎我去延安，我接受了他的建议。北京解放，我作为军代表进入这座城市。像我这样的作家，为什么非要推到坏人堆里当成革命对象批判？现在我好像生活在动物界里，越来越没有安全感了。我知道有那么几个人想把我打进地狱里。你问我在想什么，我告诉你，就是在想这些。”

他接着又说：“我一生不争权、不夺利、不整人、不害人、不搞阴谋诡计、不加帮入伙、不懂世故、不识时务。我虽然在感情上出了些问题，但我是认真地去爱的，我追求的是真挚的感情。我有两次失败的婚姻，张竹茹人很好，是个善良的女性，她嫁错了我。我父亲去世时，她来我家大哭一场走了。听到这件事，我的良心受到了触动。我的第二次婚姻，打了五年官司才离了婚，叫我苦熬了五年。”

他又说：“我们结婚了，我一心想和你过舒心的生活。可是天不从人愿，看来等待我们的是凶多吉少啊，真是太不幸了。”他问我，“高瑛啊，你嫁给我后不后悔？”

我说：“我无怨无悔，嫁你嫁对了。”

我感觉艾青的情绪不正常，就嘱咐阿姨把每天收到的报刊先拿给我看。凡是批判艾青的报刊，我都扔进了垃圾桶里。

12月，中国作协党组决议，开除艾青党籍，撤销一切职务。

艾青的精神崩溃了。他用头撞墙，半夜爬起来指着墙壁问：“你说我反党吗？”我带着他去郊区黄土岗花园看花，路上他打三轮车夫的屁股，问人家：“你说我反党吗？”

艾青的精神状态不正常了，我非常害怕，一怕他疯了，二怕他寻短见，一天二十四小时守着他，劝他，宽慰他，叫他感觉到家庭里有温暖，有一个离不开他的妻子，还有不能没有父亲的孩子们。

那个时期，文艺界以及各界，天天都有一批又一批的“右派分子”见报，中国作协的唐达成、唐因、萧乾、杨犁、侯敏泽、吕剑、李清泉、马敏行等几十名有才华的作家和编辑，都先后被戴上了“右派”帽子。艾青十分痛心和惋惜，整天不是坐在椅子上一支接着一支吸烟，就是走来走去长声短声地叹气。

后来他告诉我，他曾经想过：活着好，还是死了好？思想矛盾过、斗争过，最终还是想通了。他说：“马雅可夫斯基和法捷耶夫都是因政治问题自杀的，中国人是有忍耐力的，有荣辱不惊的传统。我不想走他们的路。对于生命，不能随意自我处理。”

我确信他的话。看得出来，他的心情慢慢地自我调整过来了。

不久，听说有一位很重要的人，向周恩来总理提出要艾青。这个消息叫艾青感到生活中出现了亮光……

被迫提出退团

艾青被批判了，那些整他的人也绝不会放过我。

今天团找我谈话，明天党找我谈话。他们的调子是一样的，劝我跟着党走，不要跟着“右派分子”走；说我已经站在十字路口上了，叫我在大是大非面前，头脑要清醒；说我还年轻，今后怎么生活，到了该认真考虑的时候了；说我是生活在一群“反党反社会主义分子”中间，希望我把听到的和看到的都大胆地揭发出来。

我始终是沉默着，我一个字也没有写。

过了一阵子，通知我到文联大楼开会。我去了。会场上的气氛严肃紧张，好像发生了什么大事。我正琢磨的时候，会议主持人用特别的眼光扫了我一下。我马上感觉到，今天的团总支大会一定和我有关系。

1957年初，高瑛在北京

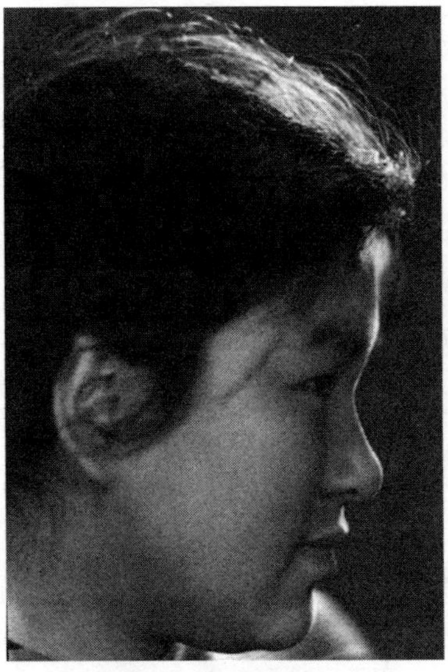

主持人先讲了“反右”斗争的意义，接着就说：“文艺界揭发出来许多反党反社会主义分子。丁玲、陈企霞、江丰、吴祖光，都是艾青的朋友。希望高瑛同志勇敢地检举揭发他们的反党反社会主义言行。大家欢迎高瑛同志发言。”

一阵掌声响起来了。我的脑

子“嗡”地一下，一片空白。我想，大会的阵容、会场的气势，我该怎么面对，又怎么过关？我极力控制自己，让心平静下来。我无法拒绝发言，但是我说什么呢？

我站起来了。首先我说不知道今天大会是为我开的，我没有思想准备。接着我又说：“党从小教育我要实事求是，我不会包庇坏人，但也不能诬陷好人。我确实是生活在那些人中间，可是我没有发现他们有什么反党反社会主义的言行。”我刚说到这里，会场里一片喊声，都争先恐后要求发言。用他们的话说，本来是想帮助我的会却变成了斗争我的会。每个发言的人都像吃了枪药似的，一个比一个凶，调子一个比一个高。我成了靶子，谁爱怎么打就怎么打。说我执迷不悟、自甘堕落，说我资产阶级思想严重，说我是寄生虫，说我道德败坏，说我不配做共青团员，诸如此类的话，没完没了地轮个说。我听不下去了，就举起了手。

会场静下来了。

我说：“我和艾青没法划清界限，因为我不能和他离婚。为了能纯洁团的组织，我自动提出退团。”

会场又是一阵混乱，举直了一片森林般的手。我想，这场闹剧该叫它结束了。怎么办？只有一个办法——逃。我急忙站起，冲出去、跑下楼，跳上三轮车，催着车夫快点走。我想也许有人会追上来，把我抓回去再接着斗。

我进了家门。艾青正在院子里。我扑到他的怀里委屈地哭起来。我告诉他，我是提出退团后逃回来的。

艾青把我扶到屋里，说：“你走之后我一直不安，我预感到他们要向你开刀了，想从你身上强压出他们想要的东西。他们是不会放过你的！你得有思想准备，跟着我一道受苦。”

我说：“我不怕，我什么都不怕。你上刀山，下火海，我都跟着你。”

艾青说：“我相信，你是会和我风雨同舟的。”他又说，“运动这么搞下去，可怎么得了！当年秦始皇焚书坑儒才四百六十多人。而这次全国规模的‘反右’运动，不知要打击多少人？有人跳楼，有人跳黄浦江；

有的上吊，有的服毒；妻离子散，家破人亡，闹得鸡犬不宁。自己在割自己的新鲜肉，难道就不知道心疼？真可悲啊，权力都握在些什么人手里？想整谁就整谁，今天革这些人的命，明天又要革那些人的命，把真理都革没有了。”

天下大乱了……

石光，他是谁

1957年年末，传说“右派分子”北京一个都不留。艾青对我说，无风不起浪，我们得有思想准备了。我们每天都在不安中等待着命运的判决书。

妈妈看到了《人民日报》上批判艾青的文章，心里火烧火燎，就带着外孙高剑从佳木斯赶来。

事情到了这个地步，我得跟妈妈说实话了。我劝她不必为艾青提心吊胆，全国的“右派分子”像蚂蚁那么多，天塌下来大家顶着。

妈妈哭了。她心疼我们，说：“共产党打下江山是多么不容易。得了江山不好好坐，今天搞这个运动，明天搞那个运动，整了坏人，又整好人，弄得人心惶惶，可怎么得了！”

艾青说：“‘反右’斗争还没有最后收场，目前人人都心中无数。但是有一点我可以肯定，都不会杀头，大不了去劳动改造。”

妈妈死活都不会相信艾青会反党反社会主义。她说：“反对过国民党的人，怎么又会反对共产党呢？”她问艾青：“你是不是有仇人？”

艾青说：“这是几句话说不清的事。我这个人，平常说话直来直去，难免得罪人。这次运动，我看有那么几个人总算找到了‘有仇报仇’的机会了。”

妈妈本打算把高剑留下来，说孩子长期不跟父母生活，大了会不亲的。可是她看到我们的处境，又要把他带走。她说先去山东老家看看我的姥姥。艾青知道路上得换几次车，就叫我去送他们。

在火车上，邻座位的人在看《中国青年》杂志，我坐在一旁，发现一篇文章里有我的名字，就赶快去买了一本。妈妈见我看得很认真，就问："那里是不是有批评艾青的文章？"

我说："没有，有批评我的文章。"

妈妈生气地说："眼不见心不烦。把它从窗户上扔出去！"

我说："我得好好看看，人家是怎么糟蹋我的。"

那篇文章的标题是：《新时代里的寄生草》。另附一篇社论：《应该追求什么》。作者是"本刊记者石光"。

我一口气读完了。整篇文章都是胡说八道。

我想，"石光"肯定是个化名，这种编造事实的文章是不敢把真名亮出来的。

我把妈妈和儿子送到山东安顿好，就急急忙忙赶回北京。

一进家门，我就给《中国青年》杂志编辑部打通了电话。

我说："我是你们杂志的读者。"

接电话的人问："你有什么事情？"

我说："我读了《新时代里的寄生草》那篇文章。"

他说："你有什么感想吗？"

我问："石光是你们单位的记者吗？他在不在？"

回答说："他不在，你可以和我谈，也可以写读后感。"

我说："你们为什么发表他胡编乱造的文章，欺骗广大的青年读者？"

他问："你是什么人？"

我说："我是一个高尚的人！你们是一些浑蛋、骗子！"说到这里，就赶快把电话挂上了，感觉到出了一口气。

艾青听到我在客厅里嚷嚷，问我："你是在和谁吵嘴？"

我说："没有和谁吵嘴，是在出出肚子里的气。《中国青年》上有篇批评我的文章，我越看越有气，从头到尾都是胡说八道！我要是不骂骂他们，会气出癌来。"

艾青说："气是出不了的，你就是图一时痛快罢了。如果他们知道是你骂了他们，他们也想出出气，再发几篇批判你的文章，说不准也送给你一顶‘右派’帽子。”

我说：“好啊，我不怕！你是‘右派’，我也是‘右派’，夫妇都是‘右派’，这才是真正的门当户对呢！”

石光文章出笼后，确实流传甚广。从东北到西北，无论我走到哪里，都有人提起过。也就是这篇文章，让我多少年来处处听人家的冷言冷语，叫人家轻视蔑视。

1980年，我和艾青去美国，在旧金山，住在作家陈若曦家里。我们一见如故无话不谈。陈若曦说，她曾经读过一篇文章，里面写着艾青在大会上做检查时说：“在我生孩子的时候……”闹出了大笑话。她问艾青：“你的检讨是不是高瑛代写的？”

艾青说：“这是他们编的故事，你想，我又不是文盲，用得着高瑛代写吗？这是欲加之罪，没有头脑没有思想的人，才会相信这种鬼话。”

陈若曦说：“你们俩当初是谁追的谁？”

我说：“是我追的艾青，我爱他的名誉、地位和金钱。”

艾青马上说：“高瑛说的是气话，她要是那种人，我还敢娶她做老婆？她要是那种人，1957年‘反右’时不跑，‘文化大革命’时也跑了。她还能和我风雨同舟几十年？这本老账，不要再去翻了。”

几十年过去了，我依然故我，但“石光”这个名字，像刻在我的心上，怎么都忘却不了。

1979年，我们回到了北京。我四处寻找“石光”这个人。不是要他给我落实政策，是想和他谈谈，当年，他是以怎样的心态写出那篇批判我的“杰作”的？

艾青劝我，对石光的文章不要老是耿耿于怀，叫我向他学习：“俱往矣。”

踏破铁鞋无觅处，得来全不费工夫。一个偶然的机会，我知道了“石光”是何许人，他不在天边，就在我的眼前。他常常出现在集会上，只要见到我总是“大姐，大姐”地叫着。他的热情，让我改变了初衷，不想揭开他的面纱我还想听到他那大姐大姐的呼唤声……

北 大 荒

1958年的三四月，许多北京人，都忙着四处春游。我们家却打紧行李待命出发。

春暖心却寒，艾青和我都知道，我们要去的地方绝不是天堂。我们带着孩子，离开了我们热爱的豆腐巷9号，随着转业大军，乘坐专列，奔赴北大荒。

我们要去的那个地方，在地图上是查不到的。它坐落在完达山脉北麓，叫南横林子，是八五二农场场部所在地。

汽车驶进了南横林子，在这不见绿色的林子里，有一片白桦林显得格外耀眼。

艾青说："高瑛，你看，白衣战士在列队欢迎你！"

我悄悄对他说："你想得多好，它们是在迎接从战场上溃败下来的艾青和他的家属！"

汽车拐了两个弯，停下来了，我想，可能这就是我们要落户的地方。

四月的南横林子，还没有从冬梦中醒来。北京的迎春花早就开过了，可是这里连一点点绿芽都看不见。

女儿问我："妈妈，我们为什么要到这里来？我不喜欢这个地方。"孩子满脸的不高兴，我不知道该怎么回答她。

艾青握着女儿的小手，说："玲玲，这里的空气真好。你看，天蓝蓝的，云白白的，过些时候树就绿了，孩子在这种环境里生活成长，会更聪明。"我看得出来，女儿对爸爸说的话，是不以为然的。

不满一周岁的儿子未未，是这个林子里最小的公民，他什么想法、什么要求都没有，只要跟着爸爸妈妈，到哪里都是家。

1959年时的未未，这是当时"北大荒南横林子最小的公民"

这里没有路，人踩过去就出现了路。这里也没有门牌号码，那些不起眼的房子，就像棋子下在棋盘上，一目了然。这里的房子，下不见一块砖，上不见一片瓦，都是土垒的。只有几栋三间大小的小木房，是农场领导人的家。也给了我们一栋住。这是王震部长决定的。

南横林子绿起来了。那些不知名的小鸟，在树林中飞来飞去。艾青常领着未未和玲玲在林间看小鸟，听鸟鸣，给孩子找到了乐趣。

我们住的房前房后，一窝一窝的野生蕨菜发出芽来了。一片一片的金针花，开得黄灿灿的，像江南的油菜花。红的百合花，白的铃兰花，紫的芍药花，更多的还是那些不知名的奇花异卉，都接连开放了。我们的生活环境，充满了生气。

郁郁葱葱的树之海中，空气是清新的，天是透明的。清晨，太阳从树林上空冉冉升起，阳光从树叶间洒落下来，林间满地闪动着金色的亮片，这是孩子们最喜欢玩的地方。无风的时候，在静静的树林里呼唤一声，能传得很远很远。

南横林子的夜里，大风小风天天刮，忽高忽低，忽强忽弱，好像鬼哭狼嚎，吓得我睡不着觉。艾青说："森林是风的家，它天天晚上回家来，你就夜夜不睡觉啦？你可以把风当歌听，听风演奏交响乐也是一种享受。"艾青很会宽慰人，这真给我壮了胆，要是我一个人住在这里，肯定要吓跑了。

新建的农场，没有蔬菜。艾青说："我们俩在这里发扬南泥湾精神，开荒造田，自力更生。"

说起来容易，做起来难。我们住的房子，周围的树都被伐倒了，但是树根却留在地下，要想把那些胳膊般粗的树根都挖出来，谈何容易，非得甩开膀子苦干。

艾青在北大荒

艾青说："高瑛，你是个爱劳动的人，英雄有用武之地了，我们要向树林要地，种地有季节性，再不下种就晚了。"

为了赶时间，我们俩天一亮就开始干活，挖出来的树根堆成了小山，汗不知流了多少，手都磨出了血泡。工夫不负有心人，一座小菜园终于诞生了。房子旁边有个水塘，艾青说："丝瓜喜欢照镜子，就在水塘边上种丝瓜。"树林里的地是腐殖土，很肥沃，种下的豆角、茄子、辣椒、黄瓜，都长得很好，果实累累。劳动所得，吃起来别有滋味。

菜园子边上有几个没有挖出来的树桩，成了我们家天然的凳子。艾青闲着的时候，常常坐在上面，吸着烟，观赏自己经营的菜园子。

南横林子不能说是世外桃源，但是我们生活在这里，会少一些烦恼，多一些轻松。很明显，艾青来到新的环境之后，变化很大，他那紧锁着的双眉舒展开了，听不到他的叹息声了。他喜欢大自然，他爱树，他也爱我们住的小木屋。他说："我们的新家，像童话里的房子，我喜欢过这种清静的日子。"

有一天，他对我说："当年李叔同毅然决然地走进了庙里，那是他的大彻大悟啊！这个人多才多艺，家境富有，为什么能顿悟？大概是痛苦的人生使他选择了佛道。我现在对他多少有些理解。过去在我最痛苦的时候，也有钻进庙里躲躲的想法，庙里清静，不会有那么多的矛盾和斗争。"

我说："你是无神论者，又喜欢吃鱼吃肉，怎么能走佛道？"

他说："这是我的一时感慨。我一想文艺界人际关系那么复杂，宗派势力那么顽固，整人的人手里都握着生死牌，就想远远地躲开他们。王震叫我离开文艺界是对的，离开文化圈子，如同离开了地雷区。我们到这里来，生活虽然苦些，但是心情轻松多了，有你和孩子在我身边，我就知足了。"说到这里，他又想起李又然："他这个人生活能力很差，老婆和他离婚了，他带着两个孩子可怎么过啊！也不知道把他发落到哪里去了？还有江丰，我很想念他。如今我们这些人都是泥菩萨过河，自身难保了。"

我们在南横林子，劳动生活了一年半的时间，艾青任示范林场的副场长。林场很照顾他，叫他做些力所能及的事情，他看过鹿圈，夜战时他提灯，好人好事他写黑板报表扬，劳动之余也写了不少诗和散文。

在《八五二农场志(1956—1984)》里，有以下记载：

1958年起，我国著名诗人艾青曾在八五二农场"落户"两年，并担任示范林场副场长。

1957年"反右"时，艾青也遭到厄运，1958年春下放到黑龙江省八五二农场。农场拨出了一幢专供师级干部住的木结构房屋，让他们夫妇居住。不久，又任命艾青为农场示范林场的副场长。

1958年春，高瑛在北大荒

艾青到示范林场上任那天，林场开了一个欢迎会。

在农场，诗人还拿起搁下多时的笔，写出了以"老头店"为主题的长诗《蛤蟆通河畔的朝阳》、《踏破沃野千里雪》。

诗人在农场生活期间，还写下了一百首《风物诗》，连同其他诗稿一起送上审查。当时上级一位负责人批道："此诗看不懂，原稿退回。"诗人为此又沉默了。诗人曾说："不是我的诗看不懂，而是我头上这顶帽子，压得我的诗叫人不敢'问津'了。"

…………

艾青这批作品，经过时代的变迁，经过腥风血雨的运动，全部化为乌有。

我在示范林场当农工，育苗圃，盖房子我盘炕，支援铁路建设我伐木运木，我蛮干傻干，从不甘心落后于人。

1959年深秋，调离南横林子，是我和艾青意想不到的事。

我们到了新疆之后，常常回忆起南横林子，想那里的自然风光，想树林里的猴头蘑菇和奇花异卉，想那些结下友情的农垦官兵，还有清晨在别处看不到的、被森林托着升起来的那轮鲜红的太阳……

爸爸,你不是“右派”

我们的家,在南横林子安下来了。

在这里,没有亲人,也遇不见故交。可以说,我们是在陌生的人群中开始了新生活。

我们来到这里,是一条新闻,很快就传开了。在房里,透过窗子,常常看到有人站在远处,朝着我们这里张望。

艾青说,我们住的小木屋,给南横林子添了一个景点。

有一天,女儿玲玲撅着嘴,从外边跑回来。

“玲玲,谁惹你啦?”

“妈妈你说,‘右派’是好人是坏人?”

“你怎么问起这个来啦?”

“你说呀妈妈,‘右派’是好人还是坏人?”

我不耐烦地说:“小孩子,管这样的事干什么?”心想,她是不是在外边听到了什么?

看我不理睬她,玲玲就跑进艾青的屋里去了。

“爸爸,你告诉我嘛,什么是‘右派’?”

艾青被孩子问得丈二和尚摸不着头脑,就说:“什么‘右派’、‘左派’的!”装作不在意似的。但是当他看到玲玲还在等待他回答的样子,感觉到对孩子提出来的问题是不能回避了。他故作轻松的样子说:“玲玲,爸爸这样对你说吧,一个人有两只手,左边的手叫左手,右边的手叫右手,这就是左和右的不同。”艾青想糊弄一下孩子就算了,可是不行,玲玲还是追问。

“爸爸，我不是叫你说手，我是叫你说‘右派’。”

“玲玲，你太小，等你长大了，爸爸给你讲很多很多‘右派’的故事。”

“爸爸，我现在就想知道，告诉我吧！”孩子在央求了。

艾青很为难：要是他对孩子说“右派”是坏人，可是自己就是“右派”啊！他想用别的事情岔开，就说：“妈妈买了好多彩色纸包的糖，弟弟在吃，你也去吃吧。”

玲玲一动不动，还是站在那里。

我有点急了：“你这个孩子，太犟了，这么不听话！”说到这儿，我发现玲玲的眼泪流下来了。

“玲玲，告诉妈妈，有人欺负你了吗？”

“没有，我在大食堂前边玩，有个叔叔对一帮人说，我是大右派艾青的女儿。”她一下扑到艾青的怀里，说，“爸爸，我不要你是‘右派’，你不是‘右派’，你是好人。”说着眼泪还在往外流。

这时的艾青，不知该怎么安慰孩子才好，他想，“右派”是和“地、富、反、坏”连在一起的，都是革命的对象，要是跟孩子说自己是好人，可又为什么成了大“右派”呢？

“玲玲，不要听人家胡说，爸爸是个非常非常好的人。”我说到这里，也不知道该怎么往下说了。唉，难就难在要和一个六岁的孩子说清楚什么是“右派”，什么是“左派”；什么是假“左派”，什么是假“右派”。更难说清楚的是，那么好的爸爸，为什么人家偏要说是个大“右派”！面对孩子，沉默是不行的，总得对她有个说法。

艾青把声音放得很低地说：“玲玲，爸爸跟你说真话，是坏人害了爸爸，说爸爸是‘右派’。”

“爸爸，坏人在哪里，你为什么不和他讲理去？”

“现在找不到讲理的地方，坏人是一帮人，他们有权。你知道什么是权吗？”玲玲摇了摇了头。“就是想怎么整人就怎么整人，可厉害啦，我们不敢惹他们，得躲着他们。爸爸对你说的这些话，可不能出去对人说，要是说了，叫坏人知道了，坏人会把爸爸抓走的。”

玲玲听了艾青这么说，真的哭出声来了。

“艾青，你不要吓唬孩子了，你说的话，她当真的听了。”我给孩子擦着泪说，“玲玲，别害怕，不会有人来抓爸爸，前些日子到我们家来的那个王震伯伯，他是爸爸的保护人，有他保护我们，谁都不敢欺负我们。”

这时艾青把话接过去了：“玲玲，王震伯伯是个将军，你懂吗？将军是个大官，爸爸在延安的时候，就和王伯伯是好朋友。他知道坏人害爸爸了，就叫我和妈妈带着你和弟弟，还有刘阿姨到这里来了。”

“爸爸，你不是说，你认识毛主席吗？你为什么不去找毛主席，叫他把那些坏人给抓起来？”

“毛主席很忙，他要管很多很多国家大事，顾不了这些小事了。”艾青出于无奈，只好对孩子这样讲。

到了晚上，孩子睡觉了，艾青却睡不着，躺在炕上，想着白天的事情。

他对我说：“今天我像进了一次考场，被一个小孩给考住了。真没想到，我戴的这顶‘右派’帽子，在孩子的心灵里会震动这么大。我越来越感到，这顶‘右派’帽子的沉重！可是那些手持生死大权的人，就那么轻而易举地把一顶顶‘右派’帽子扣到别人头上，而这些‘右派’帽子，就像无形无声的炸弹，把一些人炸得家破人亡，妻离子散。”

就在这一天夜里，艾青给我讲了很多我不知道的事情。

他谈到文艺界的宗派斗争，是从20世纪30年代开始的，在上海、在延安、在北京，一直延续到“反右”斗争。他说：“我越来越看清楚了宗派势力的顽固可怕。他们高举着‘左派’大旗，实际上是宗派大旗，唱着‘左派’歌，整人杀人，看不见流血，听不到枪声，却能击倒一大片，这就是他们的高明。毫无疑问，我就是一个牺牲品！”

他又说：“你想，我怎么会是反党反社会主义的‘右派’呢？这简直是个天大的笑话，就是整我的那几个人，都不能自圆其说。你好好看看中国作家协会，那些被打成‘右派’的人，哪一个是真正的‘右派’？凡是靠拢丁玲的，凡是为‘丁陈反党集团’说公道话的，通通都成了‘右派’，这就是‘左派’和‘右派’的分界线，太荒唐了！昨天是‘左派’，今天就成了‘右派’，比变戏法还快！玲玲问我什么是‘右派’，问你‘右派’是好人是坏人，这样复杂的问题，怎么能对一个仅仅六岁的孩子说清楚？

“我的这顶‘右派’帽子，肯定地说，是那几个人送给我的，他们的后台当然是周扬。我和周扬的关系不好，我也是有责任的，我不顺从他，有时还挖苦他。这次王震来，说他见到了周扬。周扬对他说，艾青是很有才华的诗人，就是不懂政治。至少他承认我还是一个有一技之长的人，没有全盘否定我。

“我想，对我有成见的不仅仅是周扬，还有刘白羽和张光年，因为我和这两个人从前有结怨。我和刘白羽不和，在延安的时候就有过矛盾，在我入党的问题上我又和他发生过口角。他在总政文化部工作时和陈沂的关系不好，他想离开部队，到作协工作，叫我和周扬说情，周扬同意了，调进作协，当了党组书记。1955年在我们恋爱的事情上，尤其是‘反右’运动中，他便成了我的对头。

“另一个是张光年，我也得罪过他。那是在北京刚解放时，要成立中国文协，在一次安排人事的会上，张光年提出把他的亲戚安排在重要位置，我当着他的面提出了意见。我说：党的工作分工，不要搞裙带关系。我从张光年的脸色上，察觉到我得罪了他。

“中国作家协会召开批判‘丁陈反党集团’的党组扩大会议时，叫我做检查，我发言了，张光年和袁水拍联名给大会写条子，说：‘我们不同意艾青的发言。’我就这样稀里糊涂地被他们给推进了‘丁陈反党集团’里。”

我说：“那次作协党组扩大会议，你不为‘丁陈反党集团’说公道话，也许就不会有个小辫子叫人家抓了。”

“你说错了，他们的那张右派名单上，早就写上我的名字了。我没有小辫子，他们还会给我安上个假辫子，想躲也躲不过去。我这个眼中钉，能留在他们的眼睛里吗？”

我说：“他们把眼中钉拔出来，一下子抛到了北大荒。”

艾青说:“你这样说是不对的。我们不是他们抛到这里来的,是王震部长叫我离开文化圈子,他这样做是有用意的,他爱护我,要保护我。他曾当面对我说:‘你不反党反社会主义。’说这句话的时候,郭小川就在旁边。去年秋天,李阿姨把一个瞎子领到我们小院子里算命,说我们要遇到一位贵人,还真叫那位瞎子蒙对了,看来王震就是我们的贵人了!”

林子里刮了一夜的风刚刚停下来,远处传来了鸡鸣。

艾青说:“天快亮了,睡一小觉吧。”

醋坛子

南横林子，我们去的时候，只有一口很深很深的水井，沉重的辘轳，一个女人是摇不动的。农场派来一个年轻人，每天给我们家挑水。

一天，我抱着一岁的儿子，站在家门口，听广播里播送的《柳堡的故事》中的插曲《九九艳阳天》，听着听着，也随着唱起来了。

艾青问我在唱给谁听，我说是唱给自己听。他说，为什么不到房子里唱，并问我："你是不是在唱给那个挑水的小伙子听？"

我说："是啊，你说对了，我就是在唱给他听。"我有意气气他。

他说："你要注意了，这个林子里，男人多，女人少，那个小伙子听你唱'十八岁的哥哥坐在那河边'是会动心的。说不定他心里想，十八岁的哥哥在给你挑水呢。"

我说："要是那个小伙子真是这样想，就太好了，他给我们家挑水，我给他唱歌，慰劳慰劳他。"

艾青说："你又不是个'天涯歌女'，走到哪里就唱到哪里。"

我说："生活就是个大舞台，想在哪里唱，就在哪里唱。"我认为艾青对我限制太多，就和他较起劲来。

艾青说："高瑛啊，你不要太轻浮了，你不要忘记这是个什么地方，你不要忘记你是艾青的夫人(他第一次这么称呼我)。"他连说了几个"不要"，最后又说了一句，"你不要勾引人家！"

我听不下去了，我忍无可忍了，放下怀里抱着的孩子，就去了招待所。

当时，中央农垦部的王震部长，正在八五二农场视察工作，我向他告了艾青一状。王震部长叫秘书胡中把艾青找去了，批评了他。

晚上，场部举办舞会，王部长也叫我和艾青去了。我和王部长跳舞的时候，他问我，艾青向你检讨了没有。我说："没有，他说，他说的那些话都是和我开玩笑。他反倒说我不懂事，芝麻粒的小事不该去找你说。"

我问王部长，你是怎么批评艾青的？

王部长说："我问老艾，你爱听哭声，还是爱听歌声？你的小爱人唱歌，说明她在这里心情愉快。我告诉他，八五三农场有一批北京文艺界的'右派'，没有一个人的老婆是跟着来的。这里的生活条件比起北京差得太多了，她能陪着你来吃苦，是一个多好的小爱人。你要是把她气跑了，我这个部长也没有办法给你拉回来。"

1958年秋，高瑛在八五二农场家门前

我说："你对艾青说的这些话，他没有告诉我。他说，他跟你说，高瑛说过：'嫁鸡随鸡飞，嫁狗随狗走；嫁给了艾青，活着是艾青的人，死了是艾青的鬼。'说我和他风雨同舟，会死心塌地和他过一辈子。"

王部长听我说到这里，扬起头来哈哈大笑，说："这个老艾，真会编故事，他哪里和我说过这些话。"停了一会儿又说，"艾青是个很有才华的诗人，写过那么多好诗。他说话很幽默，我看他是很爱你的，就是对你爱吃点醋，有时说话太随便，你就原谅他吧。"

舞会结束了，回到家里，

艾青问我："我看你和王部长跳舞的时候，说得那么起劲，你们都说了些什么？你是不是又告我的状了？"

我说："是呀，我不告你还告谁？"

他问："你又告我什么了，也得叫我知道知道。"

我说："我不用说你都能知道，王部长对你说的那些话，应该和我说的你不说，他没有说的你胡编。"

艾青笑了，说："你这个鬼东西，想骗骗你都骗不了，我假传'圣旨'，没有什么恶意。你告了我的状，王部长也批评了我，你该消气了吧？我们两口子的事，就不要计较了。其实，我很喜欢听你唱《翻身道情》、《南泥湾》那些歌。"

我说："萝卜白菜各有所爱，你赶快把那个'醋坛子'砸碎了吧，以后你再对我刻薄，说些难听的话，我就带着孩子远走高飞了。"我吓唬吓唬他。

他问："你想往哪里飞？"

我说："哪里有自由，就往哪里飞。"

他马上把我的两只胳膊扭在我的身后，说："我要把你的翅膀折断，叫你飞不起来！"

看到艾青可气可笑的样子，我憋不住笑了，顿时觉得生活中的小插曲也是很有趣的，爱吃醋的丈夫因为爱我，才有了叫我难以接受的心态。

他说："高瑛啊，说实话，你要是不陪着我，我是不会来北大荒的。王部长批评我的话，我没有告诉你。他表扬了你，说你能跟着我来，是一般人做不到的，他叫我好好照顾你。以后你爱唱歌，就唱吧，我陪着你到树林里唱，我还想听你唱《妇女自由歌》，什么'黑格洞洞的苦井井万丈深'……"他想不起来下边的词，我就接着唱了："井底下压着咱们老百姓，妇女在最底层……"

艾青说："这首歌的歌词，很形象、很生动地写了旧社会受压迫的妇女。现在的老百姓，早就从枯井里爬出来了，你这位被压迫在最底层的妇女，不是已经站在井上面了吗？"

我说："妇女早就解放了，高瑛还没有彻底解放，以后你对我这个妇女不尊重，我就唱《妇女自由歌》，触触你的灵魂……"

我的父亲

我的父亲,在佳木斯机床厂做会计工作。母亲告诉我,自从父亲进了机床厂,年年被评为先进工作者。

我十五岁那年离开家,考进了哈尔滨行知师范艺师班。一年之后,又考进了松江省鲁迅文艺工作团,当了舞蹈演员。1955年,我调到北京中国作家协会工作。1956年,我和艾青结了婚。

1957年,对于我是灾难之年,丈夫被打成"右派",父亲也被打成"右派"。

艾青是为丁玲说了几句公道话,被推进"丁陈反党集团"。父亲未见过艾青的面,只是对工厂里的人说过:"艾青是老革命,不会反党反社会主义。"他说了一句老实话,就叫他吃苦受难二十一年!

父亲被打成"右派"的事,母亲一直瞒着我,她怕我经受不了一次又一次打击。而我做梦也不会想到,厄运会落到我父亲身上。

在哈尔滨读高中的妹妹,突然离开了学校,为了弄清这个问题,我和艾青去了佳木斯。

我们回家,事先没有告诉父母,他们绝不会想到,在北大荒劳动改造的女婿和女儿,还能如此自由地走来走去。

我们进了家门,父母没有惊喜,反倒有些惊慌。

母亲问:"你们回家来,为什么不先来信说一声?"

这是父亲第一次见到艾青,他有些拘束,不知道该怎么开口。

过去我每次回来探亲,家里人都是欢欢喜喜地迎接我。今天我回来了,还带着他们的女婿,父母却没有兴奋起来,只有寄养在父母家里的儿子，扑到我的怀里，高兴得“妈妈、妈妈”地叫着。

父母脸上的愁容，使我感觉到家里发生了什么事情。母亲知道已经无法再隐瞒下去，只好原原本本地对我们说了。这时我们才知道，父亲也戴上了“右派”帽子。妹妹因为和艾青见过一面，学校团组织在整团时，叫她揭发检举艾青的反党反社会主义言行，妹妹只说了一句她什么都不知道，就遭到批判，一气之下，跑回家去了，不敢再回学校。

父亲的郁闷，妹妹的无声哭泣，母亲的怨言，我和艾青看到了，也听见了，面对家里的惨状，不知该怎么宽慰他们才好。

母亲抱怨说：“今天搞这个运动，明天搞那个运动，把多少好人都当成坏人给革命了，闹得人心惶惶，可叫老百姓怎么活呀！”

父亲已经是惊弓之鸟了，劝母亲不要发牢骚，说：“祸从口出，我的毛病就是出在嘴上，我倒了霉，你也受连累，多少年的街坊邻居，都把我们这家人当成了阶级敌人。”

女婿打成“右派”，丈夫也打成“右派”，大女儿受到批判，小女儿又失了学，全家人都倒霉在一起了，母亲面对残酷的现实，心里能不窝火吗？她说：“一人落难，株连九族，这不是把封建社会那一套都搬来用了吗！”

母亲哭诉，妹妹也跟着落泪。父亲和初次见面的艾青坐在一旁，听着母亲唠唠叨叨地发泄，她那满肚子的怨气，不对我们说，还能对谁去说？

艾青把一支又一支烟递给父亲，此时，烟就是他们的语言。我知道，他是在向父亲表示歉意。艾青一向不善于劝人和安慰人，但是我知道他的心情很沉重。

我们怀着悲凉的心绪，告别了父母。

在回来的路上，艾青对我说：“这次到你们家，对我的震动很大，想不到一顶‘右派’帽子，戴上是那么容易，可是戴上之后，就像一座大山压在身上，实在太沉重了！我是有难以言表的负罪感。你母亲说的那些话很有道理，株连九族，十分可怕，让多少无辜的人惨遭不幸，现在又是历史的重演。我一个人连累了你们一家人，该当何罪！”停了一会儿他又说，“我有什么罪，连我自己都不知道。这笔糊涂账，到底该和谁去算？”

不久，父亲下放到农村劳动改造去了，开始了漫长的苦役生活。他受的苦，说不完、道不尽。

1979年，艾青的冤案平反了，受株连的父亲也被还以清白。

父亲舒心的生活没过多久，就因脑血栓卧倒在床。医生说：“冰冻三尺，非一日之寒。”

父亲是长期积劳积虑而成疾的。

1991年10月，我去佳木斯看望父母。躺在床上的父亲，一见到我就流下两行泪，他说话很困难，断断续续，我听不太清楚，母亲在一旁给我解释。父亲翻来覆去地说他很想念我，怕以后再见不到我，说到这里，他放声地哭起来。

我看到父亲病重的样子，非常愧疚，有撕心裂肺之感。我说：“爸爸，您受罪了，我和艾青对不起您。”

父亲不停地摇着头说：“我不怪你们，你们也受了不少苦！”

我想，父亲长年躺在床上，要遭多少罪？母亲伺候一个瘫痪病人，要受多少累？

我想，在父母需要儿女守在身边服侍的时候，我却无能为力，因为我还有另一个家，身患多病的丈夫需要我，离不开我。我为不能对父母尽孝而愧疚，日日月月年年……

我在家住了四天。要走的那天，父亲早晨一醒来就不停地哭，我知道他是舍不得我走，可是我哪能不走啊！

我握着父亲的手说：“爸爸，我们再见吧！”这时父亲又放声地哭起来，摇着头，哇啦哇啦地说着。我听懂了他的话，他说他快死了，不会再见到我了。我说：“我一定会回来看您的。”父亲又摇起头来，表示他不相信我说的话。

在告别的时候，我不想让父亲看见我哭，就强忍着，急忙把手从父亲的手里抽出来，匆匆地离开了家。

可能父亲预感到他在世间的日子不长了。他说对了，我和父亲这次分别，真的成了永别。

母亲告诉我，她常听到躺在床上的父亲叫我的名字。

我想，我的父亲一定是怀着对女儿的眷恋和怀念，踏上了不归之路。他给女儿留下的，是无法弥补的遗憾和无尽的哀思……

马蜂窝捅不得

秋天的南横林子是迷人的。

当一场大雨下过之后，人们一有空，都往树林子里钻，采蘑菇、找猴头（一种蘑菇），是一大乐趣。

蘑菇的形状很多，有的比花还好看：塔形的、伞形的，还有笤帚形的；论颜色，白的、米黄的、浅灰的，比较奇特的是杏红色的鸡冠蘑。最让人着迷的是猴头蘑，它生长在柞树背阴的朽枝杈上，白得像象牙雕刻。这些大自然的造物，美丽而神奇！

有一天，我和艾青在树林边上散步。艾青发现在一堆枕木靠着的树上，长着一个大猴头蘑，就急急忙忙跑过去，往枕木堆上爬。突然，从枕木底下，飞出来一群大马蜂，像一阵旋风朝他扑来，紧紧地围着他。艾青"啊，啊，啊"地惨叫着，两只手不停地在头顶上乱扇乱打，可是这群马蜂怎么都不肯放过他，追着蜇他的头和脸。

我急了，不顾一切地冲过去，用手里的草帽，在艾青头上使劲地旋转，声嘶力竭地喊："艾青，快跑！快跑！"群蜂丢下艾青，又来围攻我。为了把马蜂引开，我朝着和艾青相反的方向跑，一边跑一边想，怎么才能摆脱它们？我急跑了一阵，又快速蹲下来。这一招很灵，马蜂像一道流星，"呼"地闪过去，飞得不见了踪影。

一阵胆战心惊之后，我赶紧追上艾青，哎呀，吓了我一大跳：艾青的脸肿得像个大面包，两只眼睛肿得都看不见我了。我赶紧牵着他的手，去了医院，打了针、上了药。

医生对艾青说："这种马蜂很毒，能蜇死人，要不是你爱人救你，也许你就没有命了!”

艾青问:“小小的马蜂有那么厉害吗?”

医生加重口气说:“我不是吓唬你,这种马蜂,都能把马、牛、羊蜇死!”

在回家的路上,艾青说:“高瑛,我的眼睛肿得看不见了,真的成了瞎子,你领着我去给人算命吧!”

我说:“你都这个样子了,还开玩笑,是不是不疼了?”

高瑛在北大荒

他说:“疼劲过去了,就是感觉发木,好像两瓣西瓜皮,一瓣扣在脸上,一瓣扣在头上。”

我说:“当时要是有个电影机,把马蜂围攻你的惊人场面照下来多好,叫你看看自己的不幸遭遇,也看看我是怎样勇敢地舍己救人!”

他说:“不用看我也是刻骨铭心了。马蜂窝捅不得,今生今世我是亲身经历过了。”

到了家,我叫他好好休息,他说:“先发给我一支烟吧,慰劳慰劳病号。”

我说:“烟也是有毒的东西,免了吧。”

他说:“以毒攻毒,正是时候。打了针,上了药,死不了啦。”

我帮他点上烟,递给他说:“抽完烟,睡一觉,等你的眼睛睁开了,我们再去找猴头。”

他说:“想起刚才马蜂蜇我的情景,真感到恐怖。高瑛,你跑来救我的时候,就不怕马蜂蜇你吗?”

我说:“当时我就想到救你,没有想到我自己。”

他又问:“要是你手里没有那顶草帽,怎么救我?”

我说:“我会马上脱下衣服来赶马蜂。”

“要是你只穿一件衣服怎么办?”他又在逗我了。

我说:“为了救你,就豁出去了,我会光着身子大战马蜂!”

艾青说:“我完全相信你的话,你是能做出来的。”停了一下他又说,“我得感谢那顶草帽,要是没有它,我老婆的裸体,就得暴露在光天化日之下了……”

艾青与鹿

有人说，他怎么能当副场长？

也有人说，他为什么不能当副场长？

还有人说，他当副场长是大材小用！

不管群众怎么议论，艾青还是当上了八五二农场下属的示范林场的副场长。

这是中央农垦部王震部长提议任命的。如果不是他，谁还有胆量叫一位在《人民日报》上亮相的“右派分子”占据副场长这个位置！何况示范林场的员工，都是刚刚脱下军装的转业军人。

艾青是个文化人，他在文化圈里转悠了半辈子。他哪懂得怎样当副场长？要是有人问他怎么写诗，他倒是可以指点指点。

艾青说，我对育林、搞生产是个外行，副场长这个职务，我怕胜任不了。王震说，这是给你个接触群众的机会，又不是叫你去争当劳动模范！

示范林场要白手起家。

建场的第一步工作，全体总动员，要在伐倒的一片树林的空地上，盖场部和住房。为了抢时间，太阳刚刚从树林里冒出头来就开始干活；直到太阳落山还在夜战，没有电灯，艾青就是那个挑马灯的人。大家都鼓足了劲，像给自己家干活那样卖力：以军人的风范，建设北大荒！这种劳动精神激发着艾青，他把好人好事，都写在黑板报上。

在示范林场，上至领导，下至群众，没有谁另眼看待艾青。在这样劳动生活的气氛中，艾青似乎也忘记了自己头上那顶“右派”帽子。

劳动创造世界！示范林场平地起家，办公有办公室，职工有住房，吃饭有食堂，就是缺少照明设施——电。

自从有人看见一只黑熊在场部边上转悠，太阳一下山，谁都不敢出家门，怕万一碰上它丢了命。

艾青对我说："我们给林场做点贡献吧。买部发电机，给家家都安上电灯，再买套电锯搞生产，好不好？"

我说："好是好，这些东西到哪里去买？"

艾青说："你有不少同学、同事在哈尔滨，你的弟弟也在那里工作，演员的关系很多，叫他也帮帮忙吧。"

我和艾青，还有林场的周副书记、统计员叶祥四个人，匆匆忙忙地赶到哈尔滨，很快就买到了要买的东西，花了五千元，四个人的差旅费，都是由我们解囊。

安装电灯，是林场的一件大事。我们从哈尔滨回来，告诉大家，光明即将到来。有位从部队文工团转业来的职工，他一听说发电机买到了，高兴地大声朗诵起《黎明的通知》："趁这夜已快完了，请告诉他们，/说他们所等待的就要来了……"

王震部长派人给示范林场送来一只马鹿，叫林场饲养繁殖，要在林场建养鹿场。

林场又是一次总动员，风风火火地伐木造鹿栏。

看守鹿的人是艾青。他整天拿着一根棍子，在鹿栏周围走来走去。鹿的家，是茫茫的大森林。它过惯了无拘无束的生活，现在把它孤零零地关起来，怎么能驯服？它在栏里惊慌不安，又蹦又跳，总想冲出去。

有一天，可能艾青走神了，他听到有人喊："鹿跑了！鹿跑了！"这才发现鹿栏里的那只鹿没有了。他傻了眼，知道鹿跑了，就不会再回来了。

林场的几位领导，都发愁了，不知道这件事该怎么向总场和王震部长做交代。

艾青问李场长："这只鹿能值多少钱？"

李场长说："你问这个干什么？我只知道猪有价、羊有价，还没听说鹿是什么价？"

艾青说："我想，这只鹿可能比我这个人要值钱。鹿跑了，是我的失职，要是我能买得起，我给林场赔一只。"

李场长说："鹿是自己跑掉的，又不是你放走的。鹿栏的桩子没钉结实，叫它给撞开了。这不能怪你啊！"

艾青说："林场信任我，才叫我看管鹿。鹿跑了，我也是有责任的。"

李场长说："不单是鹿，就是其他的动物也是一样，都在森林里生活惯了，野惯了，一旦把它关起来，野性就会发作，随时都想逃走。"

艾青从林场回来了。一进门就告诉我："那只野鹿跑掉了。"

我说："你这个人，哪有看管鹿的本事，我看，一条狗，一只猫，你都看不住的。"

艾青说："我犯了一个大错误，怎么就没想到，推荐你去看守鹿？"

我说："是啊！现在晚啦，我要是看守鹿，它要是跑，我就骑着它一起跑！"

他问："你想往哪里跑？"

我说："当然是往我们家跑。"

他说："你自己跑回来就行了，那只鹿就叫它逃回森林去吧。"

我说："这话，你能在林场里讲吗？"

他说："高瑛啊，我看到鹿在栏里蹿来蹿去地挣扎，就想起了当年我在国民党监狱里的生活。失去自由的日子，是很难熬的。你没蹲过监狱，就体会不到蹲监狱的滋味。我在监狱里那几年，天天想的盼的就是那两个字——自由。鹿和人一样，它也要自由，所不同的是，我是人它是鹿，它在栏里不停地蹿来蹿去，我知道它是在找机会逃走。我看着它那两只受惊的眼睛，就萌发了怜悯之心。鹿逃了，它自由了，它自我解放了，说真话，也遂我的心愿了……"

儿子未未

1957年，是灾难之年，比十二级台风、八级地震，更让人惊心动魄。

我在这一年的6月，生下一个儿子。

李阿姨要给小孩报户口，叫艾青起个名字。艾青拿起《辞海》，闭上眼睛，手指一摁，睁眼一看，是个“威”字。“威力、威胁、威逼、威望、威权、威风。”他说，“有什么好威风的？这个字不好。”他从“威”字四声中找出“未”字，就说叫“未未”吧，现实太残酷了，叫他爱未来去。儿子的名字就是这样诞生的。

未未“生不逢时”。艾青说他是我们这个家庭不幸的纪念品。他不满一岁就和五岁的姐姐玲玲，跟随着我们去了北大荒八五二农场。北京的繁华、农场的荒凉，反差是那么大，但是孩子们对家庭的变迁，似乎一点都不在意。

几个月的未未

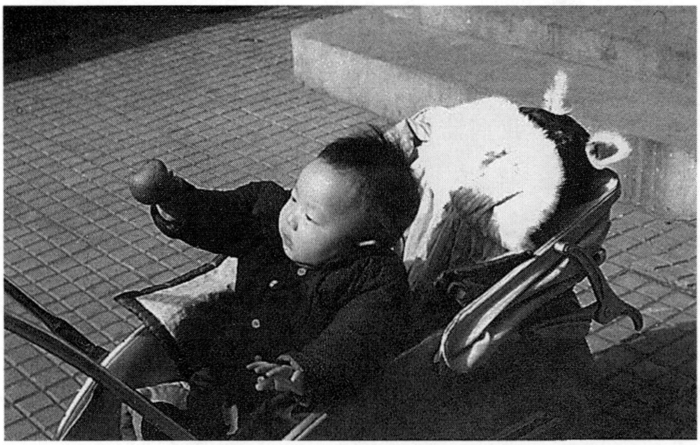

1959年9月，北大荒秋雨绵绵，一场接着一场下，粮食和生活物品都运不进来。吃粮断顿了，大家只

好吃麦种。囫囵麦子很难消化，吃进去什么排泄出什么。艾青病倒了，好几天起不了床。正巧就在这时，王震部长来八五二农场视察工作。他一见艾青病得骨瘦如柴，就发了恻隐之心。他回到北京不久，我们就收到农垦部的信，叫我们速回北京。

王震部长来农场视察工作时，曾和艾青谈起过新疆，说新疆生产建设兵团建团早，经济基础好，建议艾青以后去看看。

我们回到北京，农垦部通知我们，已经和新疆生产建设兵团联系好了。说我们随时可以起程。

"新疆是个好地方"，那是歌曲里唱的。可是想到"西出阳关无故人"，就忧心忡忡。谁都知道，新疆是块流放犯人的地方。路途遥远，交通不便，流放去的人，要想逃跑，十有八九会死在路上。

我问艾青："我们去新疆，算不算是流放？"

艾青说："是也不是。流放是强制性的，而我们不是。"

我说："我们能不能重新选择去处？"

他说："时至今日，已经没有选择的余地了。北京不留人，不去新疆去哪里？王震叫我们去北大荒，又叫去新疆，都是对我们的爱护和保护。也只有他，才有胆量收容'右派分子'。"

去新疆大局已定。我们查看了新疆地图，火车刚刚通到危亚。下了火车再乘汽车，还有两天多的路程，中途要在哈密过夜。

我说："路太远，孩子又小，正是冬季，你先去看看，我和孩子再去行不行？"其实我知道，我要不去，艾青一定是不会去的。

他说："高瑛啊，我们得风雨同舟。你不是说过吗，嫁鸡随鸡，嫁狗随狗；你嫁了艾青，就得跟着艾青走。这叫言而有信，是不是？"

艾青也想到，天寒地冻十二月天，小孩肯定受不了，真是左右为难。

我们商量来、商量去，研究来、研究去，最后决定：把孩子们留在北京，托人照管，我们俩轻装远行。

七岁的玲玲好说服，最让我们发愁的是未未。和他说深了，他不理解；说浅了，他听不进去。他知道我们要动身了，就死守着我们的行李。可能他认为，只要守住行李，就能守住爸爸妈妈。

心里难过的艾青，把未未抱在怀里安慰他说："好孩子，爸爸妈妈很快就会回来接你的。"

未未说："不，不，我现在就要跟你们走。"

"那个地方太远，天又冷，怕你们受不了。"

"爸爸妈妈不怕，我也不怕。"

我说："未未要听爸爸的话，来和爸爸拉拉手再见。"

"不再见。"他一下朝着我扑过来，两只小手紧紧地抱住我的大腿，哭啊，哀求啊，一定要跟着走。

看着孩子哭得这样委屈，这样伤心，又想到在孩子正需要父母呵护的时候，却要离开他们，我的心颤抖了，狠不下心来丢下他们。

艾青说上火车的时间快到了，叫阿姨把未未领出去避一避。

我知道事到如今，不走也得走了。我把未未使劲推开，冲出家门，上了等着我们的汽车。听着未未追到院子里的哭声："妈妈我也要去，妈妈不要未未了……"

汽车开了，我放声大哭起来。艾青劝我要克制一些，我还是不停地哭，他就不停地劝。我发现他也流泪了。他说："我不是一个无情的人，我知道生离死别的滋味是不

一张朦胧的照片却有历史意义，高瑛抱着未未在北大荒

好受的。这是没有办法的事情。大人落难，孩子也跟着遭殃。当初要是知道生活会走到这一步，无论如何也不会叫他们来到世界上。”

这次远行，没有送行人。

我们登上了西去的列车，心却留在孩子那里。我的眼泪始终是不停地流着。艾青极力想扭转我的情绪。

1958年夏，艾青与未未在八五二农场

火车启动了，车厢里传来了《拉兹之歌》：“到处流浪，到处流浪……”

艾青说：“怎么选择了这首歌？”

我说：“这是给我们这些流浪者送行嘛！”

艾青说：“你知道我听《拉兹之歌》想起什么？你还记得吗？我们是在看印度电影《流浪者》那天认识的。”

我说：“是啊，我们就是那天结缘的。”

《拉兹之歌》依然在唱。

艾青说：“印度歌曲多好听啊！”

而我这时听到的是孩子呼唤妈妈及爸爸的哭声。

去 新 疆

我和艾青坐在西去的火车上，心就像滚滚的车轮一样震荡不安：想到孩子离我们越来越远，想到他们已经开始了失去父母呵护的生活，想到他们无处诉说对父母的思念，想到他们小小的年纪就在陌生的环境里生活。他们生病了怎么办？会不会受委屈？我越想越揪心地难过。我，人在火车上，心还是在孩子那里。

艾青看到我依然沉浸在骨肉分离的痛苦中，又想办法来扭转我的情绪。

他开始向我回忆起在延安时期的生活，说："1943年3月，我和萧三带着秧歌队，到三五九旅去劳军。当时王震是旅长，我和他就是在那个时候结下的友谊。我们一个团一个团地慰问演出。有一天，路过球场，一群人正在打篮球，突然跑过来一个年轻人，热情地和我握手。王震说：'艾青同志，我给你介绍一下，他是我们三五九旅最年轻的团长，是个才子。'站在我面前的这位团长，风度翩翩，英俊潇洒，给我留下了很深的印象。你猜他是谁？他就是我们现在要去的新疆生产建设兵团的副政委张仲瀚。"

我说："你和他已经有十几年没有见面了，也许人家早就把你忘记了。"

艾青说："不会的，我不是个农民，我还是一个人物，他会记得我的。高瑛啊，你对新疆不要有畏惧心理。我们去看看。人不是树，树一旦扎下根就不好拔了。人，像鸟，是可以飞的。"

艾青说得多轻巧，一个"右派分子"，夹着尾巴做人都很难，谁会给你那么多的自由？我觉得他说的话，就连他自己都不会相信，不过是想宽慰我而已。

我们是看着地图往前走的。那时，火车刚刚通到甘肃与新疆交界的地方。我们在兰州火车站里蹲了一夜，第二天又乘火车去危亚。危亚，是个在地图上找不到的地方。我们下了火车，又乘上公共汽车，中间还在哈密过了一夜，大概走了两天才到达了冰天雪地的乌鲁木齐。

我们像瞎子摸象，终于找到了新疆生产建设兵团的招待所。

艾青感慨地对我说："人啊！真是此一时彼一时。过去，我无论走到哪里，都是有送有接。现在过过普通人的生活也好。人就得能高能低，能上能下，能适应各种生活。你说是不是？"

1959年冬，高瑛在新疆生产建设兵团招待所

我说："是啊，只要我和你在一起，我什么都不怕，什么苦都能吃。"

招待所里来了我们两个不速之客，所长没有得到通知，不知道该怎么安置才好。可能他想到，我们是从北京来的，路途遥远，一路颠簸，非常辛苦，就叫我们先在角落上一间小屋里休息。

我们来新疆的事，不知中央农垦部是和兵团哪个部门联系的。

艾青问所长，张仲瀚副政委在不在？他说不在。艾青把农垦部给我们开的介绍信交给

了所长。过了一会儿，我们在屋里听到有人在打电话说："大'右派'艾青和他的爱人从北京来了，住我们这里合不合适？"那边的人说什么我们不知道，这边又说："已经把他们安置下来了，不然怎么办？"过了一会儿这边人又说："你们决定吧，我们得听你们的。"

我说："艾青，你听见那个所长说的话了吧？也许我们不该来新疆。"

艾青说："'右派分子'，谁见了不害怕？尤其是那些小干部，胆小如鼠，都怕在政治上犯错误，要理解他们。"

中午一个女服务员来了，把我们领到一个小餐厅，里边只有几个人吃饭。他们都是些什么人，没有人介绍。看他们的样子，听他们说话，估计是兵团各部门的负责干部。我们从北京到乌鲁木齐，在路上走了好几天，今天在这里痛痛快快地吃了顿饭。回到屋里，我对艾青说："这里的伙食太好了，也不知道我们该不该吃这顿饭？"艾青说："饭已经吃到肚子里去了，还想那么多干什么？"

到了吃晚饭的时候，领我们去吃中午饭的那个服务员又来了，她说："你们去大食堂买饭票吧，中午那个小餐厅，是首长吃饭的地方，你们在里面，首长说话不方便。"

她说的话，太伤人，我忍不住哭了，问艾青："我们到新疆来，是不是错了？"

艾青说："你不要太脆弱了。你不是说过跟着我上刀山下火海都不怕吗？你要是真有这样的决心，听到几句刺耳的话，又有什么了不起的？从今以后我们得习惯过世态炎凉的生活。既来之则安之。你说是不是？"

我看艾青用食指在桌子上，重复地写着一个"忍"字，他说："忍、忍、忍，心上插着一把刀，是不会好受的。等、等、等，张仲瀚是会来见我的。"

正说着，一个小伙子出现了，说他是张副政委的秘书小王。

他说："张副政委刚回来，他马上要来看你们，叫我先给艾先生送些烟来。"

艾青接过来一看是东风牌香烟。王秘书说:“毛主席就抽这个牌子的香烟。”正说着,张副政委来了,他见到艾青,就像久别重逢的老朋友,紧紧地握着艾青的手说:“我刚从团场回来,我知道你们要来新疆,但是没想到会来得这么快。”

艾青说:“我们一别十几年,八千里路云和月,今天在这里又重逢,我始终还记着当年在南泥湾球场上,见到的那位风度不凡的年轻团长。”两个人说着都哈哈地大笑起来。

艾青和高瑛走在石河子的林荫路上

张副政委说:“这间屋子太小了,换个大屋子。”

王秘书马上说:“已经安排好了,就在你楼下的那间屋子。”

张副政委说:“我们是邻居,以后串门方便了。有什么紧急情况,敲地板你们就知道了。”他们俩又笑了起来。

张副政委说:“我还记得,当年在延安时,你带着一群姑娘,挑着花篮,扭着秧歌,唱着《南泥湾》,到三五九旅劳军的情景,我们有的战士看了,想开小差。问他‘为什么要跑?’他说:‘想老婆了!’”

艾青说："太糟糕了，这不是动摇军心了吗？"

张副政委说："这是个别现象。个别现象什么时候都会有的。"

他叫我们先好好休息几天。说兵团是个大家庭，南疆北疆都有农场，摊子很大，以后可以到处走走、看看。他对我说："小高啊，以后有什么事，随时都可以上楼来找我。"

我问所长到哪里去买饭票，所长一副笑脸说："张副政委说，你们是兵团的客人，要我们好好接待。请你们在小餐厅里用餐。"

我说："我们和兵团首长一起用餐不太合适，我们愿意到大食堂里吃饭。"

所长说："那可不行，我们得听首长的指示。"

我们来到兵团没过几天，参加了一次想不起来是什么内容的宴会，只记得兵团一些领导人都参加了。兵团政治部主任王季龙也出席了宴会，我被安排在他的旁边。他一见到我就叫小高，我感到很亲切。他递给我一个梨，说是库尔勒的特产。我还是第一次见到这种水果。他叫我尝尝味道。我轻轻地一咬，酥脆香甜，水分很多，真是像人家说的那样，含在嘴里能有化了的感觉。

我们在这些陌生人中间，就像和老朋友们坐在一起。

宴会结束了。王主任叫服务员递给我一个包。回到招待所打开一看，是库尔勒梨！

艾青笑着问我："高瑛啊，你说，我们来新疆，是来对了，还是来错了？"

我说："这个问题，我留着以后回答你！"

他说："你这个鬼东西，狡猾狡猾的！"

秋　收

我们在石河子落户了，住在招待所。

农八师机关干部要去连队参加秋收，主要是摘棉花。我也想跟着去，就爬上了大卡车。

宣传科副科长陆振欧劝我不要去，说摘棉花是很辛苦的，怕我干上两三天就熬不住了，还得找车往回送我。他这么一说，车上和我熟悉的人，就七嘴八舌，说什么的都有。有人说我连棉花长得什么样都不知道，去看看也好；也有人说我是横草不拾的城市人，怕弯不下腰；还有人说，劳动可不是演戏，那是要流大汗的。

这些话听起来好像是在开玩笑，但是言语之中，都流露出对我的看法。

我是个不怕劳动的人，也不在乎别人说什么，我倒想亮出一个真实的高瑛给他们看看。

他们哪里知道，当年我在哈尔滨行知师范读书时，曾经被选为全校的学生伙食代表。有一天，正在上课时，忽然下大雨，为了抢卸外边车上的粮食，我背起两百斤重的麻袋，往地下室送。

他们哪里知道，我在学生时代是运动健儿，曾在松江省学生运动会上，获得百米短跑和六十米低栏两个第一名。

他们哪里知道，我在北大荒八五二农场，为了支援垦区的铁路建设，伐木运木，像小伙子一样，扛着一根根木头，往树林外边运。

有过这些历史记录的人，摘棉花的劳动算得了什么！

第一天摘棉花的数量，我是第二名。大家看着黑板上我的成绩，议论纷纷，有人怀疑我是不是背错了麻袋，还有人说，应检查我摘的棉花质量合不合格。总而言之，那些有成见的人，对我的劳动成绩是不服气的。

第二天上工前，我对大家说："请你们注意了，要好好看住自己的麻袋，我可是个'三只手'！"

头一天，我是用一只手摘棉花，第二天我学会使用两只手，成绩是第一名。从这以后，我每天都是第一名。写在黑板上的口号是："追高瑛，赶高瑛"，就是没敢写"超高瑛"。

有人问我："你为什么摘棉花那么快？"我开玩笑说："我是用舞蹈方法。"又问我："能不能教一教？"我说："谁要想学，就得先去学几年舞蹈。"

摘棉花是一项很辛苦的劳动，一天十几个小时，头朝地背朝天地干，腰腿累得疼痛难忍，没有韧劲就得不到好

1960年夏，高瑛在石河子农八师院内

成绩。

八师鱼正东政委到连队来了。连长告诉他,有个长辫子姑娘,比连队里摘花能手摘得还多。鱼政委说,可能那是我们机关总机室的小马。鱼政委走到棉花地地头,连长指着我说:“就是那个姑娘!”鱼政委笑起来,“哎哟”了一声,说:“她是艾青的爱人!”

大家看见鱼政委来了,近处的人都跑过来,鱼政委对我说:“连长夸你摘棉花手快,我没有想到你还会劳动!”

我说:“鱼政委,你不要门缝里看我,把我看扁了。”我说这话,弦外有音,是想叫旁边的人听听。

1962年,艾青一家在石河子;左起:艾丹、艾青、高剑、未未、玲玲、高瑛

鱼政委笑了,在场的人也随着他笑了。

鱼政委对我说:“高瑛,跟我回去吧,老艾想你啦!”

我说:“我要是跟你走了,人家准说我怕累,怕吃苦,开小差了。”

秋收结束了。回来的那天,兵团正在八师师部开三级干部会议。我是摘棉花的能手,一下子传开了,许多人都对我刮目相看了。

我和艾青结婚之后，还是第一次分开这么长时间。我从连队回来那天，一进门，看到沿着床边摆着一长溜我的照片。我问艾青："把我的相片洗那么多，放那么大干什么？"

他说："我想你，就一张一张摆出来看。你看这些相片，拍得多好，哪一张我都喜欢。《人民日报》那位摄影记者的名字，你记住了没有？"

招待所的服务员小王来了，她说："高阿姨，艾伯伯可想你啦！我从窗户外看见他把你的很多相片摆在床边上，那天我给他送水，敲了半天门他才给我开。我问他在干什么，他说没干什么，人老了，动作缓慢。我一看，那些相片不见了，问他怎么把相片藏起来了，他说，你怎么知道有相片？我说是从窗户上看见的。他说，你怎么偷看别人的东西？我说，你的窗帘没放下来，谁从窗外走都能望见。艾伯伯噢噢两声说：'我这个人太粗心大意，秘密让你发现了。'"小王说，"高阿姨，我看艾伯伯太爱你了！"

我们在农八师住下之后，常去机关卫生所看病，认识了季医生，后来我们成了朋友。

秋收劳动时，我们俩住在一起。蚊子咬了我，我抹了点花露水，机关带队的胡麻子，不指名地批评了我，说我是把资产阶级的生活作风带到连队里来了。季医生劝我不要生气，随他说去。从这件事，她想起了1957年《中国青年》杂志里批评我的那篇文章，她问我看过没有。

我说："不仅看了，而且铭记在心。那篇文章，至今我还保留着呢。"

她说："那篇文章里写的事情，不会都是真的吧？"

我说："很多都是胡编乱造。如果我那个时候给气死了，或者自杀了，你今天看见的我，就是屈死鬼了。"

她说："以前我不认识你的时候，全相信是真的。和你接触之后，尤其是你这次来摘棉花，我看你干起活来，那个泼辣和吃苦劲儿，才知道你不像是文章里写的那种人。你认识写那篇文章的人吗？"

我说："作者石光是个化名，假文章是不敢写上真名的。我猜可能是我们作家协会里的人写的，给我造的影响很坏很广。我在北大荒时，也有人向我提起过。文章里说我追求资产阶级的生活；劳动时蚊子咬了我，抹了点花露水，胡麻子批评我是资产阶级生活作风，看来也是《中国青年》杂志那篇文章的流毒。”

有一天，我和艾青吃完饭，从小食堂出来，鱼政委和艾青正在说话的时候，那个胡麻子追上来了。他是找鱼政委汇报什么事，看见我们和鱼政委走在一起，就对艾青说：“高瑛这次劳动成绩突出，成了摘棉花的能手了。”

我马上接过来说：“你不要夸我了，我只要不挨你的批评，就心满意足了。”

艾青说：“我这个老婆，有个毛病，任劳不能任怨。”

胡麻子一听艾青话里有话，就匆匆地走了。

挥不去的烦心事

“不幸的婚姻是无期徒刑。”这是艾青说过的一句刻骨铭心的话。

艾青和韦嫈为离婚打了五年官司。

从1950年到1955年，他们离婚的拉锯战，坚持不懈地进行了五年。先是北京市中级人民法院判决离婚。韦嫈不服，上诉北京市高级人民法院，又改判不予离婚。离婚之事反反复复地折磨着他们两个人。直到1955年，韦嫈匆匆向艾青提出离婚。艾青说：“鬼使神差，给我发了一张释放证（离婚书）。”艾青说他拿到离婚证书时，高兴地大喊：“艾青解放了！艾青解放了！”

我同艾青结婚前，和他有约法三章，其中一条是关于他前妻孩子的问题。我想到后娘难当，提出，他和韦嫈的孩子，任何事情我都不参与。艾青理解，答应了我。

我是拿着结婚证书走进艾青家里的。

1957年年初，郭小川来我们家，说他读了艾青在《文汇报》上陆续发表的《启明星》、《景山古槐》、《鸽哨》几首诗。他对艾青说：“这些小诗写得很好，但是，你是大诗人，应该多写长诗了。”

郭小川走后，艾青对我说：“小川提的意见很好。我也想到要写大主题的作品。”他很兴奋地说，“我要写‘中华民族万岁！’‘人民万岁！’我要写鸦片战争，写史诗。”

我知道他的雄心，我看到了他的创作激情！

他说：“高瑛，我们去上海吧，去冒险家的乐园，我要到那里为写史诗备料！”他深深地吸了一口烟，又呼地一下吐出来，说：“你是个生在北方、长在北方的人，还没有到过南方，我要带你去南方开开眼界！”

3月，我们去了上海，见了艾青的老战友、上海市委宣传部副部长周而复，见了画家刘海粟，还见了巴金。当他们知道艾青来上海是为写作搜集资料的，都极其热情地提供了方便。

1957年春，艾青和高瑛在上海

艾青要写上海，写洋人在上海的发迹史，他认为哈同和沙逊两大巨头必写无疑。在刘海粟和周而复的帮助和引见下，艾青见了哈同的孙子，采访了青红帮头子王晓籁，走访了汇丰银行留在上海的一位代办。

艾青在上海的旧书摊上，找到了大量对写作有参考价值的书籍和资料。

艾青胸有成竹了。他对我说：“我要写出高水平的长诗给你读。”

我是身怀着六七个月孩子，陪艾青去上海的。快到预产期了，5月我回到北京。6月，他陪同智利诗人聂鲁达夫妇和巴西作家亚马多夫妇，到昆明、三峡、武汉等地参观,回到北京后就卷进了“反右”运动的漩涡。

艾青和前妻有四个孩子,小女儿梅梅在她母亲那里生活,我只见过两三面。端午和圭圭在育才学校读书,是住校生,星期日,多半去他们母亲家。清明和艾青住在一起,我和她相处只有一年多时间。

艾青是个爱孩子、护孩子的父亲。我和他结婚不久,发生了一件不愉快的事情。那是在一个星期天,端午和圭圭来了,吃饭的时候,艾青在饭桌上说了一句话:“豆腐巷9号的伙食降低了。”当时我很吃惊,不知艾青为什么要说这样的话,他是不是忘记了我在这个家庭里的位置?我越想越有气,吃了几口饭就离开了餐厅。

艾青发现我不高兴了,知道自己说了不该说的话。我叫他去向孩子们说明:我是不管家务伙食的,吃好吃坏都是阿姨的事。我看艾青不想动,就拿起衣服往外走,他搂住我的腰,不准我走。我一甩手,碰破了他的鼻子。

这时三个孩子都跑进来了,指责我为什么打他们的爸爸。我说:“打了又怎么样?”他们一齐喊:“打人就不行!”艾青叫他们出去,不要管大人的事。

没过多久,外边就传开了,说艾青家为了前妻的孩子,发生了流血事件。

艾青听到传言后说:“这件事都怪我,说了不经意的话,变成别人打我们的子弹。我们要接受教训了。”

不久,“反右”运动进入了高潮。在批判艾青的会上,韦嫈送进会场一个小包,里边是圭圭的一只掉了后跟的皮鞋,以此声讨我们夫妻虐待她的孩子。

艾青回来说,现在到了她发泄的时候了。

1957年10月,艾青被划为“右派”已经见报了。韦嫈向北京市中级人民法院提出申诉,要求抚养四个孩子,条件提得很高。判决那天,法院叫我也去。韦嫈发现我在场,立即提出:与本案无关的人离开法庭。这是我第一次见到韦嫈。

艾青说:“此人很刁,你领教了吧?”

我对艾青说："我真怕她，你要尽量满足她的要求。我们现在只求过平静的日子。"

1958年4月，我们到了北大荒八五二农场，住在新场部南横林子，邮局在八里路外的老场部。艾青与前妻四个子女的抚养费和保姆费，要在每年5月里一次性付给韦嫈。

5月的南横林子，雪刚刚化，路被车轧得坑坑洼洼，地又黏又滑，走在上边像扭大秧歌。为了给韦嫈寄四个孩子的生活费，我来回走了十六里路，双脚都磨破了。

没过多久，农场法院把艾青传去，说他们收到韦嫈的信，信中说我们夫妻道德败坏，为贪图多拿利息，不顾四个小孩的穿衣吃饭，有意拖欠抚养费等等，等等。

这时，我的脚已经发炎化脓，正是疼痛难忍的时候，又被韦嫈攻击。我忍无可忍，就写了一封信，指责她不要欺人太甚。信里没写我的名字就寄走了。

过了一段时间，公安局把我叫去了，问我最近干了什么事。我说："你这样问，我是丈二和尚摸不着头脑。能不能说清楚一些？"

那人说："你到这里来干什么？"

我说："我们是来劳动改造的。"

他说："那就得老老实实改造。"

我说："我弄不清楚，到底发生了什么事情？"

他看我有点不冷静了，就问："你是不是写匿名信啦？"绕了半天，我才明白了怎么回事。我解释说："前不久我给艾青前妻写了一封信，我不愿意把我和她的名字写在一张纸上，没署名就寄出去了。这能算是匿名信吗？"

那人说："不署上名，就是不光明正大，这是犯法的，以后不许再这样做。"

我走出公安局，自己对自己说，高瑛啊高瑛，你真是倒了大霉了，什么窝囊气都得受。

回到家，艾青问我公安局找我有什么事，我一五一十地讲了。艾青说："现在正是姓韦的得意的时候，这是个送不走的瘟神。我们以后对她要多加小心了。"

1959年冬，我们去了新疆。

1963年夏，艾青忽然接到大女儿清明的信，说艾端午想来新疆生活，问同意不同意。

我说："端午不和亲娘一起生活，却要来和后娘一起生活，这件事有些蹊跷。"

艾青说："他是不是在天津吃不饱，知道新疆生产建设兵团生活好，可能想来找饭吃吧。"

我们俩猜了又猜，始终找不到答案。

我说："你回信吧，表示你欢迎他来，我也欢迎他来。"

艾端午真的很快就来了。

端午来了，我就有意识地处处照顾他。他没带什么东西来，我就给他买。他的脚大，买不到合适的鞋，我就给他定做，给他配眼镜，给他买钢笔。我想感化他，叫他从感情上靠拢我们。

我和艾青都希望他上学。我带他到八师中学去见老师，学校对他也表示欢迎。但是他不想读书，说他已经十八岁了，读初中年龄太大，读高中，物理、化学、数学都跟不上，叫我给他找个单位画画。依照他的意见，我给他找了一家画室工作。

艾端午刚来新疆时，说了韦嫈在天津的一些事情。艾青批评他说："在我的家里，不要谈韦嫈，我对她的任何事情都不感兴趣。"

不知过了多久，八师党委秘书王琪来我们家，说师党委收到了艾端午妈妈的信，批评我们夫妻不顾她儿子的前途，为了减轻负担，叫一个应该读书的孩子参加了工作。艾青说想看看信里胡诌八扯些什么。王琪秘书说，信就不要看了，看了会生气的。

王琪走了之后，艾青说："又追到新疆来了。真叫我烦死了，头疼死了！"

树欲静而风不止。韦嫈当年曾说过，她要叫艾青的生活不得安宁，时间验证，她已经做到了。我思前想后，深感这样对艾青极为不利，他劳动改造，已经心力交瘁，不能再被这样的事纠缠。1964年夏天，我给她的丈夫写了一封长达十三页的信。我在信里说，我是被韦嫈逼得无奈才拿起笔来写这封信的。多少年来，我和艾青无论走到哪里，她的信就跟踪到哪里，败坏我们，攻击我们……

最后我说："面对你，我是不会胡说八道的。凡是我在信里写到的事情，我都敢负责。给你写信，无非是想请你规劝韦嫈，不要死盯住我们不放……"

韦嫈和她的丈夫都在最高人民法院工作。我一封信，写了两份，一封直接寄给韦嫈的丈夫，另一封寄给他们所在的单位。我之所以这么做，一是明人不做暗事，二是怕韦嫈的丈夫收不到信。

自从那封信寄出以后，我们的生活暂时平静下来了……

人不能喝西北风

1957年下半年，人民文学出版社停发了“右派分子”的稿费。但是艾青的稿费已经拿到手了。

艾青划为“右派”之后，中国作家协会不给他发一分钱工资。幸亏有了这笔稿费，我们一家人的生活才得以维持。艾青说：“这是从天上飞来的福。”

我问艾青：“你的书以后不准出版，文章不准发表，养活这么一大家人，钱花完了怎么办？”

艾青说：“不必想得那么远，活到哪儿，就说到哪儿。有朝一日真的没有饭吃了，我就到中南海门前给你们去要饭吃。”

1964年夏天，农八师鱼正东政委问我：“我看艾青身上老穿着那件衣服，是不是生活有困难了？”

我说：“是啊，我们家快喝西北风了。”

他说：“老艾的单位不给他发工资是不对的。这不是共产党的政策。他们不发，我们给补贴吧。”从此，每月送来二百元钱。

中国作协不给艾青生活出路，实在不人道。我越想越有气，就背着艾青给王震部长写了封信，问他艾青该不该有工资，告诉他我们在这里已经是靠着八师的补贴过日子了。

王部长的秘书胡中给我回信了，说王部长原不知艾青无工资一事。这个问题，已向中国作家协会和中宣部反映了，很快就会得到解决，叫我不要着急。

不久，中国作家协会来函，把艾青的工资，从文艺一级降到行政十三级。

“文化大革命”刚开始，说艾青的十三级工资，是走资派张仲瀚给定的。马上把他的工资降到了一百元。我们被送到连队，又降到四十五元。一家五口人，全靠着这点工资活命了。

我们的苦日子开始了，精神的和物质的都到了极限。

每月供给艾青的是百分之百的粗粮（玉米面），供给我和孩子的，有百分之十五的细粮（白面）。艾青有胃病，全家人的细粮都省给他吃了。

艾青的劳动量很大。全连十三个露天厕所，都由他一个人打扫。夏天，一下雨，厕所灌满了水，就得一瓢一瓢地淘出去。到了冬天，屎尿成冰，他得用几斤重的钢钎冲开，甩到坑的上边，然后再用土埋起来，怕鸡刨狗捣。日复一日，艾青累出了疝气。连队里的严医生要给艾青写病假条，叫他休息几天，艾青说：“我当然愿意休息，可是人家的屁股不休息，屎尿积攒多了，还得我去打扫。那就更要累死我了。”

高瑛

不过节，不发肉，每月每人只发二两油。

艾青做梦都想吃顿红烧肉。

艾青的眼睛出了问题，看不清东西。

艾青夜里大腿抽筋，身出虚汗。

艾青的小肚子上常鼓出个硬块。

艾青的胸经常发闷,憋气。

艾青的情况越来越坏,一天不如一天。我忧心忡忡。

每个月四十五元的生活费,难以维持下去。到哪里给他找营养?我开始卖家里的东西。大衣、毛衣、皮鞋一件件出手了。卖东西的钱,虽说不多,但能救急。我请连队里的职工,骑着自行车,跑到几十里外的老沙湾,买回来肉和大米,给艾青增加营养。

国庆节,连里宰了一批羊,把羊蹄都扔到了垃圾坑里。艾青说:"这是多好的东西,扔掉了太可惜。"叫孩子给捡回来。说他的腿老抽筋,可能是缺少营养,吃什么补什么,吃些羊蹄筋,也许腿就不会抽筋了。

我就生起火,烧毛、刮毛,用开水烫毛。忙活了半天,也弄不出多少能吃的东西。

听说连里的小猪冻死了,艾青就叫孩子去拿回来。我说不能什么东西都吃。艾青说:"小猪是冻死的,不是病死的。你没听说吗,乳猪是广东人的一道好菜。你们不吃,我来吃。"

我又烧开水,烫毛、刮毛,开膛破肚,掏肠子。那股臭味、腥味,把我熏得都快背过气去了。

没有什么作料,放上咸盐和酱油,煮了一锅,端上了桌子。孩子们都捂着鼻子躲开了,我恶心了很多天。艾青说:"饥了甜如蜜。来来来享受享受。"艾青居然能一口一口地咽下去。

连队里的人,知道艾青吃了羊蹄又吃死猪,发了慈悲心,在夜里给艾青送来了吃的。艾青说:"月光下的温暖最感动人。人间还有真情在啊!"

不测风云

1960年夏天，艾青和我跟着农八师政委鱼正东去了莫索湾垦区。艾青看到了在古老的荒原上，是一望无垠的金色麦浪！农垦战士征服大自然、让沙漠变良田的丰功伟绩，激发了他的创作热情。之后的几年里，他经常深入连队，莫索湾像强力的磁场，牢牢地吸引着艾青，他的心落在这里了。

我们决定在石河子长期安营扎寨，把孩子们从北京接来了。

艾青对我说："我要写一部长篇，书名叫《沙漠在退却》。"

他用了三四年的时间，写了几十万字，他把对农垦事业的爱，都渗透到作品里了。

天有不测风云，"文化大革命"运动，风起云涌，蔓延全国，把艾青也卷进去了。

十万人口的石河子，我们是被抄了又抄的第一家，威风凛凛、杀气腾腾的红卫兵出出进进，孩子们见了就像见了狼群，吓得发抖。

艾青悄悄地对我说："法西斯！希特勒在中国复活了！"

我们家，就像没有主人的库房，红卫兵想拿走什么，就拿走什么。

他们把许多艺术品、工艺品抄走了，把所有的相片抄走了，把毛主席和周总理给艾青的信抄走了，把艾青的大批诗稿抄走了。总之，他们把想要的东西都抄走了。

被抄过的家，一片狼藉，就像发生过强烈的地震，就像发生过战争……

女儿含着眼泪问："爸爸，他们把你那些好玩意儿都拿走了，还不

幼年的玲玲和高剑

还给我们了？”

艾青说：“拿走就拿走吧，不还就不还吧，算不了什么。”

艾青对我说：“我那些稿子，红卫兵要是给烧了，就太可惜了，我再也写不出来了。”

我发现墙上的挂衣板掉下来了，灯泡也被摘下来了。这两件事，让我警觉起来。

艾青坐在椅子上，两眼发呆。我问他挂衣板和灯泡是怎么回事，他不回答，眼睛直直地瞅着正在睡觉的小儿子。我吓坏了，哭了起来，跪在他的腿前哀求：“艾青啊，我和孩子都需要你，你不能做出对不起我们的事啊！”

艾青一下子把我搂在怀里，哽咽起来了：“高瑛啊，做人太痛苦了，我真想做鬼去。可是想到丹丹这么小，你又那么年轻，要是我死了，你和孩子可怎么过呀？我在生与死之间徘徊半天了，要不是留恋你和孩子，现在你就看不见我了。”

我相信艾青说的这些话。可还是成天价提心吊胆的，怕他一时又想不开走上绝路。

我日夜“监视”着艾青，还要照顾四个小孩的生活，紧张劳累，日子实在难过。艾青看在眼里了，他说：“高瑛啊，你放心好了，我不会死，我要看看那些疯子到底想把国家搞成什么样子！”

席卷全国的“文化大革命”运动，反倒激发了艾青活下去的勇气。他说：“什么是革命？我要重新思考这个问题了。”

有一天，艾青在广播里听到，周扬被揪出来了。他喊起来了：“高瑛啊，我死能瞑目了，没有想到文艺界的‘左派领袖’，也会有这一天！”

我说：“现在革命的和反革命的，煮成一锅粥了。”

艾青说：“你这个比喻很好，真革命的和假革命的也一锅煮了。”

周扬被打成“三反分子”，艾青出了一口气。他一直以为，是周扬和他的几个干将给他扣上了“右派”帽子。但是，当艾青听到王震也被打成“三反分子”时，就气得拍桌子了，他说：“如果王震是‘三反分子’，那么还有谁是革命者呢？岂有此理，天下大乱了……”

1967年6月，我们家被赶出石河子。

“文化大革命”劫后余生的一张照片

一清早,“八野战斗队”的头头魏某某来了,瞪着牛大的眼对艾青说:“你们得马上离开石河子,要不要大家欢送欢送?”

艾青知道他话里有话,惹不起,就说:“不必欢送,马上就走。让我们到什么地方去?”

魏某某说:“到你们该去的地方。赶快收拾东西上路!”说完一扭身,扬长而去了。

艾青说:“来者不善,多么威风,像个打手。我们得准备走了。”

农八师机关干部史光菊告诉我,要把我们送到一四四团,说那个地方是农八师的“小西伯利亚”,进去很难出来,要是在那里把艾青整死,都不会有人知道。她叫我去北京找周恩来总理告状。

艾青说:“从报纸上看,全国都在闹革命,这个时候,找谁都不管事了。再说,你到哪里去找周总理啊,他自己的日子肯定也不好过。”

我说:“我去找师部领导,问问他们想把我们怎么处置?”

艾青说:“你谁也不要找了。现在掌权的人是肖凤瑞。我前天去医务所碰见了他,他说叫你和我一道下连队劳动改造。”

我说:“此人过去伪装得多好。你为了写他和他所‘统治’的莫索湾,辛辛苦苦地写了好几年,那几十万字的稿子,也不知叫红卫兵弄到什么地方去了。”

我想,不能坐以待毙,就对艾青说:“我去北京看看还有没有说理的地方,给我们家找个生存出路,好不好?”

起初艾青不想叫我走,但是,想到我去北京,能了解许多情况,打听到许多消息,他就同意我走了。

我拉着丹丹去了龚建章副师长家。

我开门见山地说了:“龚副师长,我想去东北看望父母,请给我开一张路条吧。”那个时候,没有路条(证明),像我们这种人,走不出已经军管了的石河子。

龚说:“目前形势很乱,先不要走,以后再说吧。”

我说:“如果不批准我走,我就和艾青离婚。”我想以此要挟他。

龚说:“这可不行,我负不了这个责任。”

我说:"我可以写张大字报,贴到大食堂前的黑板上,声明一下,我是自愿离婚,没有人逼迫。"

龚说:"千万不要这样做,影响不好。"

他沉默了半天,看我不走,就说:"你去找办公室的李春风吧,就说是我叫她给你开路条的。"

我拿着通行证就往回走,远远看见我家门口,停着一辆大卡车。

艾青正在焦急地等我回来,孩子已经开始往车上搬东西了。

我们在农八师师部使用的家具,一律不准带走。我们的全部家当,只有几件行李。

天开始下小雨了,我叫机关管理员张光杰找来一张苫布,把车盖上了。艾青坐在驾驶室里,孩子藏在雨布底下。

艾青说:"我们离开石河子也好,从目前的形势看,暴风骤雨还在后头呢,要是北京的情况不好,就赶快归来。"

汽车开了,高剑和未未探出头来喊:"妈妈再见,我们等着你和丹丹!"

一家人,流着泪分手了……

地 窝 子

我领着丹丹从北京回来，先到石河子。第二天搭上去克拉玛依的汽车到沙湾县城。下午三点又坐石油农场的车，在距离八连还有六里路的地方下了车。车上的人告诉我，从荒地穿过去，朝着前面那片影影绰绰的绿色，就能到你要去的地方。

丹丹知道马上要见到爸爸了，高兴得像个小兔子往前直跑。

八连越走越近了，远远看见一个人站在那里朝着我们张望。我的眼睛不好使，就叫丹丹看。丹丹一边跑，一边喊："妈妈，我看见了，那是我爸爸。"

我们在路上走了一天，上车下车，下车又上车，实在太累了。这时我放慢了脚步，看见丹丹扑到艾青的怀里，父子俩那个亲热劲，真是叫我好感动！

艾青说："你们好像是从天上掉下来的，为什么不先给我写信？"

我说："这里交通不便，也许人比信走得还快。"

艾青说："那倒也是，过去你来信，有时在路上走半个多月。"

我说："你怎么又黑又瘦？左手扛着铁锹，右肩扛着个长把瓢，远远看你很像堂吉诃德。"

艾青说："我像吉诃德先生吗？那么桑科是谁呢？"他看了看丹丹，拍了拍他的肩，"桑科就是我的小丹丹吧。"

丹丹听不明白就问："桑科是什么东西？"

艾青说："他不是什么东西，是一个又矮又胖的人。这个故事，爸爸以后给你讲。"

丹丹问："我们的家在哪里？"

艾青说："别着急，跟着爸爸走。"

走了一会儿，丹丹又问："怎么还不到？是哪栋房子，指给我看看。"小头转来转去在寻找。

艾青说："不要往上看，要往下看，前边这个小屋就是我们的家。"这时，丹丹那张小脸马上变了样。艾青牵着他的手走进了地窝子。

"爸爸，这是什么家，我没见过，像野人住的地方。"孩子满脸的不高兴。

艾青不知找什么话安慰儿子："丹丹，你说，我们这个小屋，像不像猎人之家？"丹丹没有吱声。"丹丹你看在这根柱子上，像不像盘着一条龙？"

丹丹不耐烦地说："那像什么龙，是一棵没有长好的树。"话不投机，我看出艾青的心里也不是滋味。

八连的"地、富、反、坏、右"都被赶进了地窝子。我们住的这个，原来是接生羊羔用的地方。最小最矮也最暗，天窗只有脸盆大，白天全靠这点光。

高剑和未未在石河子

没有床，用土垒了个炕。一家五口人都挤在一个炕上。

地窝子南边接着地平面。鸡啊，狗啊，常常走在上边。最可怕的是当马跑过去时，就像发生了地震，尘土满屋飞扬。

地窝子的棚顶，中间盖的是一层麦草，许多老鼠在里头安家，到了下崽的时候，白天夜里都能听到吱吱乱叫唤。

这里的气候干燥，到了夏天，地窝子里比较凉爽，癞蛤蟆也会跑进来，有时还跳到炕上。那些软壳的硬壳的小虫，处处可见，习以为常。

我们一家人在这样的环境里，送走了五个春夏秋冬。人的适应性也真是很强。

1972年10月，我去石河子领生活费，八师宜文光副参谋长的爱人告诉我，师里要接我们回石河子，一时还没有找到房子。听说招待所里有一间库房可以借用。她说："快过冬了，是不是先搬回来再说？"我说："好好好。"心里想就是有间厕所，我都愿意进去住，赶快离开八连那个鬼地方。

我带着振奋人心的消息回到了连队。孩子们高兴得又蹦又跳。

艾青说："天有不测风云，先不要张扬。"

我刚到家一会儿，职工高长发就来了，他听到一个故事，要讲给我们听听。说有一天，艾青去领补发的工资，银行给他的钱，都是一角两角小票。艾青知道他们在搞恶作剧，就一捆一捆地给拆开，用手胡噜来胡噜去，混成乱糟糟的一堆说："把这些钱都给我存进去。"本来银行的人想捉弄一下艾青，结果却被艾青捉弄了。

艾青听了这个故事，哈哈大笑说："政策还没给我落实，工资也没给我补发，先把故事给我编出来了。"

高长发说："你们家是有盼头了，可是我们这些人，就像戈壁滩上的红柳，死活都离不开这块地方。没有什么奔头了。"

那天，天还没亮，连里的狗就狂叫起来。警卫金子龙来敲门，说师部来给我们搬家了。孩子们还没等睁开眼，就都爬起来了。

丹丹问："爸爸，我们真的要走了吗？"

未未说："汽车都来了，还能是假的？"

告别地窝子的日子，真的到来了。

我和艾青走出地窝子一看，门前站着很多人。

赵连长说："没想到，你们能走这么快！"

正在八连蹲点的二营李教导员也来了。他说:“高瑛,你看这么多人来帮助搬家。你们就是有一座山,也能给抬到车上。”又说,“前些日子有人搬家,只有警卫班里的几个人动手。可以看出,你们在这里的人缘太好了。”

1960年春,高瑛在乌鲁木齐

八师汽车来搬家,实际上是来搬人。我们来的时候,只有一张小桌四把小凳,还有几件行李。今天离开这里,还是这几件东西。

来送行的职工和家属,有的哭,有的笑,我知道,他们哭也是为我们高兴,笑也是为我们高兴。

我们在这里熬了五年多的苦日子。我们在这里也交了一些知心的朋友。

人生啊人生,真是此一时,彼一时,我们来的时候说是坏人;我们走的时候,又变成了好人。其实,现在的我们,还是过去的我们。人依然如故,但是命运却改变了。

1979年,我去新疆搬家,实际上是去迁户口和办理调动手续。我顺便又去了一趟一四四团二营八连。想去看看那里的人,日子过得怎么样,生活环境有没有什么变化。

我一回到北京,艾青就问:“你去八连了没有?”

我说:“去了,机会难得,哪能不去。”

“我们住的地窝子,还在不在了?”他问。

我说:“还在,地窝子的盖掀开了一半,里头住的不是人,是两头大白猪。”

艾青说:“我们住的时候,地窝子里暗无天日。我的一只眼睛给丢在那里了(瞎了)。”

我说:“现在猪在里头,是阳光普照。”

艾青问:“你去厕所了没有?”

我说:“去了,一塌糊涂,脚都快插不进去了。”

艾青说:“牛鬼蛇神都变成人了,厕所也就没有人好好管理了。”

我说:“你怎么不打听打听八连里的人呢?”

艾青说:“我想知道的太多了,你以后慢慢地给我讲吧。”

“三八”队

一四四团二营八连的人，把我看成是能写会算的知识分子，就推选我做了“三八”队的记工员。

“三八”队里的几十个人，都是从各省农村来的职工家属，都没有多少文化，但是人都很朴实勤劳，和她们很好相处。

在这个队里，也有几个厉害人，出工是三天打鱼两天晒网。正因为这样，我的记工工作，做得非常认真。

职工徐西安的老婆，说我给她少记了两天工，叫我给她补上。

我核实来核实去，没有失误，是她想赖两天工。我就没理她那个茬儿。她到了地里就骂起人来：“要是个好人，就不会给送到这里来！”“想给谁多几天工，就多记几天，想给谁少几天工，就少记几天。”“记工这个活，认几个字的人都能干，不应该叫专政分子干！”

我知道她是在骂我，就问她：“你干着活，骂着人，累不累？你骂得再凶，我也不会拿着劳动日给你送礼！‘三八’队不信任我，可以找别人干。”

她说：“你这个大‘右派’老婆，早该滚蛋了！”

我一听她说大‘右派’老婆，怒火就往外蹿：“你简直是一个没有教养的无赖、泼妇！”

这句话可捅了马蜂窝，她骂着就动起手来。我躲她，她以为我是个软弱可欺的人，就追赶着来打，要揪我的头发。我一歪头，回手把她的头发抓到手里，一个猛劲，把她甩倒，她坐在地上，就像我们家乡哭死人那样，拖腔拿调地哭起来。

这是我有记忆以来，第一次和人动手打架。

收工回来，我刚走到家门口，她的丈夫徐西安就赶了来，问我为什么打人。

我说，你回家问你的老婆。

他不分青红皂白，狠狠给了我一拳。第二拳还没有落下来，就被冯朝东抓住了肩膀，猛一下推开。冯朝东是个哑巴，在马号工作，膀大腰圆，浑身是劲。那天要不是他护着，我肯定要遭一顿毒打。

徐西安打我的时候，艾青就站在跟前，他没有吭声。进了地窝子，他说我不该和人打架。

我在外边挨了人家骂，挨了人家打，回到家里又受到丈夫的责备，委屈死了。

我气得快疯了，就冲着艾青喊起来："你让不让我活了？徐西安打我的时候，你那么冷静地站在那里旁观，我要不是你的老婆，谁敢动我一根汗毛？我叫那个女人欺负得已经忍无可忍了！"我伤心地哭着，觉得生活走到了绝路。

艾青说："我不是冷眼旁观，我是无奈，也是想叫连里的人看看，一个男人在打一个女人，叫大家同情你。我们是当做牛鬼蛇神，被送到这里来的，要忍气吞声，和他们不能以牙还牙，你是知道的。张明安被活活打死，到现在也没人管，他还是个

高瑛

贫农出身；要是我们被打死，还不如连队里冻死的那些小猪，有谁会为我们伸冤？”

他沉默了半天，又说：“我们家乡有一座庙，在弥勒佛左右两边挂着一副对联，上联是：大肚能容天下难容之事；下联是：笑颜笑遍世间可笑之人。不管弥勒佛存在不存在，但是这种肚量是值得学习的。”

从弥勒佛我想到耶稣。

我对艾青说：“我们身上的那个无形的十字架，什么时候才能卸下来？我不怕吃苦，最怕受人欺辱。”

艾青说：“你不是说过，跟着我上刀山下火海都不怕？我们现在是生活在人间的地狱里，总是会碰到几个恶鬼的。”

他又说：“八连里还是好人多，像郭建雄、严世信、范长明、邸枢、刘玉清这些人都是在明里暗里帮助我们。还有那个哑巴，他不会说话，但是他很正直，路见不平，挺身而出，徐西安打你时，多亏他保护了你。”

我说：“我不想在‘三八’队干了，我见到那个不讲理的女人，心就会怦怦地跳。”

艾青说：“不干就不干吧，现在是‘造反有理’人的天下，他们为所欲为，惹不起！我是在这里劳动改造，你不是，你是家属，就在家里待着吧。”

没过多久，管“三八”队的康保进来到我们家，说不是他自己要来的，是“三八”队里的一些人叫他来的。他说队里的那头牛，越来越瘦，快干不动活了，要是再这样养下去，杀了连肉都吃不上。说牛是头好牛，就是没养好，怀疑是喂牛的饲料，叫人拿回家喂鸡了，牛不会告状，吃了哑巴亏。他还说，别人家的鸡跑到你们家的鸡窝里下了蛋，你拿着蛋到处问是谁家鸡下的，大家商量来商量去，说只有你不会克扣牛的饲料，叫我说服你出来喂牛。

我说：“‘三八’队里有母老虎，我得躲着她。”

过了几天，康保进又来了。艾青说：“康大组长‘三顾茅庐’了。既然‘三八’队里的人都希望你‘出山’，这个牛倌你就当了吧。”

1962年秋，高瑛在石河子

喂牛有喂牛的麻烦。每天早晨三点钟，就得给牛上草加料，那个时候天还不亮，连队里没有路灯，牛棚又是在连队的边上。去牛棚，还要路过打死张明安的那个大库房，他是屈死的，黑夜里冤魂会不会出来游动？我把这些想法告诉了艾青。

他说："哪里会有鬼魂，要是真有，张明安早会显灵，吓唬打死他的人。喂牛这个活，你就干吧，我可以给你提着马灯做做伴。"

康保进一趟一趟地找上门来，我不能不识抬举，我这个牛倌就上任了。

过了一阵子，"三八"队里的人都说牛胖了，干活也有劲了。这是我的成绩，听到夸奖的话当然高兴。

实话实说，我喂牛是"逼上梁山"的。

我害怕牛，牛的两只沉默的大眼睛瞅着我的时候，不知道它在想什么。我害怕牛的两只尖尖角，要是它的野性发作，冲过来，会不会穿透我的胸？我每天都是小心翼翼地喂它，微笑着看它，向它表示亲近友好。

艾青说："动物和人，可以培养感情，像义犬救主，狼孩子，信鸽，动物经过训练能通人性。"

我说："我天天和牛笑着说话，看不到它有丝毫反应。"

艾青说："要是牛向你微笑起来，非把你吓昏了。人和动物的区别就在于人会笑，动物不会笑，只会叫。”

我和牛相处久了，感觉牛很温顺，它不像驴，驴有驴的坏脾气；也不像马，马有马的烈性。我甚至觉得牛太老实，笨了一些。

有一天，队里的毛玉珍把牛车赶到地里，说她的小孩有病，就回家了。装满葫芦瓜的车，没有赶车人。我问，怎么和牛说话？人家告诉我，“驾”是走，“吁”是停，“哦”是拐弯。

我上了车，喊了一声“驾”，很灵，牛就跑起来了。我看到车上的葫芦瓜往地上滚了，就想叫牛停下来，赶快喊了一声“吁”，牛还是一个劲地跑。我想，是不是喊错了，就又喊了一声“哦”，牛还是不听我的指挥。我回头一看，车上的葫芦瓜，有一半滚到路上了。我慌了神，就连喊着“驾、吁、哦”，“哦、吁、驾”，“吁、驾、哦”，不管我怎么翻来覆去地喊，牛还是勇往直前地往连队跑。

车到家了，车上的葫芦瓜都不见了。

我说：“牛啊牛，你这畜生，为什么一点情面都不给，我白喂你了。”

有人说，幸亏牛跑的是一条直路，要是坑坑洼洼的路，你的命就悬乎了。

听到我喊“驾、哦、吁”，有的人说，哪有像你那样对牛说话的，你把牛都给喊糊涂了。

马号里的人说，到了太阳快下山的时候，牛又累又渴，就急着往家奔，这时只要拉紧拴在鼻子上的那根绳，它疼了，就会停下来。

滚了一路的葫芦瓜，都被收工的“三八”队的人拾到背篓里背回自己家了。

没有捡到葫芦瓜的徐西安老婆，一反常态，不但没有借机会骂人，反倒夸起我来了，说：“有文化的人，就是不一样，什么都能干，要不是高瑛把车给赶回来，那牛就在地里待着吧，还不知等到什么时候，才会有人去把它赶回来……”

一句谎话

中午，连队收工了，艾青回来说，栾树德的小孩被开水烫得不轻，正在找车往石河子医院送。

我说："我知道了。栾树德来向我借钱时说了。"

艾青问："你借给了他多少钱？"

我说："我告诉他，家里没有钱，没借给他。"

艾青说："你怎么能见死不救？"

我说："别吓唬人，烫得有那么严重吗？"

艾青说："你想想，要是烫得不厉害，能往石河子医院送吗？你应该借给他点钱才对。"

我很不痛快地说："我们没有钱的时候发愁，现在八师发慈悲了，每月多给了些生活费，烦心的事就跟着来了，今天这个人来借钱，明天那个人来借钱，好像我们是个钱庄，这样下去可怎么得了啊！徐春建的老婆从河南老家回来，没有路费，向我借钱，说很快就还，几个月过去了，他见了我，提都不提借钱的事，我又不好意思向他要。"

艾青说："钱借不借给谁，要看具体情况，徐春建老婆没有路费回来，等他积够了路费再来嘛。可是栾树德的小孩是开水烫伤的，情况紧急，求到门上来了，不借给他钱是不对的。"艾青还是在责怪我。

我已经说了谎话，收也收不回来了。心里正在难受的时候，忽然听到机车的响声，我抱着艾青那件羊皮军大衣跑出去了。送小孩去医院的车刚要开，我急忙把军大衣递给了栾树德的老婆，说："天很冷，路又远，带上这件大衣，给小孩盖盖。"

我看着拖拉机晃晃颠颠地上了路，心里似乎好受了一些。

回到家里，艾青问我拿着大衣上哪去了。

我说："去石河子，一百多里路，怕孩子冻坏了，借给他们用用。"

可能艾青感觉到，他对我的批评，话重了一些，说："高瑛啊，我知道你是个有爱心的人。"我听了他这句话，眼泪流出来了，说不清楚是委屈还是忏悔，或许是两种心情掺和到一起了。

烫伤的小孩从医院回来了，栾树德送来了军大衣，说去医院那天，小孩把屎拉在军大衣上了，羊皮不好洗，擦也擦不太干净，真对不起了。

我说："没有关系，没有关系。"翻开一看，有一片淡淡的黄色，就说，"你拿去吧，送给你了，以后夜班浇水，很有用处。"

关于这件军大衣，有一个小故事得说说。

1950年7月，艾青随着中共中央宣传工作代表团，到苏联访问了四个月，苏联政府给代表团每位成员做了一件高档呢子大衣，当年艾青穿着这件款式新颖大方的呢子大衣，真是仪表堂堂。

新疆的冬天，西北风刮起来是很冷的，干什么样的活，就得穿什么样的衣服。艾青整天价拿着工具，打扫露天厕所，要是再穿上这件呢子大衣，真是滑稽可笑了。为了给艾青防寒保暖，我就用呢子大衣，换了一件羊皮军大衣给他穿。现在军大衣被弄脏了，又不得不送给人家。细想想，这一切的一切，都是我说了一句谎话的结果。借钱的人肯定对我不满，艾青也批评了我，就是我自己，也像做了什么亏心事。我问自己："高瑛啊高瑛，这是何苦来呢？"

天有不测风云，没过几天，气温下降了很多，艾青打扫厕所回来，我一摸他的手，冻得冰凉冰凉的，心里又想起那件军大衣。

我说："艾青，你常说我是个很聪明的人，可是聪明的人，怎么老干傻事？"

敏感的艾青，知道我话里的意思，说："立春很久了，以后一天会比一天暖和。"

我说："九九尽，还打一棍呢。"

他说："你还知道节气？这几天是倒春寒，我已经听到大雁叫了……"

割疝气

艾青的疝气病又犯了，疼得他豆粒大的汗珠从脸上往下流。连队的严医生说："得去医院动手术，不然会有生命危险。"

家里有小孩子我脱不开身，艾青就一个人去了。

他找到了农八师医院住院处，说要住院割疝气。住院处的人说："有介绍信吗？"

艾青说："我有连队里给开的条子。"

住院处的人看条子上没有印章，说："不顶用。"

艾青说："我原来是八师师部的人，谁都认识我。"

那人说："我就不认识你。"

这时，走过来一位女医生，指着说："他是大'右派'艾青。"

艾青问她："我是名声大？岁数大？还是罪恶大？"那位医生，脸一红就溜进屋里了。

住院处的人说："你快去开介绍信吧，在这里再等也没有用。"

艾青说："我们连队在老沙湾，离石河子一百多里路，又没有班车，我是坐拖拉机来的，骨头架子都快颠散了，再来回折腾一趟，我就没命了。"

这时又走来一位医生，他说："我认识你，你去师部找领导，大概会给你开信的。"

艾青走进师机关，推开一扇门，说要一封住院的介绍信。屋里正在开会，艾青听到里面有人说："艾青，是艾青。"过了一会儿，走出一位四十多岁的女干部，说："你跟我来吧。"

她领着艾青到了师部医务所。艾青拿到介绍信，比拿到奖状还高兴。

医务室的人告诉艾青，带他来的那个人，是医务所所长，也是八师段政委的爱人。艾青说他今天碰到了善人，也碰到了恶人。

艾青回到住院处，交上了介绍信。住院处的人递给艾青一个本子。叫艾青登记。艾青打开一看，像个电话簿，人名密密麻麻的。

艾青问："这些人都是要动手术的吗？"

那人说："是，全都是。"

艾青问："这么多病人，什么时候才能轮到我？"

那人说："这说不准，你就登记等着吧。"

艾青说："要是排队，我看得等上半年。到那个时候，说不定我就死了。"

那人瞪了艾青一眼说："你等不到那个时候，就去找医务科吧。"

艾青爬上了三楼，走进了医务科，问："哪一位管住院的事？"

医务科的人说："你去找住院处。"

艾青说："住院处叫我找医务科，医务科又叫我找住院处。我楼上楼下，跑来跑去。你们要知道我是个病人，不是个乒乓球，让你们打来打去。我受不了啊。"

"你是什么病要住院？"一位大夫问。

艾青说："我是疝气。"

那位大夫说："疝气是常见病，要不了命。"

艾青急了，说："你是大夫，你可不能这么说，我查过辞典，说疝气疼起来，就像女人分娩阵痛那样疼。女人一年顶多生一个孩子，可是我一年三百六十五天，天天生孩子，你们说，我受得了吗？"

那位大夫往屋里走去了。另一位大夫说："你知道她是谁？我告诉你，她是医务科主任，你能不能马上住院，还得她来决定。"

艾青说："我是有眼不识泰山。我说的话，会不会得罪她？"

正说着，那位主任走出来了，对艾青说："刚才接到师部电话，叫我们收你入院。"

艾青说:“今天是个什么日子? 叫我碰到了两位贵人。”

医务科的人问:“另一位贵人是谁?”

艾青说:“不告诉你们,回家告诉老婆。”

艾青上了手术台。医生说:“我们来一齐念语录:下定决心,不怕牺牲,排除万难,去争取胜利!”一根针扎进了耳朵,疼得艾青哇哇叫。医生说:“这是耳麻,不必打麻药,全国都在推行。来,我们再一齐念语录:一不怕苦,二不怕死。”又是一针扎上了耳朵,艾青又“哇哇”地叫了一阵。

医生说:“艾青耳麻手术,是成功的典型。”

艾青说:“医院把我当试验品,我是痛苦的典型。”

艾青回到连队说,他进了一次屠宰场。

病是治好了,罪也受够了。

为了眼睛

一天，艾青在地窝子门前喊："高瑛，你快出来，看看是什么东西飞进我的眼里了？"

我急忙跑出去，给他翻开左眼皮一看，原来是个小昆虫，就用嘴使劲给他吹出去了。

艾青说："我发现我的右眼有了毛病。"

我问："有什么毛病？"

他说："可能是失明了。"

我说："你可不要吓唬我。怎么会失明了呢？"

他说："我也不清楚，大概是慢慢瞎了的。刚才我左眼里掉进了东西，才发觉右眼看不见东西了。"

"你怎么这样粗心大意，连自己身上最重要的零件坏了都不知道！"我生气地责备他。

他说："你不要急哟。上帝造人，为什么给人安上两只眼睛？另一只就是给备用的。"他的眼睛瞎了，还有心思和我开玩笑，真是个怪人！

"我陪你去石河子医院，检查检查，赶快治治吧！"

他说："恐怕不会让我去。前几天传达林彪事件，还把我们这些'地、富、反、坏、右'给赶出了会场。以后再说吧。能忍就忍一忍，能拖就拖一拖。眼睛已经瞎了，我看医生也没有回天之力。"

他瞎了一只眼，就像丢了一件东西，不当一回事儿，不知他是怎么想的。

一拖，一年过去了。

1972年冬，我们家搬回了石河子。

1973年夏，艾青左眼也有了毛病，严重地充血，成了个红眼人。农八师医院没给检查出结果，又去了兵团医院，眼科的王大夫对艾青说：“写文章的人，不能没有眼睛，何况你还是个大诗人，眼睛对于你，就更重要了。我看你的右眼复明的可能性不大，左眼病情很复杂，我们医院条件很差，我对你的病，怕承担责任。我的意见，你最好去北京同仁医院治疗。”

艾青问：“他们能批准我去北京吗？你先给我治治再说吧。”

王大夫说：“我已经是‘惊弓之鸟’了，红卫兵给我定的罪名，你们听了会吓一跳！”

我急着问：“是什么罪名？”

“说我是个挖眼睛的魔王。居然还有人来跟我讨还眼睛！”他说，“我可以给你开诊断书，建议你到北京治病。”

我拿着艾青的诊断书，像个无头蝇，到农八师师部东找西碰，但是艾青要去北京治病这件事，找谁，谁都不表态。

我们离开石河子五六年了。农八师原来的领导人，死的死、靠边的靠边。新的领导班子，我们都不认识。有人说，掌大权的是郭书记，我就盯住他了。我要找的郭书记终于出现了。他从会议室刚走出来，我就迎上去了：“郭书记，我想和你谈件事。”他没等我把话说完，就板着个脸问：“你要谈什么事？”

这时，我不得不做自我介绍：“我是艾青的老婆。艾青的右眼已经失明，现在左眼又出了毛病。他真成了双眼瞎，可怎么得了！兵团医院建议他去北京治疗。”

郭一听说艾青要去北京治眼睛，马上说：“这件事我决定不了。”

我说：“你是农八师的领导，你决定不了，谁能决定得了？”

他冷冷地瞅了我一眼。这时我把兵团医院的诊断书递给了他。他看了看说：“我们研究研究吧。”丢给我这句话，就匆匆地走了。

我站在农八师会议室门口，等了郭书记两个来小时，得到的结果是“研究研究”。

几天过去了，没有一点消息。艾青的眼睛，越来越红，我怕再拖下去，耽误治疗，心里火烧火燎，就对艾青说："我再去师部催催好不好？"

艾青说："你是我老婆，把我的眼睛当成件大事，也许他们认为是件比芝麻粒还小的小事，说不定给忘了。"

我说："他们忘了，我忘不了。他们不急，我急！"

我又跑到农八师师部。东找西打听，找到了郭书记的办公室。敲了敲门，没有回声，又敲了敲门，还是没有回声。这时走过来一个姑娘，她是八师首长办公室的服务员。她说，郭书记出去了。我把找郭书记的事和她说了，叫她帮助催催。第二天她悄悄地对我说："八师不敢放艾青去北京，怕他去找周恩来总理告状。"说艾青要去北京看病的这件事，还得向兵团党委请示。

我把她的话告诉了艾青。他说："我这个人，最大的缺点就是不会告状，连'状子'怎么写都不知道。我是治病，他们大可不必想得那么多。"

我看艾青坐在窗前，反复地把手伸出去，高高地举起来。我问他在干什么？他说："我在检查我的视力，我的右眼，看来没有复明的希望了，我的左眼，可能也有毛病了。怎么看什么东西都有重影。我得抓紧时间治疗了。我要真的成了瞎子，你的日子就更难过了。你代我给八师党委写个保证书，说我去北京，只有一个目的——看病治眼睛。"

我想来想去，急病得急治，时间不能再拖了，就越级去了兵团司令部。找谁呢？听人说，政治部吴登云主任平易近人，我就奔着他去了。到了火烧眉毛的时候，什么面子啊，自尊心啊，通通都不顾了。我推开吴登云办公室的门，说明了来意。吴听完了我的哭诉，对艾青的病表示同情；对艾青去北京看病表示支持。我松了一口气说："吴主任，今天我找你找对了。"

吴说："有病就得治。兵团医院治不了，就到别处治。艾青是个大知识分子，得照顾。"我听他说了这番话，心里像开了一扇窗，顿时亮堂了。

他说："可以到北京三〇一医院治疗，但得先把艾青的病历寄给他们，联系好了人再去。”我一听，又是马拉松式的做法，再快也得一个月的时间，等他们联系妥了，艾青的病也给耽误了。

我说：“吴主任，艾青的眼，得抢时间治疗，只要兵团同意他去北京，我们自己联系医院好了。我临来时，艾青说，他补发了工资，治病的一切费用由自己负担。”

吴是个痛快人，他接受了我的意见。

人常说：“谁知道哪片云里有雨？”今天兵团走一回，意想不到地顺利。

往家走的时候，身上像掉了几十斤重似的轻松。

一进家门，艾青问我：“又碰钉子了吧？”

我说：“准备出发，方向——北京！”

艾青问：“真的批准啦？怎么这么快？你是不是骗我？”

1963年夏，高瑛在石河子

我说：“今天是我走大运的日子，碰上了开恩的领导。在去兵团的路上，我就想好了，要是他们拒绝你去北京看病，我就给他们下跪，为了你，我可以折腰……”

艾青感叹地说：“咳，我要是没有你这样勇敢的老婆，就等着当瞎子了。”

十年前的夏天，我和艾青去北京接孩子。

十年后的夏天，为给艾青治眼睛，我们又踏上了去北京的路……

吃 猪 脑

1975年5月，为了给艾青治眼睛，我们回到了北京。当时住在西单背阴胡同，附近有一家熟食店。艾青上街散步时，常带回来他喜欢吃的肉类食品。

他最喜欢吃的是猪脑，说猪脑又软又香，比豆腐好吃多了。

他也常劝我吃，可是我从来都不动一筷子。在我的眼里，猪脑的形状，就像一窝虫子盘在一起，看上去叫人恶心。

有一天，我无意中，在一张报纸上看到一篇文章，说老年人不宜吃动物内脏，尤其是不宜吃猪脑，说猪脑的胆固醇比心、肝、肺高几倍，甚至十几倍。这把我吓了一跳！艾青在新疆石河子检查身体时，就说他的胆固醇高，现在他三天两头大吃猪脑，这不是在自杀吗？

我把报纸拿给艾青看，他说他不看，我说我念给他听听，他说他不听。我有点急了，心想，他这不是盲人骑瞎马吗？我还是劝他读读那篇文章。

他说："这种文章，叫人越看越糊涂。还是不看的好。"又说，"同样一种东西，这篇文章里说要多吃，过了些时候，又有一篇文章说，这种东西要少吃，甚至不吃。妙就妙在，在两篇文章里，都说出了吃与不吃的道理。"他问我："你说，该听哪篇文章里的话？"接着又说，"出门时，看看天气预报是对的，知道刮不刮风，下不下雨。但是吃什么东西也要看文章，就太没有必要了。"接着他又说，"过去我们在农场连队里时，什么东西没有吃过？连人家扔在垃圾坑里的羊蹄子，都捡回来吃了，还有冻死的小猪崽子，也抱回来煮着吃了。那时，谁还去考虑什么胆固醇不胆固醇的。现在我们有条件了，想吃点什么就痛痛快快地吃吧。不要有那么多的顾虑了。”

我还是耐心地劝他，要讲点饮食科学。我提醒他说：“你的冠心病帽子，在新疆时就戴上了，生命的警钟已经敲响了。”

他说：“你不要吓唬我，现在除了那顶该死的‘右派’帽子，我什么帽子都不怕了。”

我苦口婆心地好言相劝，他就是听不进去，还时不时地把猪脑提回来。我真不知该用什么方法对付他才好。

他还蛮有理由：“我的牙不好，能吃的东西不多了，猪脑软乎乎的，吃起来容易，我是雷公打豆腐，欺软怕硬。”

艾青和高瑛在家中

艾青的牙，确实不好，我体谅他。但是一想到胆固醇高，会殃及他的生命时，还是不能任他吃下去。

我说："艾青啊，我不想和你讨价还价了，今天是你最后一次吃猪脑了。"

他没有吱声，也不知他听清楚了没有。

我憋着气，坐在一旁，冷冷地瞅着他吃猪脑。

他对我说："还热乎乎的，来，一起享受享受。"

我说："你就自己痛快地吃吧，这是最后一次享受了！"

没过几天，艾青又提着猪脑回来了。我想，对于这个顽固分子，得采取行动了。我从桌子上拿起那包猪脑，说："艾青，你听着，我和你文斗不成，就得来武的了，你好好看看这包猪脑的下场吧！"我说着说着就把猪脑扔到垃圾桶里了。

艾青发火了，大声和我嚷嚷，说我太厉害，管他管得太过分了，说他就是今天死了也不算短命，说阎王爷不会叫他去，因为他的罪还没有受够，还得继续受。他说完一连串的气话，到垃圾桶跟前看了看，转过身来，好像还要再说些什么刻薄话，这时他发现我在流泪。他冷静下来了，过了一会儿他说："你不要哭了，我知道你不叫我吃猪脑是为我好，以后我不买了。"

我说："不是以后你不买了，而是以后你不能吃了。"

艾青说："我已经向你投降了，你就不要咬文嚼字了。"

随着时间的流逝，关于吃猪脑引起的不快，慢慢地淡忘了。

后来，我们从背阴胡同搬到王府仓胡同，又从王府仓胡同搬到史家胡同，几年之后，又搬到建国门内丰收胡同（原来的豆腐巷），搬来搬去，又搬回十来年前的旧居。公家给艾青配上了汽车，出门不用再挤公共汽车了。斗转星移，此一时，彼一时，人啊人，苦辣酸甜都糅在一起了。

被我忘却了的事情，又死灰复燃了。

有一天，司机霍志华拉着艾青去黄土岗看花回来，说中午饭不吃了。我问他在外边吃了什么东西。他说喝了碗奶酪。我说光喝奶酪

1976年1月,艾青在天安门广场·

能顶饭吗?他笑了,说还吃了点别的。他越不讲明吃了什么,我就越问。

他说:“人,想吃什么,大概身体里就缺什么,缺什么就补什么呗。”

这时,我忽然想起以前他爱吃猪脑的事,就追问:“你缺什么?补什么了?”

他被我逼急了,说:“你不是说我记性不好,健忘吗?我想该补补脑了,就吃了猪脑。”

又是猪脑!让我烦心的事又来了。

我说:“你吃的是猪脑,猪脑补进人脑里,人脑不就变成猪脑了吗?”我来气了。

他说:“猪脑就猪脑吧,我成了猪,你一定会是个模范饲养员。”

我说:“你的老毛病又犯了。这件事,我得好好和小霍说说,不能拉着你出去乱吃东西。”

艾青说:“我吃什么东西都和小霍无关,你不要批评他,他给我开车,就得听我的。”停了一会儿又说,“你不要老拿胆固醇高啦低啦限制我。严医生来我们家时,我问过他,他说,人体的胆固醇,高了不好,低了也不行。我想,很久不吃猪脑了,偶尔吃一次没多大害处。”接着他又说，“你还记得我们石河子的邻居何科长吗？医生说他的胆固醇高，就这个怕吃，那个也怕吃，人越来越瘦。他给自己的限制太多了。也不知道现在他的身体怎么样了？”

我说：“十几年前的事，你都记得那么清楚，可见你的记忆力很好。”

艾青说：“大概是补脑补的吧。”说着说着，他又扯到广东去了。他问我，“你听说广东人吃猴脑的事了吗？人们常说‘这个人猴精猴精的’，我想广东人懂得补脑的‘学问’，想从猴脑里补充点智慧，席上才有了这道菜。不过，那种吃法实在太野蛮、太残忍了。你知道他们怎么吃吗？先用工具把猴头卡住，敲开头盖骨。桌子上，人在挖着吃，桌子下，猴子在痛苦地挣扎。”

我不知道广东人吃猴脑的故事是艾青虚构的，还是真有其事，听着怪吓人的。

关于吃动物脑浆的事，艾青给我上了一堂课，无非是想叫我开恩，对他吃猪脑再开绿灯。我的态度是：他就是说出天大的理由来，红灯也永远向他开着！

艾青说：“高瑛啊，我现在是不是成了‘受管制分子’了？”

我说：“你要是不想受‘管制’，除非把我休了。”他说：“我知道，我是斗不过你的。你反对我喝酒，我不喝了；你反对我吸烟，我戒了；你反对我吃猪脑，我十来年没有吃了。我抗争的结果，还是向你举起了白旗，我真的成了‘妻管严’了。”

我说：“人家说你是‘妻管严’，就随他说去，要是你说自己是‘妻管严’，我就不能心平气和了。你拍拍良心问问自己吧，我的苦心是为了什么？”

这时，艾青把右手放在左胸前，摸来摸去地说：“坏事了，我的良心，不是被狗吃了，而是被猪吃了。”

我听了，哭也不得，笑也不得。

艾青说：“我不是白痴，不是连个好歹都不懂的人。我只是觉得，人不要活得太累，随意些多好。希望你以后对我宽容一点，政策放松一点。我大错不会犯,小错偶尔犯一次,你像猫头鹰一样,睁一只眼,闭一只眼,不就过去了?”

我说:“我不是猫头鹰,我的两只眼睛要闭就都闭,要睁就都睁。你说,我嫁了你这样的丈夫,活得累不累?”

艾青说:“风雨同舟,我看你是没有退路了。”说着说着,他自己“哈哈”笑了起来……

艾青的画

1956年冬季，张仃来我们家，说他要办个美术同仁刊物，想在创刊号上发表艾青的画，艾青就把保存下来的画交给了他，叫他拿回去选用。

1957年“反右”，艾青遭到批判，被错划为“右派”，那些画早被他忘到九霄云外去了。

1958年年初，我们先去北大荒，后去新疆，一晃十几年过去了。1975年艾青回北京治病，1976年“四人帮”垮台，我们才想起来放在张仃家里的那些画。

我对艾青说：“我们去看看张仃吧，顺便把你那些画要回来好不好？”

艾青说：“我是想去看他，画的事，去了再说。经过了‘文化大革命’的洗劫，谁知道我的那些画还有没有了？”

我们到了张仃家，他正在作画。两位老朋友，

艾青的水墨画，这是唯一被保留下的一张

见了面有说不完的话。还是我开了口:“张仃先生,艾青那些画还在吗?”

张仃说:“唉,抄家都给抄走啦。”

“听说,工艺美术学院被抄家的东西都给退还了?”我说。

张仃说:“也给我退回一部分,都是他们不愿意要的,有些好的名人字画,都不知去向了。”

艾青用眼神暗示我,不要我再问下去了。

在没去张仃家之前,艾青和我谈起过他那些画。他说:有的画上署名是“莪伽”,有几个人能知道莪伽就是艾青?其中有一幅画,曾经在1932年6月,参加左翼美联主办的“春地画展”展出过。6月26日鲁迅和夫人许广平来了,是艾青陪同他们的。鲁迅走到莪伽那幅画前停下来,问:“这是原作,还是复制品?”

艾青说:“是原作。”

艾青绘高瑛像(1978年春)

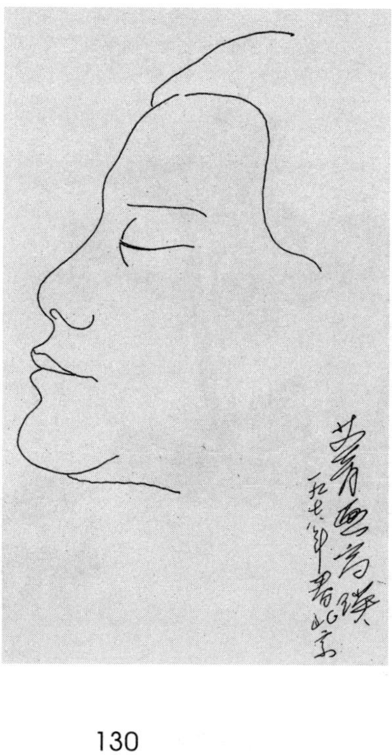

鲁迅说:“是原作那就算了。”

艾青对我说:“多少年来,我一直很后悔,没有把那幅画送给鲁迅。”

那天从张仃家里回来,艾青一直沉默不语,若有所思。我问他是不是在想那些画。

他说:“是啊,我多么不容易把那些画保存下来,要是那些画落到不识物的人手里,也许都给扔进垃圾堆里去了。”

我说:“我们能不能和张仃商量商量,写张‘安民告示’:物品丢失,还者必有重谢,贴到工艺美术学院好不好?”

艾青说:“这个办法不好。我们不要难为张仃了。我和张仃的友谊源远流长,

1932年我被捕,张仃是我狱中的难友;1941年,我和张仃又一同去延安;'文革'中,我们都是受害的人。那几张画,都是身外之物,不要看得太重。我们权当丢了几个蛋,谁得到了谁就吃。最重要的是,我这个鸡还在,以后可以再下蛋。"

我说:"好、好、好,你可得说话算数啊!"

有一天,在我睡觉的时候,艾青悄悄地给我画了一张速写。我醒来一看:"哇!艾青,你给我下了个金蛋!"

艾青笑着拿腔拿调地说:"言而无信是梁山伯,言而有信他姓艾。"

聂华苓推开了我们家的门

已经是深夜了。我和艾青在梦乡里，被敲门声惊醒。

"开门，查户口。"有人在喊。

艾青问："你是谁？"

"我是警察。"

我和艾青急急忙忙地穿上了衣服。虽然没有干什么坏事，但是，一听说是警察，还真有些紧张。

"你们是从哪里来的？"

"我们是从新疆石河子来的。"

"来北京干什么？"

"来北京看病治病。"

"报临时户口了没有？"

"报了。"

"在什么地方报的？"

"在西单背阴胡同报的。"

"你们现在住在什么地方？"

"我们现在住在王府仓胡同。"

"为什么来了不报临时户口？"

艾青叫他盘问得有点不耐烦了，就说："我们以为到了北京，只报一次临时户口就行了，背阴胡同也好，王府仓胡同也好，不都是首都的地方吗？"

警察横起眉来说："废话。首都这么大，都是分片管理的，照你这么说，首都的治安就成了问题！”

艾青听说“治安”两个字，就问：“你是不是把我们看成是可怀疑的人了？”

警察说：“查户口是我们的正常工作，随时都可以执行任务。”

艾青说：“我很尊重你的职业。你们的工作对首都和首都人民的安全起着很重要的作用。但是，我想告诉你，1949年解放军进北京城时，我是北京军管会的文化接管委员，是军代表。我不是向你表功，只是想叫你了解我。”

艾青这么一说，警察的脸色好看了一些。他说了声：“明天去报临时户口吧。”说完就匆匆地走了。

我对艾青说：“北京街道里的‘积极分子’很多，说不定我们一住进这里，就有人报告派出所了，我感觉这个警察，有的话是明知故问。”

艾青说：“我也是明知故答。他是有眼不识泰山。”

我说：“在他眼里，你是什么泰山！可能连个小土丘都不是。从他的态度上看，也许还把你当‘右派分子’对待呢。”

艾青

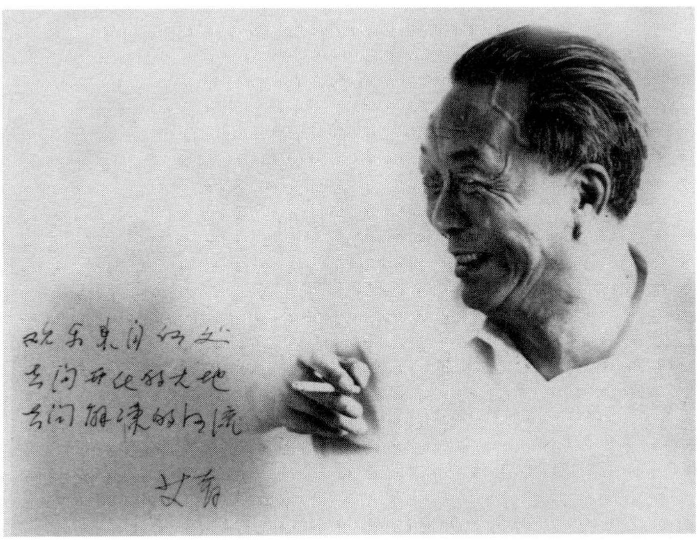

艾青说：“你以后不要再提什么‘右派’‘右派’好不好。一听到‘右派’这两个字头就痛。我的这顶‘右派’帽子是被人家强扣在头上的。‘反右’运动已经过去十多年了，到现在我还弄不清楚‘左派’和‘右派’的标准是什么。”

民警走了，他也许回家睡觉去了，可是我们这一夜，却成了不眠之夜……

1978年6月的一天，有人传呼艾青去接电话。是美籍华人作家聂华苓打来的。说她和她的先生、美国诗人安格尔以及她的两个女儿，都想见见艾青。这是意想不到的事，艾青不知所措了。他匆匆回来对我说：“高瑛，有几位从美国回来的人想见我。这不是一般的会见，是和外国人会见。可给我出了个难题！见，该怎么见？别再给我扣上个里通外国的帽子。不见又该怎么对他们解释？”

我说：“先别着急，我们可以问问有关部门。”

艾青说：“有关部门是什么部门？作协没有恢复工作，文化部肯不肯管这种事儿？”

我说：“我去找主管部长好不好？问问他怎么办？”

艾青说：“好，你快去一趟，说不定一两天内聂华苓还会打来电话。”

又是王震，给我们解决了难题。他说可以见。想在哪见，什么时候见，都由艾青决定。

果然，第二天聂华苓又打来电话。约见面的时间。当天下午，一辆小汽车开到我们家门前。那时外国人进民宅是少见的，甚至是不允许的。那位民警又出现了，他很严肃地问：“来了这么多外国人是怎么回事儿？”

我把他拉到一边，小声地对他说：“你不必紧张，他们来看艾青是经上级批准的。”

聂华苓说：“艾青，我们一家这次来北京能见到你真高兴！”

诗人安格尔紧紧地拥抱着艾青，说着艾青听不懂的话，他们像久别重逢的老朋友，这样的激动场面，多少年都不曾有了。安格尔眼里含着泪，艾青眼里也含着泪，这情谊，只能意会，很难言传。

我们见到了华苓，没有丝毫生疏感，她的热情和真诚，让我们忘记了和她刚是一面之交的人。

安格尔看到我们和孩子蜗居在十几平方米破烂不堪的小屋里，感慨万分，他同情艾青，可怜他和他的家人过着如此惨淡的生活。

艾青和高瑛

华苓对艾青说："我们一家人这次来北京把见你当成是很重要的事情。"她说着笑着，发自内心地激动。

艾青像刚从美梦中醒来，喜悦的心情使他不知说什么好。

华苓说："艾青，今晚上我们要请你们吃饭。"

艾青说："你们是远方的客人，应该由我们请。"

华苓说："不、不，我们一定要请你们，为了选个好地方，我们先到北海仿膳试吃了一顿，那里的饭菜很好吃。我们已经把仿膳的漪澜堂包下来了，一会儿我们就去。"

傍晚，我们登上了北海公园的漪澜堂，风景之美令人陶醉。欢快的燕子在楼阁前飞来舞去，吱吱地叫着，是在说话，还是在唱歌，谁也破译不了。

安格尔看着燕群喊："华苓、华苓。"华苓过去了。他对华苓说了什么，我们都听不懂。

只是华苓哈哈地大笑起来。

生来有好奇心的我，急着想知道安格尔说了什么。

华苓说："他听燕子在说：特务，特务。"说着又大笑起来。大家也都跟着笑起来。我知道这是诗人的幽默。

安格尔提议，要以燕子为主题，每个人都写漪澜堂上有感诗一首。我就滥竽充数了。

给诗人安格尔及聂华苓

——漪澜堂有感

迈进天堂的楼阁，
是受诗神的牵引。
动人的友谊之花，
怒放在五彩黄昏。

不只是因为夕阳给平静的湖面
抹上迷人的色彩，
不只是因为环湖路灯的光柱
在碧色的湖水中投下倒影，
不只是因为群燕飞来舞去，
发出惹人深思的声音。
是因为此时此景遇见了此情……

随着月色降临，
一切都渐渐沉静，
唯有活泼的燕群刚进入意境。
你问："燕子在唱什么？"
我说："他在歌唱友情。"

人恋燕子，
燕子恋人。
愿你是候鸟，
愿你是春燕。
当春意正浓时，
有人会思念……

聂华苓一家走了不久，香港作家团来到北京。曹辛之见到了作家潘耀明和诗人何达。他们对曹说想见艾青，但是接待单位的人说艾青已经离开了北京。曹辛之对艾青说聂华苓把你的住址已经给了何达和潘耀明，也许他们自己会找上门来。

新疆石河子的朋友来北京开会，说给我们带来了西瓜，让我去取。我提着西瓜往回走，刚进胡同，就见一辆汽车停在大门口，我想是不是家里来了客人？

一进家门，见两位陌生人，正在不停地给艾青拍照。

艾青对客人说："这是我的老婆。人家千里送鹅毛，我们的朋友是万里送西瓜。高瑛请客人尝尝地道的新疆西瓜吧。"

我取来刀，刚要切又停住了。我对艾青说："这么个大西瓜，好多人才能吃完，是不是请他们带到宾馆去，让香港来的客人都品尝品尝？"

艾青说："高瑛这个建议很好，你们不怕重，就带走吧。"

何达马上说："我们不怕重，不过要是拿走了你们就吃不着了。"

艾青说："我们在新疆生活了十几年，吃的西瓜太多了。以后还会有朋友捎来。"

何达是个痛快人，很高兴地把大西瓜抱在怀里说："我们这次来收获很大，既有精神的，也有物质的。"

两位不速之客高高兴兴地离开了我们家。望着他们远去的背影，艾青对我说："我们家的门，是被聂华苓推开的，我想再也关不上了……"

我不是诗人

清晨，我忽然想起一件小事，得到唐瑜家走一趟。刚一进门，唐就说："我读到你的诗了。"

我想我没有写诗，这话从何谈起？一会儿唐从屋里拿出一本杂志——《参考材料》第十二期递给了我："你的诗登在里面。"

这时我忽然想起，前几天收到了丁聪的一封信，信中也提到他读到了我的诗。还说了几句鼓励我的话。我想丁聪可能也是看到了这本杂志。

我确实曾经写过一首诗。那是在1978年的6月里，艾青和我在北京会见了美国作家聂华苓及诗人安格尔，还有他们的女儿薇薇和蓝蓝。短暂的接触，却留下难以忘怀的印象。在十分激动的心情下，我写下了一首不成为诗的"诗"送给了他们，仅仅是为了向他们表达一点我的感情。竟未想到，这首诗跟随着我们新结识的朋友漂洋过海。更没想到它又随着聂华苓的笔走进了《七十年代》。而现在又从《七十年代》里被移植到《参考材料》中。

我是怎样写这首诗的呢？

前文已提及，华苓一家要和我们会见，地点选择了北海公园。那是一个风平浪静的傍晚，我们在一片谈笑声中走到了漪澜堂里的凉台上。当我抬头望去，我真惊叹这美丽而又神奇的大自然！那满天的晚霞就像一幅巨大的油画悬挂在空中，它好像在说："来吧，欢迎你们！"当我低头再望，湖中还有另一个天，那绚丽的彩霞全映在湖水中间。环湖路灯把自己的光投进平静的湖里，就像一条条金桥铺向湖心。最惹人喜爱也最动人的，是在我们头上飞来飞去的燕子，它们都发出叫人破译不了的声音！此刻，好像它们有着和我们共同的心情。

黄昏，每天都有一个黄昏。然而像这样的黄昏，在我的记忆里没有留下几个。多么令人陶醉，又多么引人迷恋！就在这诗一般的境界里，一群盼望相见的人终于相见了。喜悦的心情难以形容。安格尔首先激动了，他提议，为了纪念如此难逢的傍晚，都要写一首诗，都要写燕子。

我是身临其境的人，当然也有所感。我给作家聂华苓、诗人安格尔的诗，就是这样写成的。

我把诗交给了聂华苓，她立刻翻译给安格尔听。全诗被口译完了，安格尔马上把一双大手伸给了我，我从他的手上感到，他理解了我的敬意。我想我要表达的意愿，已经达到了。他们可以把诗稿一揉，顺手投进纸篓里。万万没有想到，我本是写给两个人的诗，竟被众多的人过目了。

艾青和高瑛在北京郊外

于是，我常听到："我读到你的诗了。"也听到了一些"赞扬"。说心里话，我没有感到高兴。这是因为我大有"丑媳妇怕见公婆面"之感。既然已经见了公婆，哪能不感到难为情？

不久,有位朋友从香港寄来另一本综合性的周报。我先是在上面看到了艾青和诗人何达的合影,接着又在文字里发现了这样一段记载:“到了北京,会见了很多人,跟艾青吃了两次晚饭,还有他的夫人女诗人高瑛……”

读到这里,我的心跳了,不瞒你说,我的脸也红了。夫人即爱人,但是“女诗人”这就太不贴谱了。我怎么可以被列入诗人行列里!为了不被继续误解下去,我必须说明,这就是我写本篇的“宗旨”。

常常有人问我:“你现在在做什么?”

我总是说:“艾青幼小的时候,‘大堰河’是他的保姆,现在我是他保姆。”

这时,艾青往往要把话接过去说:“她不是我的保姆,是我们家的模范饲养员。”

艾青并不是想把自己归入马牛羊鸡犬猪之类,而是说我的烹调技术实在劣等。至于授予“模范”二字,意思是说:虽然技术不佳,但是服务态度尚好。既有批评,也有表扬,实事求是。

艾青一向是爱开玩笑的人,既然是开玩笑,有的事情,难免要被他夸张。来访的朋友,常常是哄堂大笑地被送出了大门。

从“诗”谈起,也该从“诗”结束。

我在青年时代,非常喜爱诗,正因为有这种爱好,我和艾青才联系在一起了。我曾经像贪吃食似的大量吞“诗”,后来患了“胃病”,我便对诗厌恶起来。1978年后,我一想到“诗”,胃又蠕动起来了。于是,我产生了新的想法,想拜师学艺,并一度想发条“寻师启事”。

也许有人会说:“你身边就有师傅,何必多此一举!”

但是我要说:“他只能做我的丈夫,我要学习写诗,还得另请高明。”

祸从口出

有一天，我陪着艾青到中山公园唐花坞看花，走累了，就在一个长椅子上坐下来休息。在这个椅子上，还坐着另外一位老人，老人遇到了老人，就有话说了。

那位老人指着我问艾青："她是你的什么人？"

艾青说："她是我的女儿。"

那位老人说："我看她在你的身前身后照顾着你，多好啊！我这一辈子就是缺少一个女儿。"

我说："老先生，他是在和你开玩笑，我是他的老婆。"

那位老人愣了一下，不知该相信谁的话才好。他转过脸去对艾青说："你真福气，有这么个年轻的媳妇。"

艾青格格地笑了。那位老人也莫名其妙地跟着笑了。

老人走了之后，我对艾青说："你开玩笑开得太过火了！"

艾青说："我们俩的年龄差得太大，要是说你是我的老婆，人家反倒会有什么想法。再说，都是陌生人，说什么不行？"

我问他："你是不是越来越觉得我像你的女儿？"

艾青说："你嫁给了我，既得到了夫爱，又得到了父亲般的爱，你得到了多大的便宜。"

我说："有人说你说话幽默风趣，有人说你说话尖酸刻薄，我说你两者兼有。幽默风趣谁都喜欢，尖酸刻薄的话一定会得罪人。你能不能改改这个毛病？"

就在这一天，我们坐在公园里，他给我讲了几件过去的事情。

高瑛在中山公园

他说："有一天，陈伯达来看我，我说：'伯达同志，我这个人就是不会侍奉权贵。'陈伯达脸一沉说：'我哪里是权贵，我哪里是权贵！'后来我们在一次会上遇到了，他对我视而不见，这时我才知道，我得罪了他。其实，那次他来我家，我说的那句话并没有恶意。我把他当成老朋友，说话随便了些，这就是言者无心，闻者有意。

"再说周扬吧。1941年我到延安时，周扬向我伸出了手，表示欢迎我到他那里工作，我没有去。周扬写过一篇评论我和何其芳的文章，我认为对我是不公平的。文艺界都知道，何其芳是周扬的人，而周扬是有宗派思想的，我对他有成见。我曾经给他提过意见说：'你一身兼两职，是宣传部副部长，又是文化部部长，等于你的左手管着你的右手，这样权力是不是太集中了？'周扬听了，啊啊啊，什么话也没啊出来。我想我的这个意见，他听了是不会顺耳的。

"1959年，我随王震去八五三农场，在路上，他对我说：'周扬说你是很有才华的诗人，就是不懂政治。'我说：'是啊，我是不懂整人的政治。'"

艾青对我说："我幸亏不懂政治，要是像他那样搞政治，也许就写不出诗来了！"

我说："老艾青啊，你怎么又说刻薄话了？"

艾青说："是啊，这就是江山易改，本性难移嘛！"

丹　娜

捷克汉学家丹娜·施佳维契娃1953年来中国，一下飞机就打听艾青。她到中国作家协会找到了艾青，从此他们成了朋友。

1954年7月，艾青、萧三和赵毅敏，应智利众议院的邀请，前往圣地亚哥，祝贺聂鲁达五十寿辰。路经捷克首都布拉格时，丹娜到机场迎接，陪同参观游览，又把中国客人请到家里，热情款待。

艾青在丹娜的书房里，看到她收藏了大量的中国文学书籍，进一步了解到，丹娜不仅翻译了艾青的许多诗歌，还翻译了许多中国作家的作品，她酷爱中国文化，她在中捷文化艺术交流中，做出了很大的贡献！

艾青访问南美洲回来不久，丹娜应邀到北京大学任教，又给了她和中国文学艺术界人士交往的机会。

1956年，我和艾青结婚时，丹娜拿着鲜花前来祝贺。

她是我们家常来的客人。艾青请她到“康乐”吃过桥米线，请她到“曲园”吃银丝卷，陪她去拜访齐白石。艾青和她谈诗歌，谈中国民间文学。在他们的谈话中，我知道丹娜常去看相声表演。她还给我们学说中国的绕口令，逗得艾青把眼泪都笑出来了。

1957年秋天，丹娜在北京大学任教期满，她回国的时候，艾青没有送行，丹娜已经预感到艾青处在水深火热之中！

据说，丹娜回到捷克不久，得知艾青被打成“右派分子”，非常愤怒。她无法理解中国严酷的“反右”运动。她和几位捷克汉学家联名写信，通过中国驻捷克大使馆，转递中国政府，提出了抗议。

我们到了北大荒，意想不到地收到了来自捷克的明信片，上面写着："今天我和姐姐到动物园，想起了你和你的夫人。远方的朋友，怀念着你！丹娜，于布拉格。"

艾青被打成"右派分子"之后，没有人再给他写信。丹娜的明信片，令他激动不已，拿在手里看了又看，久久不想放下。他说："这张明信片能转到我们手里，也算是个奇迹！"

我问艾青："丹娜为什么在动物园里想起你？"

艾青说："我怎么会知道呢？也许是触景生情吧，她想到我们生活在'动物'世界里，担心我们的安全。"

我说："你能不能给她回封信？"

艾青说："那还得了！一顶'右派'帽子，把我送到了北大荒，再给我一顶'里通外国'的帽子，可能要把我送上断头台了！"

时间的轮子，又滚过了二十余年。

丹娜姐姐写给我国外交部有关部门的信中说："我痛心地失去了心爱的妹妹，至今已经两年了。我不知道，你们可否把丹娜去世的消息告诉诗人艾青？如果可以，请你们转告他。丹娜一生都认为，他是一位伟大的文学家，是一位她最热爱的诗人……"

艾青在家中

这是一个来得太迟的消息。艾青得知丹娜因车祸身亡，震惊了！他看到夹在本子里的丹娜的

相片时，又沉浸在回忆之中。他对我说："丹娜很爱中国，要是她还活着，又会有机会来中国了！"

一天清晨，艾青叫醒了我，说要读一首诗给我听。

当他读到"你已经长眠于九泉之下，再也听不到我的歌声"时，艾青的声音颤抖了。

他接着读下去：

> 我们这个时代的友情，
> 多么可贵又多么艰辛。
> 像火灾后留下的照片，
> 像地震后捡起的瓷碗，
> 像沉船露出海面的桅杆，
> 一场浩劫之后的一丝苦涩的微笑，
> 永远无法完成的充满遗憾的诗篇……

艾青哽咽了。

他感叹地说："高瑛啊，想到一个好朋友，永远也见不到面了，那种心情，你有过没有？"

难忘的小事

1979年,我们从新疆调回北京。

经过二十一年的变迁,我们再走进中国作家协会,认识的人已经寥寥无几了。

我们和作协接触最多的是司机。这些年轻人,在他们上学读书的时候,艾青这个名字,已经从大、中、小学的教科书里消失了,他们知道的艾青,可能是传说中的艾青,是当过大"右派"的艾青,是写过诗的艾青,至于艾青写了些什么,也许他们一首诗都没读过。这不能责怪他们,这是历史的错误。

从外地返回来的作家,大部分都是刚刚放下了沉重的枷锁,这些为文学事业做出贡献的老一代人,本应该得到同情与尊重,但是,由于偏见与势利,往往不被某些人放在眼里。

有一次,艾青到人民大会堂开会。散会了,天快黑了,他的汽车却不知哪里去了。等啊,等啊,一直等到大会堂东门停车场上一辆汽车、一个人影都不见了,也没有把那辆汽车等回来。

我说:"走吧,不要等了。车不会来了。"

艾青不相信,说:"哪能把我放在这里不管?也许去办什么事了,再耐心地等等吧。"

又等了半天,还是不见车来,我气愤地说:"这个浑蛋,欺人太甚!"

艾青说:"你不要随便骂人,他一定有不来的原因,是不是汽车坏啦?"

我说:"你不要自我安慰了!我看,等到大天亮他也不会来啦!"

艾青说："今天幸亏你陪着我来，不然的话我会找不到家了。"

我陪着艾青走啊走啊，走了很远的路，才找到出租汽车。

1980年，艾青与未未在史家胡同暂时借住的房子里谈美术

我们一进家门，艾青就说胸闷，心绞痛。我知道他的冠心病犯了，赶紧给他含上三硝药片，慢慢才缓解了。

我问艾青，是不是生闷气了？他没有吱声。

过了几天，我们碰见了那个溜号的司机，我问他，那天为什么把艾青丢在人民大会堂就走了？是不是欺负老实人？

他说，他找不到艾老才走的。

我说："不是你找不到艾老，而是艾老找不到你，希望你以后不要开这样的玩笑。要是你不愿意拉艾青，可以向作协说一声。"

艾青看我在指责那个司机，就对我说："事情已经过去了，就不要提了，你刚才问那个司机，为什么把我丢在大会堂就走了，我可以告诉你，有人能欺负我二十一年，他为什么不能欺负我一天？这个司机知道我手中无权，对他没有什么用处，能欺则欺，这就是势利眼。要是某某人、某某人坐他的车，他敢把车开跑不管吗？拍马屁还怕来不及呢！"

我说："我一直在想，找作协管汽车的头头儿谈谈这件事。”

艾青说：“有什么好谈的？我们刚回到作协，要注意影响，不要计较小事了，再遇到不愉快的事，就想想过去，想想我们在北大荒的时候，想想我们在新疆一四四团二营八连的时候，就会知足了。”

艾青说得对，那个时候，我们夹着尾巴做人都做不好。

往事不堪回首。

1980年，艾青和我，还有刘宾雁，接受了美国爱荷华写作中心的访美邀请。正在做出访准备的时候，刘宾雁告诉我，他听说作家协会不给我制装费，叫我要有思想准备。

我对艾青说了，我们还没迈出国门，烦心的事就来了。

艾青说：“自费就自费嘛。做几件衣服的钱，我们还是有的。”

我说：“这不是钱不钱的问题，是他们欺负人，不给我制装费的事，我要不要问问作协是谁决定的？”

艾青说：“不要去问啦，没有必要和他们讨价还价，你是第一个要被丈夫带着出国的人，够别人羡慕的了，你就是穿着身上这件衣服到美国，谁也不会说你不是我的老婆。”

第二天上午，作协的黎辛来了，验证了刘宾雁对我说过的话。我是个有话就要说的人，我问黎辛，我的制装费自付，是国家文件规定的，还是作家协会的土政策？

黎辛没有回答我。

我说：“我这次出国，不是个人自费旅游，而是美国邀请，中国批准，作家协会有必要在我身上这样精打细算吗？我可以遵守作家协会的土政策，但是，我得声明，从我开始，今后，任何作家夫人出国，制装费一律自付，这就是前有车，后有辙。”

黎辛无言以对。

黎辛走了，艾青说我说的话句句在理。

当天下午，作协外联部的范宝慈打电话来，叫我去领取制装费。

我说：“上午黎辛来说，我的制装费自付，怎么又改为公费了呢？”

范宝慈说她不知道。

我说："我们离出国没有几天了，做衣服已经来不及了。"

范宝慈说："你的关系多，想法走走后门吧。"

我说："我没有后门，有时前门都找不着，希望路过香港时，多停留两天在那里买些成品。"

她说："大陆人过香港，只允许停留一天，如果延长时间，还得向港工委报请。"

我说："麻烦你啦，我就走你一次后门吧。"

我们被批准在香港停留三天，在国华百货公司，买了我们需要的服装。

我对艾青说："真没想到香港的东西又好又便宜，制装费这段小插曲给我们带来了意想不到的实惠。"

艾青说："你是胜利者，高兴了吧？"

记得是1982年夏，正是三伏天的时候，诗人郑愁予从美国来到北京，艾青要陪他去看望别的朋友，中国作家协会派来一辆没有空调的老"伏尔加"车。一路上，郑愁予说太热了，艾青也说太热了，我呢，有气在肚子里，没有说出来。

艾青和小儿子丹丹谈诗

回到家里，我对艾青说："今天不知道是谁派来的车，那些好车都给谁坐了？用这样的车接待远来

的客人，也太不体面了。”

艾青说：“有什么体面不体面的，只要四个轮子转，能坐就行啦。”

我说：“你的要求可真不高啊！”

艾青说：“什么是高，什么是低，想想过去，我什么车没坐过？在石河子做疝气手术的时候，出院那天，是郭建雄用自行车把我驮回八连的，我的伤口刚愈合，路又不平，颠来晃去，疼得我直咬牙。农场的拖拉机我也坐过，骨头架子都快颠散了。还记得吧，1975年我来北京看病，坐公共汽车，司机来了个急刹车，把我晃倒在地上，伤了筋骨，是一辆平板车把我拉到积水潭医院的。‘伏尔加’车，要比自行车、拖拉机、平板车坐上去舒服得多。”

我是为艾青鸣不平，他却给我上了一堂忆苦思甜课。

我说：“你看见没有，作家协会的头头儿们，坐的都是很好的汽车？”

艾青说：“我没有兴趣研究什么好车坏车，我只知道我的钢笔不好使啦，你去给我买一支吧。”

我对艾青说：“马老实有人骑，人老实有人欺。以后有人再欺负你，我这个吃大葱大蒜长大的山东人，非给他点冲劲受受。”

艾青说：“《水浒传》里有一百零八将，再加上一个你，就是一百零九将了。”我和他说气话，他倒和我说笑话。

有一天，艾青又要去开会，那辆老“伏尔加”汽车又被派来了。我对司机说：“请你回去吧，艾青不去参加会了。”

说也巧，那天张僖到家里来了，我对他说：“从今以后，艾青什么会都不去参加了，作家协会那辆老‘伏尔加’汽车，让别人去享受吧！回到作家协会的老作家，不是国民党的还乡团，就是论资排辈也不该这样对待他们。”

从这以后，那辆老“伏尔加”汽车，再也看不见了。

后来，国管局给艾青和丁玲配备了汽车，有偏见的人，势利眼的人，都不得不刮目相看了。

艾青的十封家信

艾青与韦嫈的婚姻走到了头。1950年，艾青提出与韦嫈离婚，北京市中级法院判决离婚。韦嫈不从，提出上诉，北京市高级人民法院驳回了中级法院的判决。

他们分居五年之后，韦嫈向艾青提出同意离婚。

1955年5月2日，艾青和韦嫈由法院协议离婚。对四个孩子及抚养费问题的处理是：艾清明、艾端午、艾轩归艾青抚养，并负担全部费用；艾梅梅归韦嫈抚养，艾青每月负责生活教育费三十元，每月另付保姆费二十五元，至艾梅梅进初中为止。此外，艾青每月还须给韦嫈三十元，作为她在假期照料两个男孩的生活补贴费用。这些费用，艾青每年5月一次交清。

这意味着，实际上，四个孩子的抚养费用，全部都是由艾青负担。

艾青以为这桩烦恼的婚姻总算结束了。没有想到，由于子女抚养费引起的纠葛又开始了，一打就是二十二年，可谓名副其实的马拉松。打得他筋疲力尽。

在“反右派”斗争中，艾青受到批斗。1957年8月，韦嫈提出，艾清明、艾端午、艾轩三个孩子归自己抚养。艾青当时自身尚且难保，他同意了。1957年11月26日，在北京市中级法院调查庭上，双方对子女抚养问题达成协议：艾青每月负担艾清明、艾端午、艾轩三人抚养费各二十七元及艾梅梅抚养费三十元，至小孩大学毕业为止；每月负担保姆费二十五元，至艾梅梅进初中为止。

但是不久，韦嫈又提出了申诉：一、要求增加孩子的抚养费，并要有保障执行的保证金;二、要求保姆费增加到每月四十元,期限延长到两男孩大学毕业为止;三、孩子要带走床、书架等家具。

1958年2月11日,北京市中级人民法院判决认为:“父母对子女均有抚养义务,根据男方每月同意负担艾清明、艾端午、艾轩抚养费各二十七元及艾梅梅抚养费三十元,共计一百一十一元,按一般生活水平是较高的,况且女方每月工资百元左右,即使男方所付抚养费偶有不足,女方是有责任也是有能力负担的,女方过高要求不能准许。保姆费问题,女方既要求抚养孩子,男方也付给一定抚养费,保姆费用理应由女方自行解决,男方既同意每月负担保姆费二十五元,至艾梅梅进入初中前停止,对女方已尽义务,因此,女方要求保姆费每月四十元,期限延长至两男孩大学毕业,显无道理。”“关于女方提出小孩应带走的东西,经查大部分为男方家中陈设之家具,并非小孩的东西。女方既抚养孩子,家具问题自应设法解决。小孩应带走的东西,应包括小孩衣服被褥、书籍及男方为小孩购买之物等。”

韦嫈对此判决不服,又向北京市高级人民法院提出申诉,要求艾青将四个孩子抚养费计算到十八岁为止,一次给韦嫈付清;并要求把艾青存入的一万元储蓄保障金,改在她的名下。

对此,艾青1959年8月25日致函北京市高级人民法院,表示绝不能同意。

在艾青未到场情况下,北京市高级人民法院做出判决:“艾青已基本按期交付了子女生活费用,并未因拖延使子女生活受到影响,故韦嫈坚持一次付清之理由不足。”

1958年2月11日,北京市中级人民法院判决:“为了保障孩子生活,艾青应提出一万元存款,由双方出名另立储蓄户头,在艾青履行抚养义务期间,不得擅自提取本金,只能支取利息。”这笔钱支取时要凭男女双方的印鉴。

1975年5月,艾青经新疆生产建设兵团批准,到北京医治眼疾,住在西单背阴胡同妹妹蒋希宁家里。他又见到了一些老朋友。有些不明实情的人,在谈话涉及子女抚养费问题时,话语中对他有所责怪。

艾青知道，这怨不得老朋友，是非都来源于韦嫈那里。她到处对人说：艾青不抚养子女，法院判决的教育费不给使用等等。有些不明真相的人就信以为真了。

有一天，我和艾青在东单路口遇见何其芳夫妇。何其芳张口就说："艾青啊，自己的孩子还是得养活的。"艾青说："其芳啊，为什么人长两个耳朵？就是叫人不要偏听偏信。我和韦嫈生的四个孩子，全是我供养大的！"

更让艾青生气的是，他想取回那一万元保障金时，韦嫈却百般阻挠。

艾青写了一份很长的材料《关于四个孩子抚养费问题的说明》，递交北京市中级人民法院。

他在材料里说：男方所付的抚养费全部超过了法律规定的应付数额，十年间共支付一万五千二百八十八元，多付了一千二百九十六元，远远超出了一万元保障金的数目。现在，四个孩子都超过了十八岁，但是在男方完成抚养义务已七年之后，要取回保障金时，"女方却想利用'凭双方印鉴支取'作为要挟，进行刁难，这不但对男方是欺人太甚的行为，同时也是对历年各级法院所作的判决的全盘否定。兹特向贵院提出要求：迅速解决拖延已久的悬案，正式下一通知，由本人提取作为保证金的本金与利息"。

这份材料1975年6月21日写成。

在那前后，艾青从5月17日到7月3日，在一个半月里，给我写了十封信，几乎每一封，都谈到他和韦嫈纠葛的事。

第一封信

高瑛：

转来的信收到。

我于5日上车，8日到京，一路平安。到希宁家，正遇上她家从青海来的客人。住在对面那间小屋的主人外出了，我就住在那间小屋里。希宁帮人家看一个一岁的小女孩(日托),每天都得抱孩子。一放下就哭。

我一到就问希宁:“玲玲来过没有?”

她说:“已经几年不见了。”

我就到民丰胡同去打听,刚好她在,当然高兴,从此就每天在一起。她真是个忙人,在街上很容易碰到同学,同连的人。加上她对人热情,再加上全军运动会,好像时刻都在奔跑。

北京究竟是北京,人多,盖了一些大楼。西单商场新开的部分,已于上月二十七八日开张。真热闹。

我和玲玲去见过江先生、何先生、刘医生夫妇。每家都请我们吃饭。何先生快办喜事了。

据何先生说,钱女士和小杜都到过台湾,不可交。

我和玲玲去看李、谈,玲玲要看打球,我就一个人去了,留我吃了一顿素餐。

据李先生说,我写给王副总理的信,只会起副作用,所以我至今还没去,等几天再说。

一切情况都是复杂的。

落实九次路线斗争的结果,有些人定了性,有的放了,也并没有定性。姓肖的是特务。但也放了。

两天前,在街上碰见李先生,他已很老了,准备退休,三个孩子,离婚的老婆带走一个,他身边还有两个。看来比过去沉默了,想找法文书搞点儿翻译。

方殷已退休。

郑可还没有见到,听说病了。给丹丹画虾的那人也病了。

癌是最麻烦的病,田方死了。

昨晚,何先生来,非常激动地说,他和姓韦的宣布“绝交”,也和姓钱的闹翻了。我送他上车后回来的路上碰见刘开渠,他带着外甥在西单十字路口的空地上乘凉。他也没有事,说他的院子里还住着两家外人。江先生家的院子里还住着那家做玩具的。

周静家我去了一次，见到家兰的父亲，谈了一阵。周静下了班就来看我。她管的是读者来信，只有星期天是空闲的。所以眼睛还没有去看。

未未在美国

西单那两家饭馆，一见我就问："孩子怎么没有来？""爱人怎么没有来？""这两年到哪儿去了？""这次来还住些日子吧？"见到玲玲就问："这是第几个孩子？"……倒感到很亲切。

关于存款的事，昨天和玲玲一同去中级人民法院，约在下星期一上午再谈。总之，姓韦的早已活动过了。她到处"诉苦"，造谣说我不管孩子。可笑。

昨天收到你转来的信，我真高兴。希望你能参照黄源同志提出的那几条，在兵团方面取得到杭州落户的许可，至少要得到兵团领导的支持。千万不要错过机会。必要时还得请哲中同志帮忙。根据多方面的情况，到杭州是我们最好的地点。

最后，必须引起你注意的是：不要随便把人介绍到希宁家里。所谓"好人"，所谓"亲戚"，引起希宁家的不少麻烦。而希宁，你知道是受不了太大的震动的。

今天早上，玲玲没有来，我赶紧地给你写信。她今天可能和同学们去紫竹院玩。她的同学太多了。很多都待在家里，有的是"病退"，有的是住在家里不回去。我也为她发愁。

四天前,陆副科长,还有两个军官(一个是一四八政治处齐主任),邀我去了颐和园与卧佛寺。

祝全家好,未未、丹丹好好学习。

艾　青

1975年5月17日

第二封信

高瑛:

今日上午八时,我偕幸生、玲玲一同到中级法院谈了两个小时,把情况都介绍了。

法院需要了解下列情况:

清明的抚养费付到哪年为止?

端午哪年到新疆?为什么没有上学?何时离开的?离开是退职还是转调的?

圭圭的抚养费付到哪年为止?

梅梅的抚养费付到哪年为止?

以上这些,我问了希宁和吉如山,他们都记不起来了。你能记着盼速来信告知。

法院谈话的不是张玉亭老师介绍的人。谈话的人态度很好。但是,看来他和邢亦民是很熟的。

前天寄你一信收到了吗?

我和玲玲曾见到李秀香,你托她买的床没法运,怎么办?

去看了冯雪峰,躺在躺椅子上,比前年老多了。他劝我们到杭州。

祝好!

艾　青

1975年5月19日

第三封信

高瑛：

你在5月2日晚写的信，收到几天了。你的信充满了责骂的话，我看了一直都不舒服。“不要以为我不在身边你就可以放肆”，这话，究竟是什么意思？撇开这些不说，谈谈来京后的事。

一、关于见人的事，我是特别慎重的。这是中央，并不是你想怎么办，就能怎么办。我得先从侧面了解了才能进行。前些日子，谈家芳找了姚文，李千峰很高兴地写了一封信给我，约我谈谈。我去了，他要我一同到涿县去玩两天，我没有去，他说涿县县委书记请客，我也不愿意去，因我的心情没有游山玩水的豪兴。

他说改天再约我谈，我只好等着。

据谈家芳说，李和姚都非常愿意帮忙，因为他们和王副总理最近还有来往。

这是第一件。

二、关于存款的事，很费脑子，法院虽然采取调解的立场，但想要了解的问题很多。

女方是非常阴险的。她造谣说我有很多钱，一万元存款应该归她。李纯青同志找《婚姻法》出来，叫我要提防她从离婚当时没有分财产上钻空子，同时说，一定要有事实去驳倒她。

为此，你和未未可以做一件事：把我的诗集出版的年月、定价、印数，每本都写清楚，只要家里有的都找一找，用来证明，哪些是离婚前出的，哪些是离婚后出的。因从法院谈话人的口气，女方是做了准备的。

至于存款本身，任何人也认为是属于我的，连过去受她蒙蔽的人也在骂她不要脸了。

三、玲玲是以“陪父亲看眼睛”为理由向连里续假的，连支部来了一封很客气的信表示同意。现在，她真是忙得很，每天送自

艾青和女儿玲玲在豆腐巷9号

已连里的人到车站，托运东西，晚上回百万庄。我也同情她，因为她的许多同学都已调回北京了。

告诉张老师，中级法院和我谈话的不是陈桂林，陈桂林只和我见了一面，就说此案是由李金池同志管的。

畈田蒋大队，我并没有说要送他们电视机，我也没有这么想过。送什么也得量力而行。现在还什么也谈不到。

周静同志家我去过一次，见到她爱人；晚上她来，想约我到颐和园，我婉转地拒绝了。原因是：她约的人很多，举行野餐；而且是星期天。同时，因在她约我之前的三天，我已由陆迪京，一四八团政治处主任，农八师的一个宣教科长邀请一同到了颐和园和卧佛寺，就那样也还碰到两三个熟人。周静可能误会了。

雷先生动手术，从胆囊里取出两颗石头（一颗比橄榄大，另一颗也有杏核大）。

郑先生动手术，是膀胱癌，也还好。

刘培楠医生忽然得一怪病，脸肿得连眼睛都睁不开了，现正住院。

江先生的爱人手术后常腰痛。

希宁每天给人带孩子，累坏了。她问候你。幸生在家做家具，手艺不坏。

《上海的早晨》的作者仍在家，他留我和玲玲吃了一顿饭，他每天下午参加学习。

玲玲基本上每家都去了，大家对她也很好。她表面上嘻嘻哈哈，内心里是很痛苦的。

你要把中央专案组的批语全部抄给我一份。八师党委有什么结论也抄来。

现在是很看重最后的结论的，连王副总理那儿也一样，我采取慎重的态度是完全正确的。总的说，现在也是运动期间，谁都提高觉悟了。

不要写信就骂人，骂人的习惯是不好的。

据江先生说，过去农垦部的局长刘时平六月要来京，他爱人要出国。他和王副总理家关系不错。

李、姚和谈家芳说，他们正在想办法让我和王副总理会面。

一切都得有耐心。

这一毛钱的邮票决没有浪费。

未未、丹丹都要好好学习，高剑好好工作，你好好生活。千万不要把什么人都当做好人！

祝全家好。

艾　青

1975年5月29日

第四封信

高瑛：

昨天寄上画册及衣裤等。收到你的电报，写得不清楚，也看不出结论做了没有。我已去电师党委："请速电告知给我做的结论。”

上星期四，法院来找我（是我记错了时间没有去），等我去时，那人已走了，法院把她找回来，向她“做工作”，后来她走了。那天就没有谈成。我和那人没有见面。那人一直坚持两点：我没有交足抚养费，存款是“共同财产”。我费了很大的工夫，计算结果，抚养费多付了一千多元；至于“共同财产”更经不起一驳。

第二件，是见王的事，据姚文说，他正在忙于搬家，从东城搬到西城，王季青曾有电话给姚：“等搬家完了，请你来玩。”姚文和李千峰都愿意热情帮忙，一定把我们的意见告诉他。

昨天在馆子里见到了杨兆元，由一个人扶着走路。他将于明天到大连治疗。

我问他：“见到王没有？”他说：“见了，没有谈个人的事，听说原农垦部的许多局长，现在都还闲着。文艺界闲人更多，只有袁水拍、蔡若虹、王朝闻等几个人在‘文化部艺术研究所’。”

雷圭元动手术，从胆囊里拿出了像枣子大的两颗石子。

艾青和儿子高剑下棋

郑可动手术，是膀胱癌。

李宗津动手术，肛门改道，现在是在腰边排泄，但身体还好。

只有刘

开渠，依然如故。

将近半个月，希宁家是不舒服的。前天库尔勒的公安人员找我了解叶某某的情况。据他们说，他们在二月里就到北京抓她了。她家的两个孩子曾有三十多起盗窃案。偷了三十多斤的鹿茸（每斤三百多元）；几千斤的全国粮票。龚是在老家被监禁后畏罪潜逃新疆的。叶的孩子伙同别的人干了许多坏事（如强奸幼女之类）。所有这些罪恶都是在叶的教唆下干的。叶一直以"受迫害"为借口东奔西跑，到处放毒。她也曾给希宁家一段鹿茸和几个鹿肝，希宁没有用，一并交给派出所。

对这件事，我们应深刻地认识它的严重性，吸取教训，尤其是你，更不应该马马虎虎了。

见到了李又然，他到前年才摘帽子，现已退休，每月只有五十元的退休费。（身边还有两个孩子。）

见到了蔡其矫，曾约我们到紫竹院去玩了一个上午，在紫竹院见到了蒋祖慧，她已四十岁，从1964年起没有得到母亲的消息。她现在五七干校。

你要玲玲找"券"，不知想买什么？

周静昨天来，约玲玲今天下午到她妹妹家去玩（玲玲和周静一直没有见面）。

何先生找了一个新朋友，是刘培楠介绍的，和刘同一研究单位，四十左右的年龄，离婚已多年，有一个八岁的女儿。她自己的月薪九十元，胖胖的，很斯文，但现在还没有去登记。据他说领结婚证还有些麻烦。

何也是闲着。何的经济情况不清楚，因而也不好随便开口。

何同韦闹翻是因为艾轩的画，何把艾轩的画拿来（是姓韦的叫拿来的），原是想请些老画家看看提些意见，但姓韦的不放心，写信叫送回去，信写得很不客气，何送去了，姓韦的一张一张数了又数，怀疑丢失了。何说："你交给我的时候，没有告诉我多少张，我也不知道多少张。我那儿还有一张，是艾轩自己送给我的，你要，我可以送回来。"他说："我想不到她是这么一个人！"下决心不再来往了。

前几天何又来，说他收到母子二人的信，都说画少了，把何气坏了。

何过去的确相信姓韦的宣传，以为我少付了抚养费，等他看了我写的材料之后，他说："这样的女人，古今中外也少有！真是天下奇闻——满脑子是钱！"

玲玲准备13号回内蒙古，据说她的连队最近也采取新措施，越来越严了。

我和玲玲去看了李秀香，她对你很有意见；经我们解释后，她消气了。关于床，她说火车不让托运。现在几张床板都放在院子里，不知怎么办。

幸生刚收到分配工作的信，检查了身体，是北京桅灯厂（马灯），集体所有制。

匆匆祝你、高剑、未未、丹丹都愉快。

希宁挂念你们。

艾　青

1975年6月8日

第五封信

高瑛：

昨天晚上李千峰到背阴胡同来，坐了一会儿。我送他时，他说："咱们走一走吧。"一边走，一边谈起他和姚文去会见王部长的经过。下边都是千峰对我说的口气：

1. 王部长对你依然很关心。

2. 你写的信，王季青说没有收到，是不是地址写错了。（我也很奇怪）

3. 回北京很困难，尤其是文艺部门。"文化大革命"中曾批判他身边有一批黑秀才。而现在掌握文艺大权的，对老的一批文艺工作者特别有戒心。文艺界也经常受到点名批评。

4. 王部长赞成你们到杭州。但他说要你们自己联系好，他只能见到谈的时候说话。

5. 李千峰说，王比较忙，马上又要到山东去。等王从山东回来了，他和姚文再去催，要他出主意，一定要他找个合适的地方。而且让我和他见面。

我一直送千峰到首都电影院前面1路公共汽车站，等他上车了才回来，到背阴已十一点。

千峰劝我不要急。千峰对韦要钱的事也很生气。

玲玲再没有来。她再过三四天就要回内蒙古了，整天忙着购买带回去的东西，据说她那个连队现在吃的是腐烂了的酸菜。

前天，我和她，她的朋友徐敏、马青，蔡其矫几个人一同到周静妹妹家去坐了一小时左右，这是周静事先约好的。那个外甥也在家，他最近扁桃腺发炎，发高烧才好。

周静告诉我，你想给玲玲找对象的事，她也和玲玲谈了。但前天双方见面，竟没有丝毫的反应。我看，这类事也要取得教训。

前天晚饭前，派出所的人到28号，说叶某某已在乌鲁木齐落网了。再狡猾的人也逃不脱人民的巨掌。派出所的人说："谢谢你们的协助。"从此，这个"受迫害的"的教唆犯，再也用不着"上访"了。

昨天在街上碰见谈家芳，她带一个姑娘（哈尔滨来的）一边走，一边吃冰棍。我叫她们到背阴坐了一下。她很挂念你。她说李先生病了。（我们的事是由她先找姚文谈的。）

我打给师党委的电报，尚未收到复电。

祝全家好！

附上千峰和谈家芳的信

艾　青

1975年6月10日早三时

第六封信

高瑛：

你的信和王哲中的信都收到了。现在是四点钟，天在下着雨。

玲玲是今天上午乘八点多钟的车回内蒙古去。她前天说："一想到要回内蒙古去，心都发抖。"我劝她，思想上要下决心，不要怕苦。

今天我不去送她，因我约好江先生一同找何洛同志，只有何还可能被姓韦的蒙住了眼睛。

前天，我和玲玲一同到谈家芳家，是她先约我们去吃饭的，又是一次丰盛的晚餐。纯青同志马上要去胜利油田参观。

在谈家，遇到了一个哈尔滨来的女人叫张玉芳，是高文昌同团的舞蹈演员。

她说刘影在当打字员，而她自己在电影院里工作。

谈家芳说，艾端午要来北京了，带着那个陕西财政厅厅长的女儿。这肯定是姓韦的出的点子。

江先生说，要提防，因姓韦的过去说过，叫艾端午来闹。那是个很容易被挑拨的人。

江先生说不管怎么样，都要冷静，别上当。

我寄上一份说明书，你看看，提出意见，补充补充。这个说明书可费了我不少精力，因为法院里要求的是准确。做到尽可能准确。

法院里想知道我们身边的几个孩子的准确的生日，不能含含糊糊。

法院里基本上倾向于我们，但还在继续研究中。他们说："我们正在向她做工作。"

最好能把什么时候住进豆腐巷的也想想。这样才能说明，买房子、住进去，都是离婚之后的事。说明书中不准确的地方，你改一改，赶快寄回来。

叫未未找出一本《海岬上》寄给我，江先生说了几次要这本书，他没有，越快越好。

你叫我买的东西，都没有尺寸，已交给玲玲邮寄，谅已收到。丹丹的先寄上一套，我的钱快花光了。不少是花在玲玲身上的，这次回内蒙古路费也是我出的。

不知道法院什么时候来找我去谈。

法院也问起你和姓谭的是什么时候离婚的，以证明我们的结婚是合法的。

先写到这里，天已亮了。

你写字过分潦草，许多字都是猜出来的。

祝你和孩子们都愉快。不知学校何时放假。

艾　青

1975年6月16日晨

第七封信

高瑛：

电汇来的钱和你的信都收到。

收到你的信之后，前天上午去看管局长，他不在，他儿子接待了我。管局长和别的局长一样，仍在待分配中。下午，管局长到背阴胡同来了，谈了一阵，约我第二天早餐到镇江饭店。我去时，他和张省三正在。张省三曾在八师蹲点。

他到现在问题还没有解决。他比管更老。我们三人到天坛玩了一个上午，中午在管家吃饭，张和管是邻居，包了饺子，我没有吃。

经过这样的一个上午，就更深地了解到王部长的近况。一是很忙，二是特别小心。管曾去见过，他准备再去，把我们的情况再告诉他。管说，写的信没有收到是可能的。

最近姓韦的没有动静。法院方面，我已把说明书挂号寄去，也只好等着。

李宗津是画家，现在电影学校教画。每个见到我的人都问起你。

北京今年奇热，经常到三十六七度。连晚上也不凉快。

前几天，我到豆腐巷9号去看了，门敞开着，里面住了四家，卫生间的澡盆和抽水马桶没有了，改成蹲的。住的是房管局的人。豆腐巷改成丰收巷。我们栽的丁香树，早已死了。

管局长说，9号丢失的东西，可以由你开一详细的单子，由你出面交给农林部，意思是让姓姜的赔，当然那也只有等你来才能办。

他说姓姜的太不像话了。他也谈起林某某，因屡犯男女关系，已降到十九级，在浙江某小县当一小职员了。

周静是收到电汇那天来的，她陪我去取款。

学校何时放假？北京的人，几乎人人都参加一天拔麦子，连法院也一样。

叫你们把出版的书的年月、印数、定价查一查寄来，你们不寄，我东找西找也只找了一部分。现在还少《黑鳗》、《欢呼集》、《艾青诗选》(1957年版)、《诗论》(1957年版)的几本。自己要记不清楚，只好让那个姓韦的去胡说了。目的无非是驳斥她。据谈家芳说，艾端午要来。

祝你和孩子都好。

艾　青

1975年6月26日

第八封信

高瑛：

电汇、信以及一四四团的鉴定，一概收到。上次给你的信一发出，李秀香和她的外甥女来了，接着，方殷和王亚平也来了。王亚平是难得来看我的，他来是有任务的。韦某找了出版局局长徐光霄(戈茅)的老婆林琴(音),林写了一封信给王亚平,王亚平是帮姓韦的来谈谈(大概是试探试探)。方殷和我都把具体情况谈了,王提了几点对方据为理由的问题,不外乎是“共同财产”、“小孩没有上大学”之类,我就把我写的“说明”(复写的)给他看,他才多少有些明白,他把“说明”带给徐和林去看看,听听他们的意见再给我。

我的估计是:姓韦的知道通过法院解决,她可能捞不到多少油水,想采取新的策略罢了。

我已把“说明”挂号寄给法院(上个星期六),法院可能要进行分析研究。

谈家芳那儿我已十几天没有去了,因为她丈夫到胜利油田参观两周,可能还没有回来,说艾端午来,是她告诉我的。

艾端午的确不是东西,他过去曾扬言要动武,而且不但不承认自己干过的坏事,反而倒过来反咬一口(这都是希宁说的)。

千峰和姚文处,也有十几天没有去了,千峰说要有耐心。现在管局长也说他先去谈谈。王副总理的确忙,最近又要去内蒙古了。

李秀香和田治华来,他们马上要回新疆,我想请他们带一点吃的给你们。

衣服不敢随便买,因为尺寸不清楚,穿了不合身,白花钱。

孩子们下月中旬是假期,也是到北京的好机会,你自己决定,好好安排一下。如决定来,可将存款提出一千或一千五百。这样的时候的确需要多花几个钱。

北京还是热得出奇,不过每到黄昏,就下一二小时雨。写到这儿才六点钟,江丰来了,只好停止。以后再写吧。你来,不要宣扬打官司。

祝你们都好。

见到熟人问个好。

艾 青

1975年6月29日上午六时

第九封信

高瑛：

上次信里叫未未找出一本《海岬上》寄来。另外蔡其矫几次提出想看冯至的《十四行》，也叫未未找出寄来。黄源处我已去信。

再：我叫你把我出版的书的出版年月、印数、定价抄一份寄来，你没有寄，我只得从朋友们家里借来自己抄，但至今为止，还少《黑鳗》、《欢呼集》、《诗论》(1957年的)、《艾青诗选》(1957年的)。因为据希宁说，姓韦的早就做了准备。我只有做好准备反驳她。

还有，你寄来的咱们孩子的生日，只有未未一个没有生日，仔细想想究竟是五月什么日子？

你离婚的日子和我们俩结婚的日子，你都记错了。我们结婚的日子，这儿有结婚证。我记得你离婚不久，我们就去登记的。你再想想。

只有一切都十分准确，才能给对方以有力的驳斥。姓韦的造谣我和你发生关系后才和她离婚的。驳斥谣言的最好办法是用事实。

你是不是能想得起，9号的房子是什么时候买的？我们是什么时候搬进去住的？

总而言之，对于像姓韦的，必须认真，连一点也马虎不得，此人够刁的了。谁碰到就倒霉。过去我们缺少警惕，上了不少当。这次，我被逼得学会了算账，越算越气。

有人分析，此人出于一种变态的妒忌心理：不让我们过好日子。就因为这样，我们更应该好好过，让嫉妒之火把她烧成灰烬！

玲玲回内蒙古之后来信说，她在第二天即开始干活了。

何启君已多日不见，离婚证不久前才寄到手；但登记结婚仍有麻烦,单位领导不批。

希宁从明天(7月1日)起,不给人家带孩子了。希宁太忠厚,给人家带孩子比自己养的还费心。她的头上也出现白头发了,据说就从给人带孩子开始长的。吉如山还想叫她继续带,因为他想买手表(实际上你给希宁的手表一直带在他手上)。当然,他对我还是够客气的了。

外面在下大雨,希宁给我煮了一碗挂面。希宁家已用煤气做饭。

高剑、未未、丹丹都在念中。

艾　青

1975年6月30日

第十封信

高瑛:

寄来的《海岬上》已收到。冯至的《十四行诗》也在希宁家找到了。勿念。

两天前的下午,忽然来了一个五十多岁的老太太和一个四十多岁的女干部,年纪大的叫章郇,中年的叫王泽震,都是原作家协会的工作人员。章郇同志已退休,她是驻加拿大大使章文晋的姑母,年轻的,据说是你在《人民文学》编辑部的同事,现在河北省工作,她是来看你的。

章郇同志说,她原在民间文艺研究会工作,是上海美专的学生,不久前还去看了刘海粟,已八十多岁。她也曾到杭州去,见到了林淡秋和陈企霞。林原是杭大的负责人,现在病中。陈尚未摘帽子,因他老是不服。自己每月二十元生活费,靠老婆养着。

据王泽震说,张圭已和张保真离婚,女的已和孙犁结婚。王泽震说,田间还是河北省文艺方面的领导,而且是党委负责人,最近在写电影剧本。孙犁仍在病中。

看来，这两个人都很关心我们的事，也出了一些点子，当然只供参考。

法院方面毫无动静。我也懒得去催了。

北京每天有雨，但气候仍未降温。

希宁已把小孩交出去不带了。每天把她累死了，平均每小时只四分钱！

丽琴来信，叫我代她买几本比较难买的英文工具书，和英文莎士比亚全集。据希宁说她已有孕，将在十月间分娩。丈夫是参加“收租院”群像的雕塑的，现在兰州甘肃博物馆工作。

吉如山、幸生、亚琴中午都不在家吃饭，这样我可以和希宁一起吃中饭。

我们在石河子，究竟归什么单位管？现在还吃百分之百的粗粮吗？非常挂念。

北京到处都可以看见，外地来的人在采购副食品。

上海徐勇良的毛线寄去没有？我们千万不要让人家吃亏。

祝你和孩子们都愉快！

艾　青

1975年7月3日

看了这些信，我在新疆坐不住了，带着丹丹匆匆赶到北京。

艾青见到我很高兴，说：“你来了太好了，我可有个帮手了。我们和韦嫈的官司，已经不是钱的官司，而是打的人格官司，她把我逼上梁山，不打也得打了，一万元可以丢，但是人格不能丢啊。如果我们对她让步，把那一万元保障金扔给她，她得了钱，还会造谣说她胜诉了，她散布的谎言也就成真的了；而我呢，又加上一顶帽子，是一个不仁不义的父亲，这对于你也是不光彩的。”

韦嫈托江丰送来一份账单，说是四个孩子花的钱，叫艾青照付给她。这笔钱总计九千五百零五元，大约正好是存在银行里保障金的钱数。

没有韦嫈的印章,我们取不出这笔钱。

韦嫈说:艾青不接受她的条件,宁可把钱放在银行里烂掉。又说:我在北京,他在新疆,来一趟得花许多钱,让他把钱花光,他就来不了北京啦!

许多朋友得知这件事的真相,都很气愤,帮我们出主意。我走访了韦嫈工作的单位,向接待我的政工组某女士说明了情况,并给她看了1958年2月北京市中级人民法院的判决书。她说,这是当年中级法院裁定遗留下的问题,艾青有权向中级法院申诉。

在这期间,韦嫈继续在外边说,她和艾青一起生活时,艾青写的作品的稿费都属于共同财产;说艾青手里有上百张齐白石的画,得拿出来分分等等。

1976年11月16日,艾青又向北京市中级人民法院提起申诉,说:1955年5月与韦嫈离婚时,"当时并无财产纠纷,假如我有存款,像她那样一个利欲熏心的人,不会放过提出分财产的要求。只要仔细地看看她屡次提出的申诉,都是随着我的收入增长而步步进逼。""在我和她离婚后,从1956年下半年到1957年下半年,我的书有的新版,有的重版,才有了一笔存款。这本来和一个已经离婚了的女人是毫无关系的。""试想一想,离婚了二十一年之久的女人,怎么能向一个男人无止境地索取金钱呢?一个离婚了二十一年的男人是不是也可以向一个女人分她的财产呢?这都是极其可笑的事。"

艾青再次提出:"关于一万元保障金,只是在我履行抚养义务期间不得擅自提出本金,只能支取利息。八年前,我已履行完对四个子女的抚养义务。兹向贵院提出,要求迅速解决拖延已久的悬案,正式通知,由本人提取作为保障的本金与利息。"

不久,我们接到北京市中级人民法院的通知,叫我和艾青到法院面谈。

接待我们的是张兰江法官,她说她在北京中院工作了一辈子,从姑娘到两鬓挂霜。她对艾青说:"你和韦嫈一案,前后经过八人之手,卷宗比砖头还厚。今后我还要负责到底。不过,我想不会再有麻烦,此案到此结束了。”

走出法院大门时，艾青终于感觉到轻松，他说：“法院就是法院，秉公执法的干部大有人在啊！”

1977年3月4日，艾青收到北京市中级人民法院裁定书，里面写道：

> 本院认为：抚养子女是父母应尽的义务，任何一方借故推卸责任均属错误。自1958年判决后，艾青已按期交付了子女抚养费，使子女的生活得到保证。现艾青同意将银行的存款拿出二千元作为子女补助，本院应予准许。至于韦嫈提出为子女生病住院等花费数千元要艾青偿还，理由不足，不予采纳。另外要求重新处理与艾青共同生活期间的财产，问题早经北京市高级人民法院于1959年以(59)民申字第7号裁定及1974年11月对韦嫈的申诉均做了处理。故本院不再做处理。据此裁定如下：
>
> 艾青、韦嫈共同存于北京站储蓄所八千七百八十元，除两千元归子女(由韦嫈代领)外，其余本金及利息归艾青所有。

我们收到裁定书，立即到北京站储蓄所，办理解冻保障金的手续。

那天，韦嫈没有出现，她派小女儿韦黎明和大儿媳(艾端午前妻)来储蓄所。

女儿和父亲在这里相遇，谁也没有打招呼，如同陌生人。办好手续，她们就匆匆走了。这令艾青感慨万千。

储蓄所要核实手续，当天不准取款。艾青送给四个子女的两千元，是几天后艾轩来取走的。

匿名信

1979年,艾青蒙受的冤案平反了,我们家迁回了北京。

二十多年的坎坷生活终于结束了,但是生活中的干扰却是没完没了。

白天,黑夜,常常出现这样的怪事,电话铃响了,拿起来,那边就挂上了。

打电话的人是谁呢?他为什么不说话?

我对艾青说:“会不会是找你的?想直接和你说话,以后你接电话吧。”

艾青说:“打电话的是个魔鬼,我不想和魔鬼打交道,你不要胡思乱想了,随他打去吧。”

我咨询了电话局,回答说:“如果偶尔有一两次,可能是电话线路问题,要是总出现这种现象,大概有什么人在惦记着你们。”

我又问了公安局,能不能给查一查,回答说:“不是大案要案,不必下那么大的工夫。让他打去吧,反正不用你们交电话费,大不了换个电话号码就行了。”

艾青看我东问西打听,就说:“有的人,想得到的没有得到,不想失去的已经失去了。”

又说:“嫉妒是心灵的肿瘤,如果是良性的,还可以医治,怕就怕是恶性的,那就不可救药了。”

我想,艾青说这些话是什么意思?他是不是猜到了神秘的电话来自何处?我问他,他不回答。

最让人烦心的，是一封封投来的匿名信。我查了查，都是从百万庄邮局发出来的。从笔迹上看，也都是一个人写的。

每来一封信，我都给艾青读一遍。他说："都是老生常谈，千篇一律，怎么也不编点新词。"

我说："你面对这些信，显得那么轻松，可是我快把肺气炸了。"

艾青说："明枪易躲，暗箭难防。我要告诉你，这样的匿名信，以后还会有的，你就准备收吧。"

我说："这个写匿名信的人，和我有什么深仇大恨？为什么老盯着我发泄？"

艾青说："你这个人，头脑太简单，那些信，好像是在骂你，实际是在骂我。你好好看看都写了些什么？"

……高瑛，你真可怜！你跟艾青受了二十多年的罪，委屈了二十多年。当初，他甜言蜜语欺骗了你；他现在到处说你的坏话，说你盼他早死，好再嫁人……看了此信别生气。

……人家都在骂你，说你为了钱和艾青打架，艾青打电话到处呼救，不打不成交。艾青老了，你守活寡了吧？谁都知道，你的青春是被艾青给葬送了，现在你后悔也来不及了……

……你为金钱、图虚名，嫁给了艾青，艾青说你把他的钱都拢去了，连买烟的钱都得向你要……

给我儿子高剑的匿名信：

……听说艾青把他前妻的孩子，都弄到北京工作了。对于你的前途和处境，却不关心。

有志气的青年，不要靠别人，应脚踏实地地自创前景……

你的朋友

为纪念我和艾青结婚四十周年，北京电视台作了专题采访报道。电视台台长收到了一封未署名的信，攻击我和艾青。台长说："不署名的信，是不光明正大、攻击人的信，不要理睬。"

他嘱咐做节目的人，不要转告我们。

楚辞学家文怀沙赠一诗，发表在《北京晚报》上。

艾青老友八秩晋六华诞，恰逢寿翁与高瑛夫人结缡四十年，今人所谓红宝石婚是也。喜献俚章。

人间重晚晴兮诗贵忠诚，
如松匪石兮艾青高瑛。
相依偕老兮鹣鲽恩情，
甘苦共喻兮四十年之坚贞。
庆翁八六遐寿兮踵老彭，
贺红宝婚兮光采晶莹。

一九九六年三月
燕堂　文怀沙

艾青去世不久，我又收到了一封不署名的信，信中说：

……当年，你为了金钱，嫁给了艾青；现在他死了，你什么都没有了，人财两空。你总算尝到守寡的滋味了吧？这是你自作自受，你还能倒驴不倒架吗？你还活得那么自信吗？你太可怜了……

收到这封信的那天，张僖同志在我家。我把信给他看了。我告诉他，像这样无聊的信，我已经收到一二十封了。我问他要不要请公安局给查一查，张僖同志说："不要理他，就是最好的办法。"

那天，我正在整理艾青的照片，张僖同志拍了拍桌子上那些相簿说：“这些东西，才能真正地证明人的价值。凡是写匿名信的，都是不怀好意，你就不要生气了。”

艾青去世后，我收到两百多篇纪念他的文章。朋友和读者以文章的形式纪念他，缅怀他，但为什么这个写匿名信的人却以幸灾乐祸的心态，给艾青的遗孀写着咒语？

人，在时间的长河里都是过客，死，谁都逃脱不了。艾青在他八十六岁的时候，走完了风雨人生。失去了他，让我饱尝了死别的滋味，少了一个他，让我很长时间不能适应。但是我知道，夫妻是缘，缘尽了，是谁都无法改变的。

艾青的一生，人民给他画上了闪光的句号。他带走的是躯体，而留下的精神财富是永恒的。

重访巴黎

1980年6月10日，艾青赴巴黎参加“中国抗日战争文学国际讨论会”。同去参加会的，还有马烽、吴祖光、刘白羽、孔罗荪、高行健等人。

讨论会的第四天，主人特意安排了一项欢迎艾青的活动。主题是“向艾青致敬”。

斯坦福大学威廉·莱尔主持大会。

会场上悬挂着代表写的《致艾青》的诗：

昔日在巴黎是画家，
今日返巴黎是诗人。
五十春秋过去了，
心儿却永远年轻。
如今重新拿起笔，
画一艘大三桅船搏击暴风！
前进，饱经沧桑的斗士，
前进，在大海上，在浪涛中！

1980年6月，艾青在巴黎

会议期间，法国报刊以显著的位置报道了艾青重访巴黎的消息。

1928年夏，艾青考入了杭州国立艺术院绘画系。院长林风眠看了他的画说："你在这里学不到什么，到国外去吧。"

第二年春天，艾青和几位同学，怀着浪漫主义的思想，去了巴黎。

1931年9月，日本侵入中国。有一天艾青在巴黎郊外写生，一位法国人大声地对他说："中国人，你们的国家都快亡了，你还在这里画画！"艾青说："听了这句话，就像被人狠狠地打了一个耳光！"

1932年1月，艾青回到了祖国。不久在上海经江丰介绍，参加了中国左翼美术家联盟。

艾青阔别巴黎四十八年之后，又重访巴黎。

在巴黎国际讨论会上，与会者对艾青在抗战期间写的作品，给予了极高的评价！

高行健离京前对我说："艾老的诗论，始终没有引起诗歌界重视。我认为他的《诗论》和《诗人论》，应给予很高的评价。这次去巴黎开会，我要专题谈艾老的诗歌理论。"

他在大会上作了《艾青的诗学》的报告，反应很强烈。

7月7日，艾青结束巴黎之行，回到了北京。

他给我讲了许多巴黎的故事，还带回来很多相片，我一张一张地欣赏。相片中有一位法国女郎长得很美。艾青说："她翻译过我的诗。本人比相片看起来更有风度，更漂亮。"

爱美之心人人有之。这两个"更"字，触动了我的心。我发现有好几张相片艾青都是和她靠在一起，就信口开河地问了一句："你是不是爱上她了？"

艾青脸一沉说："你怎么说话有醋味？"

我说："我这个小醋缸子里的醋，是从你那个大醋坛子里倒过来的一点。"

有一天，我在一个集会上，遇见了吴祖光，问起那位女郎，吴祖光笑着对我说："还有一位女士，那才真正是艾青迷呢。"

我一回到家，就问艾青："你去巴黎开会，是不是还有别的什么收获？"

艾青漫不经心地说："我的收获不是都对你说了吗？"

2008年母亲的生日合影;左起:未未、路青、高瑛、玲玲、倪贞、丹丹

我说:“吴祖光向我透露了一个秘密。我的政策是坦白从宽,抗拒从严。”

艾青说:“你别吓唬人啦,我的胆早就在‘文化大革命’时给吓破了。”

我说:“以后我对你得提高警惕了。”

艾青说:“我又不是什么洪水猛兽,有什么好警惕的?”

艾青从巴黎回来,曾向我提起过一位旅居巴黎的女士,说她对大陆作家十分热情。他们回国那天,她到机场送行时,把一个打火机放进了艾青的口袋里,还送给艾青一本手抄诗。起初我没有把这些当成事,听了吴祖光那么一说,我就认真起来。我发现那本手抄诗都是情诗,心想她是不是以诗传情?于是我又想起艾青对我说的另一件事,就问艾青:“劝你在巴黎留下来,不要回大陆了的,是个什么人?”

艾青发火了，说我无聊，说我没事找气生，说他要是真的有不轨行为，就不会什么都对我说了。

我冷静地想了想，艾青的话，说得很在理。因此这个“逼供案”，就到此结束了。

几个月之后，艾青从外边回来，递给我一张相片，说：“这就是那位你对她疑神疑鬼的女士。”

我问：“你是从哪里得到这张相片的？”

艾青说，是吴祖光转交给他的。

被我忘却的事情，又在我脑子里转悠起来。

这是一张六寸大的黑白头像，大波浪的长发披在肩上，很有女人的魅力和诱惑力，是一位很漂亮的女性，连我都喜欢上她了。

我打电话给吴祖光，问他：“那位女士为什么不直接把相片寄给艾青，还得劳你大驾转交？你在他们中间扮演的是什么角色？”

祖光一边笑一边说：“人家请我转交，我只好照办。”又说，“朋友之间互赠相片是常有的事，也是很正常的事。”他劝我不要想得太复杂了。

我放下电话问艾青：“你和吴祖光玩的是什么鬼把戏？劝你弃家叛国的人，肯定不是好人。如果你真的不回来了，我和孩子可怎么办？你就不要我们啦？”

艾青说：“高瑛啊，你的思想境界高一点好不好？叶落归根，我这片叶子，到任何时候都不会落到别处去。你是知道的，我是个爱国也爱家的人，我怎么能拿这两个爱和巴黎做交换呢？你不要想入非非、制造矛盾了。”

我说我要把那张相片撕了。艾青说我无权弄坏朋友送给他的东西。为此，我们大吵一架。

当时住在北纬饭店里等候分配房子的人，还有罗烽、白朗夫妇，玛拉沁夫夫妇，严辰和逯斐夫妇。

一天晚上已经九点多钟了，艾端午和他的姐姐艾清明突然来了。艾端午一进门就冲着我说：“听说你欺负我爸爸，我们来是要和你好好谈谈，我们想把爸爸接到我们那里生活。”

我说："好啊，好啊，我同意。奇怪的是你们怎么突然对你们的爸爸有了感情？可是在你们的爸爸遭受迫害的时候，你们都躲到哪里去了？你们这个改名，那个改姓，扬言和他划清界限。在你们的爸爸掉进苦海里的时候，你们要像现在这样表示关心他，该是多么难能可贵！我想那个时候，你们没有远见，没有想到你们的爸爸还会有今天，你们说是不是？"

那天上午，我的同学从南方给我带来一筒茶叶，还没有启封。艾端午拿起来就要打开。我说："这是同学送给我的东西，你不能动。"他说："这是在我爸爸的家里，什么东西都能动。"

他拿着茶叶走过来要冲茶，我坐在暖水瓶旁边，把着暖水瓶，阻止他这种行为，他把暖水瓶抢过去就往我身上倒，好在我穿的衣服厚，水又不太热，就没有烫着，他顺手又打了我一拳。

正在和我生气的艾青，看到这样的局面沉不住气了，大声地喊起来："端午！你想干什么？你不要来胡闹！"

我说了一声："赶快把你们的爸爸领走吧！"又转过身来对艾青说，"老艾青你听着，五七年'反右'的时候，还有'文化大革命'的时候，我离开了你，会有人骂我不是人，可是，现在我离开了你，别人就没有什么好说的了。"说到这里，我拿起衣服来就往外走。艾青几步赶过来，紧紧地拉着我，不准我走。无奈的我，给中国作家协会的秘书长张僖拨通了电话，请他马上到北纬饭店来。他说天已太晚，快十点钟了，有什么事情明天再说吧。

我说："不行，你今天晚上不来，我们家就要发生人命案子了。"

张僖一听事情很严重，就和作协干部周增勋匆匆地赶来了。他一出现，这台家庭戏就草草地收场了。

第二天，艾端午上班，手上缠着白纱带，戴着有裂纹的眼镜，坐在《新观察》编辑部里，大谈特谈昨天晚上发生的事情。说他去看爸爸，一进门，我对他又是骂、又是打，他的手是我用刀子给割伤的，眼镜也是我给打坏的。他说我比母老虎还可怕。了解我的编辑部主任刘蒙，知道他在胡说八道，阻止他说："你们家里发生的事，不要在办公室里讲。"

没有过多久，有人来说，艾端午的一只眼睛被人给打瞎了。

在北纬饭店餐厅里吃饭的时候，又碰见了逯斐，他问起我和艾青知不知道端午眼睛被人家打瞎了的事。

我问："是什么人如此大胆敢打瞎他的眼睛？"

逯斐说："端午妈妈说是恨他儿子的人收买人给打瞎的。"

我当时并没有多想什么。

我说："既然知道是谁收买人打的，为什么不报告公安局把打人的人抓起来，还让凶手逍遥法外？"

后来又听到一些情况。

1980年，艾青和高瑛在北纬饭店

中国作家协会一位作家的女儿来说，艾端午在文联出版公司里讲，说他的眼睛是我叫人给他打瞎的，他还给我编造了一些别的故事。

艾端午这么编造事实来说我，已经到了让我不能听之任之的境地了。我找了中国作家协会党组书记朱子奇，要求单位过问此事。《新观察》杂志社的负责人找到艾端午谈话，问他是谁打伤了他的眼睛，可以追究法律责任。艾端午说："不知道。"

不久，中央美院老师吴小昌来看艾青，讲

述了艾端午被人打瞎眼睛的原委。说有一天晚上,艾端午在中央美院喝醉了酒,自行车的钥匙找不到了,就扛着车往《新观察》编辑部走(前后街),路上碰了人,还骂人家,就挨了人家的打。

艾青听了说:“该打,该打,横行霸道也得有人教训教训他!”

艾青巴黎之行,在家庭里引起了风波。事后,当我们的心情平静了,回忆起那段不愉快的日子时,艾青对我说:“朋友和友谊在生活中是很重要的,是不可缺少的。我们那次吵架,是不应该发生的。”

我问他:“端午和清明那天来,想把你领走和他们一起生活,你有没有要去的想法?”

艾青说:“几年看不透人是可能的,几十年看不透人,我就是个老糊涂了。你要记住,家不和,外人欺。与冤家生活在一个城市里,如果我们缺少理智,头脑不清醒,以后还会出现叫你烦恼的事。我早就对你说过,几十年前就有人想叫我的日子过得不安宁。我是早有思想准备的。关键在于我们自己,只要我们俩互相信任,互相理解,别人就没有空子好钻了。说实话,在我的生活里,谁也代替不了你!我们还是要同甘共苦,风雨同舟。谁能说以后就都是阳光灿烂的日子……”

就在这一天,我写了小诗《山和云》。

艾青说,在他的生活中,谁也代替不了我,这是他说的一句实话。我的感觉告诉我:我和艾青,就像山和云的关系。

山 和 云

山中躲着云,
云里藏着山。

像仙境不是仙境,
像梦幻不是梦幻。

是山对云的眷恋,
是云对山的缠绵。

没有云的缭绕
山是多么沉寂。

没有山的陪伴
云是多么孤单。

1985年3月,法兰西共和国总统授予艾青“法国文化艺术最高勋章”。在法国驻华大使馆举行授奖仪式。法国驻华大使马乐在向艾青授奖时致辞说:

在法国的朋友中间,我们为有一位中国最伟大的诗人而感到自豪。

您的诗歌赞扬了您曾经生活和居住过的永记心头的法国和巴黎。甚至在我们国家处于最危难的时刻,您也没有对她失望过。您一直寄希望于我们的人道主义和悠久灿烂的文化。为此,您曾经无数次地歌颂过。

我受权以法兰西共和国总统、文化部长的名义,向您颁发法国文化艺术最高奖章。

1987年,法国知名华人学者黄育顺博士收到法国总理希拉克的信,对其翻译出版的艾青作品选集《礁石——诗与寓言》,表示赞赏。

希拉克总理在信中说:

您亲切地题词签名寄给我的以《礁石》为书题的诗与寓言集,我已经收到了。我非常重视您对我的注意。

我十分愉快地、津津有味地阅读这部作品。我非常赞赏该书的极高度质地。我们很少看到诗人能使他作品的意义与美、深湛与朴素互相结合这样的才华。

您给我的这种阅读的乐趣，我甚为感谢。

请接纳我至诚之情。

热忱地与您握手。

艾青和高瑛

2000年5月15日，在法国阿莱尔省凡登市的“千名诗人树林”中矗立起艾青纪念碑，上面镶嵌着刻有艾青名字、生卒年份及艾青的名言“我生活，故我歌唱”的铜牌。

艾青纪念碑揭幕式那天，碑上覆盖着中国国旗。揭幕仪式由凡登市市长让·杜蒙德先生主持，中部大区议会主席阿兰·拉斐斯丹先生、颈阿玛尔蒙特地区行政长官代表尼古奇女士、创办“千名诗人树林”活动的欠里-波旁内-奥弗涅文化联盟主席勒内瓦赫内先生、中国驻法国大使馆公使兼文化参赞侯湘华参加了揭幕仪式。

勒内瓦赫内先生说：“诗人艾青，不仅是中国最杰出的诗人，也是跨越空间和时间的伟大诗人。我们对他的研究和发现远未终止。”侯湘华说：“艾青是中国人民的化身。我为为这位中国当代最杰出的诗人建纪念碑而给他的国家带来荣誉感到高兴。”

在艾青离开我四年之后，法国人民为纪念他而为他立碑，那碑，是在一片生机盎然的绿丛中！

我深深地感受到，艾青，依然活在他热爱的法国人民中间……

卖　烟

有一天夜里，艾青做了一个梦，梦里他和我在埃菲尔铁塔下拥挤的人群中走，他发现我不见了，就到处找我，急醒了。他把做的梦告诉了我。

他说："昨天我和郑可谈巴黎、忆巴黎。这就是日有所思、夜有所梦。看来我这辈子，也只能梦巴黎了。"

1980年，艾青去巴黎的梦实现了。

6月，要在巴黎召开"中国抗战文学国际研讨会"。中国作家协会提出叫艾青去参加会议。

不巧，这一年的9月，美国"国际写作计划中心"也邀请艾青赴美访问。

中国作家协会的意见，艾青只能选择去一个国家。

就艾青本人的意愿，很想去阔别四十多年之久的巴黎，但是我不能去。而美国是邀请我们俩。艾青很想叫我这个从来没有出过国的人去见见世面，于是就选择了去美国。

中国作家协会考虑到，艾青在抗日战争时期，写了大量的优秀作品，认为他应该去巴黎。商量来商量去，就把去法国和美国的机会都给了艾青。

同时去巴黎参加会的还有马烽、吴祖光、孔罗荪、刘白羽、高行健等人。艾青和刘白羽远在延安的时候，就有过争吵，我和艾青恋爱受的处分，1957年"反右"，艾青头上扣的那顶"右派"帽子，都与刘白羽有关。现在他们要一路同行去巴黎，我怕艾青不分时间场合给刘白羽难堪，就对他说：“你对周扬说的那句话，‘俱往矣’三个字，我看对谁都适用。”

敏感的艾青马上说：“你不要像三娘教子那样对待我了。我知道你的话是什么意思。”他说着说着就唱起来：“工农兵学商，一齐来救亡，拿起我们的刀枪，上战场。”唱到这里，他马上纠正说，“不是上战场，而是去巴黎，你放心吧，我不会去打仗。”

我说：“这首歌，我小时候就听母亲唱过，几十年过去了，你怎么想起来唱了？”

他说：“我这次去巴黎，是参加研讨抗战文学。从抗战文学想起了抗战歌曲。”

去巴黎的那天，艾青起得很早。他轻轻地用嘴吹着《马赛曲》，兴奋的样子难以言表。

艾青曾经说过，他在巴黎度过了精神上自由、物质上贫困的三年。但是那三年对他的一生是多么重要。可以说，没有巴黎的三年生活，就没有《马赛》、《芦笛》、《巴黎》、《透明的夜》等一批诗的诞生。艾青爱巴黎。他曾经被剥夺了二十一年的自由，更知道自由的可贵！

我看他坐在写字台前，扬头抽着烟。那烟，从他的嘴里呼出去，在空中成了一个圈又一个圈。我说：“你在玩魔术吗？”

他说：“我哪有那种本事。我是在想，四十多年前，我从巴黎回来，四十多年后我又要去巴黎。这就是周而复始，就像这烟圈，一个一个又一个。”

艾青去巴黎临走时，问我：“你喜不喜欢巴黎香水？”

我说：“巴黎香水，誉满全球，那是贵夫人享受的东西。你什么时候在我的身上闻到过香水的气味？”

“那么，我就把巴黎的铁塔给你带回来吧？”他又和我开玩笑了。

我说：“铁塔就留在巴黎吧。你给我带回来一根鸿毛就行了。”

他说：“好啊，万里送鸿毛，礼轻情意重。我还不知道在巴黎能不能捡到鸿毛。”

我的心里明白，艾青还没有跨出国门，就想着给我买礼物的事了。

1998年，在艾青离开人世的第二年，我去五台山，在太原停留了三天。马烽到省委招待所来看我。在聊天时，他给我讲了他和艾青在1980年6月去巴黎参加“中国抗战文学国际研讨会”时发生的一个小故事。

马烽说：“在巴黎开会时，我从国内带去的香烟抽光了，想去大使馆买烟。艾青说，他可以把自己抽的烟卖给我一部分。我们就这样做了，我给了他钱，他给了我烟。”

我听马烽讲了这个故事，笑得上气不接下气，怎么也没想到，艾青会有这种聪明。

我说：“艾青怎么成了商人和你做起买卖来了？他应该送给你几盒烟才对。”

1985年冬，高剑在美国新泽西

马烽说：“艾青是想把烟变成钱，好给你买礼物。这件事，他没有告诉你？”

我说：“没有。你今天要是不跟我讲，这个故事就像没发生过一样。”

马烽说：“艾青对你可真好啊，走到哪儿都想着你。”

艾青从巴黎给我带回的礼物，是块手表。我没戴多久，就送给了别人。要是当初艾青能把他卖烟给我买表的故事告诉我，那块手表，我自己会永远地留着……

爱荷华信笺

1980年9月，艾青和我受美国爱荷华大学“国际写作计划中心”的邀请赴美进行四个月的写作与访问，我把这些天的见闻与感受以书信的形式告知了在北京的朋友周亚芬，以下是其中几封信的内容：

一

临离开北京，你对我说：“写信吧，把你耳闻目见的，全告诉我。”我答应了你。

8月24日早晨七点半钟，我和艾青上了汽车直奔飞机场。当飞机起飞，进入了云端，我才意识到：美国之行开始了！

飞机到了广州一落地，一股热风迎面扑来，全身往外冒汗。北京、南方气温差距真大。

25日早晨，我们乘第一班火车去九龙。到香港，还是平生第一次，因此，无论看见什么，都感觉很新鲜。火车到深圳停了一会儿，这是大陆与香港的交界处，是旅游人员进出境换车的地方。这儿像剧院刚刚散场，成群结队的华侨携带着大包小包回国省亲。而那些外宾，却迈着轻松的步子走出走进。

当天中午到了九龙。一下火车，艾青和王蒙就被前来迎接的朋友和记者围住了。有的采访，有的问安。

艾青四十几年前，曾两次路过香港，对他来说是旧地重游，而对于我，这里却是一个陌生世界。今天我来了，看见了她的容貌。她很妖艳,但并不美,拥拥挤挤,吵吵闹闹,整天轰响着。艾青说:“走进香港九龙,像走进了大锅炉房。”他说得很对,他一向善于从感觉里找出比喻。你不要忘记,他是个搞形象思维的人,三句话不离本行。这里即便在深夜里,也不宁静。奇怪的是,在这楼房林立的大城市里,还能听到鸡鸣犬吠。闷热的气候,有窒息之感。电扇以最快的速度扇着,也无济于事。躺在床上的艾青,翻来覆去,久久不能入睡。

也许有人正向往着这个地方,但是我要说:“这儿并不是天堂!”

二

我们还得继续赶路。

去旧金山的飞机,中午十二点二十分起飞。我和艾青、王蒙都不懂英语,一上飞机,便成了哑巴。我开始体会到聋哑人的苦。早知道今天还有出国的机会,无论如何都该学点英语。

加利福尼亚州的气候四季如春,夏天不热,冬天不冷。这里的朋友都异口同声地称赞。前两天我们在香港还汗流浃背,而两天后,我们却在这里享受着凉爽怡人的天气。

旧金山与伯克利,以一道港湾为界。两个城市的风格,截然不同。伯克利幽雅而肃静,没有高层建筑,都是两层小洋房,很匀称地分布在一层一层山丘上。每栋房屋,洁净而舒适,都被绿荫所环抱。街上难见行人,只有汽车,忽而闪过。你尽可展开想象,想想她是怎么样的美!而旧金山,就像普通城市一般,高层建筑多于绿色,当然也有宁静而优美的住宅区域。这里有一条唐人街,我们碰见许多像我们一样肤色的人,虽然相遇默默无语,但有时却也微笑而视,互致敬意。

我们参观了伯克利加州大学中文图书馆的一部分。我有意识地查找了中国出版的文学作品。鲁迅的东西很多。五四以来的作家，如郁达夫、张资平、胡风、沈从文、冯雪峰、丁玲、老舍、巴金等人的作品，几乎都有，当然也有艾青的。看到这些作家的作品，别有一番感慨。你想，建国以来，有多少作品，甚至优秀作品，随着作家不幸的命运，被送进了垃圾堆。但是这些作品，却在这里安然陈列在书架上，等待着它们的读者。

我们还参观了加州博物馆。这个州立博物馆，规模很大，陈列的东西极丰富。我们最感兴趣的还是中国文物部分，各个朝代的东西几乎都有。我一边看，一边纳闷：我们祖先遗留下来的这些宝贝，怎么会涉洋过海来到这里？就在参观博物馆的那天夜里，我做了一个梦，梦中我还是在博物馆里到处转悠，当我走到一尊佛像跟前，那佛忽然朝我笑起来，好像在向我发问什么。我被吓醒了，出了一身冷汗。

亚芬，你不是会解释梦吗？你说，我为什么会做这样的梦？

三

今天是去爱荷华的日子。想到就要见到聂华苓一家，心里有说不出的高兴。

飞机是下午三点二十分起飞的。在飞机上，我没有想别的，只是不断地看手表，计算和等待到达的时刻。晚上十点钟（爱荷华时间），当广播员向旅客报告，斯达拉斯比机场就要到达的时候，我对艾青说："也许华苓会来接我们。"艾青说："天太晚了，也许不会来。"

一下飞机，我远远就听见了那个熟悉的笑声，我对艾青说："我猜对了，华苓来了，你看，她在向我们招手呢！"安格尔也说出不太准确的汉语，"艾青，艾青"地叫着。接着我看见薇薇和蓝蓝也在向我们摇手，蓝蓝的女儿安霞，跟在妈妈身后，瞪着一双又大又黑的眼睛，瞧着我们三个陌生人，想靠近，又羞于靠近，可爱的小模样，真是有趣。

来迎接我们的，还有“国际写作计划”的工作人员和几个中国留学生。

两个诗人，一见面就紧紧地拥抱起来。安格尔用他的大手，拍打着艾青的后背，“你好，你好”地表示他的热情。而艾青，心里热乎乎的，嘴里却不知说什么好。华苓握着艾青的手说：“艾青，你真的来了吗，我不是在做梦吧？”她又握着王蒙的手说：“你来了，我非常地高兴！”

薇薇告诉我说：“妈妈这几天，一直在计算你们该到什么地方了。”

在机场上，华苓就告诉我们，安格尔已经准备好了酒，要为我们接风。

外边下着大雨，似乎老天也想为我们几个远道而来的客人洗尘。你说，我想得多美！

从机场到爱荷华城，要走半小时路。大家上了车，安格尔把所有人都安排坐好了，自己挤在华苓身边，席地而坐。我对华苓说：“安格尔总是和你依依恋恋的。”华苓说：“不，他是想和艾青靠近一点。”当华苓把这句话翻译给安格尔听时，安格尔马上拉起华苓的手说：“是为了靠近艾青，也是为了靠近华苓。”安格尔的感情，从不隐匿，他的一句话，逗得全车人哄然大笑。

天很黑，路上什么也看不到，只见灯光从车窗两旁闪过。大家在说笑声中，不知不觉来到了华苓家。

热情的安格尔，一上楼就打开了香槟。这时，我才发现王蒙对于酒是个很有量的人。他和安格尔的酒杯，在悬吊的灯光下，一闪再闪，不习惯饮洋酒的艾青，躲开了酒瓶，被华苓家四壁上下陈设的艺术品吸引过去。

夜已很深，大家的兴致一直很高。艾青想到主人的辛苦，提出告辞。

一觉醒来，天已大亮，从四楼窗户向外望去，近处是一片绿色草坪，草坪的那边，是很多参天大树，就在大树的后边，一道河水在静静地流淌……

四

我们今天去参观农场。四十多个人的队伍,阵势很大,二十五个国家的作家兴致很高,都想接触一下美国的农业。我和艾青在新疆国营农场生活了二十年,更想看看别的国家的农场是什么样。

这个农场,距离爱荷华城约有一小时汽车的路程。它实际上是个家庭农场,农场主叫威尔逊,一家五口人,而家里只有夫妇二人,管理六百多亩地。农忙时雇个短工。

这是个小型农场,也许不是先进的农场,但是从种植耕耘到收割,全部是机械化。

我们去参观时,正是农民准备收割玉米的时候。百闻不如一见。热情的农场主人,为了让我们这群来自世界各地的客人实地看看作业,把我们带进地里。收割机在玉米地里来回跑了一趟,满满一汽车脱了穗的玉米拉到地头,然后用拖车运回家去,再用绞送机送进粮仓里。刚脱了穗的玉米湿度很大,但不必担心,粮仓里安装有干燥机,只要电门一开,很快就被风干。

未未在美国

一季庄稼,农

民只下地几次。主人告诉我们，种庄稼是很辛苦的，但也是很有乐趣的。他说，青年人都往城市里跑，向往现代化都市生活；而他，喜欢生活在大自然里。虽说农活儿累一些，但人总得干些事情。女主人对我们说，她很爱土地，土地价格涨得再高，只要她活着，决不卖一寸土地！

在去农场的路上，我望着公路两旁的庄稼，想到一个问题：为什么汽车跑了一小时，地里不见一个农民？当我们来到农场，参观了庞大的农具库，我找到了答案：这里是现代化农业生产，机器代替了人，工效高，速度快，农民不需要整天守在地里。

看到人家，想到自己，我想起了去年的南方之行。那时，艾青带领诗歌作者访问团，走访了广东省的海南岛、湛江等地。那里的土地很肥沃，农民也很勤劳，一年三季庄稼，但是那里的农民并没有丰衣足食，到处可见一群农民在地里围着一头水牛转。有的地方，天下着毛毛雨，农民还在地里干活。诗人们看在眼里，感慨万分，他们把忧国忧民的心情写进了诗里。有这样的诗句："勤劳的人民，肥沃的土地，为什么人民还不富裕？"

为了抒情，当时我也写下一首短诗，题目是《老牛的大实话》：

打我白白费力气，
干活慢是天生的。

我爷爷拉的是这副犁，
我爹爹拉的也是这副犁；

轮到我这一辈子，
拉的还是这副犁。

若是农具不更换，
我儿子还得拉下去。

贫穷永远拉不走，
谁知道幸福在哪里？

有人看了稿子，说我写得太悲观了，劝我改一改。我没有采纳。我想，如果连承认落后的勇气都没有，还搞什么农业现代化？

五

在我的想象中，香山的枫叶可能红了。也许在去香山的途中，已经踏有你的足迹，也许当你站在香山高处远眺，会发出这样的感叹："啊，朋友，你又错过了观赏西山红叶的机会！"

然而，我要告诉你的，也正是这红叶带给我的兴奋。

此刻，当我从五月花公寓向外望去，视野所触及的一片秋色，你可知道是怎样地美啊！

盛情的聂华苓，为了让几位来自祖国的客人，欣赏这一年一度的爱荷华秋景，亲自驾驶着汽车，拉着我们满城转悠，一路喊着："快看，你快看！"唯恐我们错过了良机。

丰富多彩的秋叶，有深红的、浅红的、鲜红的、杏红的、紫红的、玫瑰红的，红得透明，红得有光泽，红得有水分；而黄色的叶子，黄而不枯，有金黄的、淡黄的、橘黄的。有的一树黄叶像初春的迎春花，有的满树红似火，有的艳丽而辉煌，像一顶巨大的凤冠，有的树只有树梢是红的，有的树红一半绿一半，或是黄一半红一半，有的树红黄绿三色兼有。颜色的层次很多，从浅到深，从简到繁。在秋阳高照下，远远望去，像一片永不消逝的霞光。

走在这一条街上，我说："多像春天盛开的花！"走到另一条街上，艾青说："多像燎原大火！"再走进一条街，华苓说："简直是一个色彩缤纷的童话世界！"

在这样美的境界里，有谁能不动情？美拥抱着我们，我们在

1980年，艾青和高瑛在美国

美之中。

她——华苓，有时似乎在沉思，是不是正孕育一篇优美的散文？

他——艾青，有时好像在默想，是不是被美所触动，产生了诗的灵感？

大自然在诱惑着作家和诗人。有感就发吧，奋笔赞颂一切的美吧！

秋天要去，过客得归。为了永留难遇的秋色，我们摆出了各种姿态，就连不太喜欢拍照的艾青，兴致也浓起来。他走到树冠遮天的大树下，对华苓说："来吧，给我拍一张，到此一游，留作纪念！"热情的华苓，带着笑声，把人和树一起摄入镜头。

我要赞美伟大的太阳。这无比万能的美容大师，是她把爱荷华打扮得如此绚丽多彩，是她创造了神奇的美。我庆幸自己，在这美好的季节里，做了这儿的客人。

难忘啊，小城的秋色！

更难忘啊，小城里的朋友，和他们的深情厚意！

亚芬，等着我吧，我将把装进心灵中最美最美的，带给你……

爱荷华“中国周末”

爱荷华的秋天是美丽诱人的。就在这凉爽怡人的季节里，二度的“中国周末”开始了。

9月12日，画家刘国松夫妇，为欢迎来自大陆、台湾、香港及美国各地的作家、诗人、学者、画家，在聂华苓家举行盛大宴会。

晚上七点钟，通向华苓家的那条郁郁葱葱的林间小路，忽然热闹非凡，汽车一辆又一辆驶进。林间的小鸟和松鼠，飞来跃去，也被这活跃的气氛所惊动。

大陆的艾青、王蒙，台湾的诗人吴晟，香港《七十年代》的主编李怡，纽约的小说家於梨华，画家姚庆章，理论家陈幼石，诗人秦松、郑愁予，加州的小说家陈若曦，教授学者许芥昱、卓以玉，圣地亚哥的作家李黎，威斯康星的学者周策纵，印第安纳的学者李欧梵，洛杉矶的诗人翱翱都来了。参加宴会的还有来自海峡两岸的留学生。爱荷华州长罗伯·雷从一百多英里以外的首府逖·莫因和夫人开车赶来参加宴会。他刚访问中国回来。

华苓家的客厅和凉台沸腾了。紧紧地握手，热情地拥抱，如同一群久别重逢的朋友，亲亲热热。激动的心，都在以不同的形式表达着。

热情的手伸向艾青：“能在这里见到你非常地高兴！”“没有想到还能见到你！”“我写诗是受你的影响。”“我从学生时代就爱读你的诗。”“我找不到你的诗集，就手抄了一本！”“你的许多诗，我都能背，”诗人秦松说着说着就背诵起来，“雪落在中国的土地上，寒冷封锁着中国呀……

1990年，高剑一家在美国

年轻的作家李黎，一见艾青就大叫起来："艾老，我又见到你，我要和你拥抱！"感情就是如此的真挚！

像过年，不是过年，却比过年还热闹。灯光下透明的酒杯，被高高举起："干一杯"，"再干一杯"，"为认识你而干杯"，"为重逢而干杯"。

有人说："我们是不是在做梦！"不，不是梦，是现实。此刻，谁也不会想到你和我，我和他，还有什么时间空间距离。就像一家人，在欢庆一个佳节中的佳节。心是激动的，血是沸腾的，感情是真挚的……

入夜的树林，失去了平日的寂静。笑，发自肺腑的笑；歌，带着深情的歌。

郑愁予夫人第一个放开喉咙，她唱的是祖国的民歌。

一曲民歌，勾起多少人的心绪！独唱变成了合唱。王蒙唱起来了，郑愁予唱起来了，刘国松唱起来了，聂华苓唱起来了，大家都唱起来了，不善歌的艾青也唱起来了……

人走到哪里，祖国的民歌就唱到哪里，唱着民歌走天涯！

高山大海能把土地隔开，民族的感情却无法隔开。今夜，正是强烈的民族情感把来自四面八方的同胞缠绵在一起了。

有人说，我们就好比是一股小溪，在大地上默默地流淌。是的，我们每个人都是一股小溪，弯弯曲曲流过千山万水，今天终于在这里汇流。若是有人问："为什么大家的心情是这样的谐调？"我们会毫不犹豫地告诉他："因为我们都是来自一个发源地！"

9月13日下午，诗歌朗诵会开始了。"中国周末"的组织者聂华苓先讲了话。她说："参加这个会的有几代人，这几代人，构成了完整的一段历史。……这样的会，希望以后能在北京开，能在台湾开……"

郑愁予首先朗诵了艾青的诗《雪落在中国的土地上》，接着台湾诗人吴晟带着感情朗诵了自己的三首诗。听他朗诵，似乎闻到了泥土的香味。袁可嘉特意赶来参加"中国周末"，他也朗诵了自己的三首旧作。

艾青和外孙女咪咪、孙女芫芫在一起

9月14日上午，小说与诗歌分别座谈。这具有历史意义的文学交流，将有人以许多笔墨把消息带给读者。

星夜游历密西西比河，别有一种情调。广阔的密西西比河，它在歌曲中，在传说中，享受着多大的盛名！自古以来，它迷恋过多少人？吸引着多少游客！今夜，就在今夜，有一群远离祖国、远离家乡的人，正在这儿，听着你的流水声，倾诉怀念祖国、热爱祖国的一片赤子之心。他们多么希望，总有一天，乘长江之船，顺水而下，或者逆水而上，去游历祖国的大好河山！

9月15日，是“中国周末”的最后一天。上午自由交谈，下午小说讨论，大家对海峡两岸的小说，各抒己见。王蒙谈了大陆几年来的小说创作情况。尽管观点不全一致，但是，不是交锋，而是交流。气氛是热烈的，态度是平和坦然的。

热闹的日子过去了，但是人们记着一个人：由于她的苦心设想，由于她创造的条件，大家才有机会在爱荷华城团聚，畅谈祖国文学的使命与前途。

有人把“中国周末”比作一串珍贵的项链，每个人好比是一粒珍珠，而聂华苓，就是那根串珠子的金线。这是一个多么恰如其分的比喻啊！

但愿这串项链的光彩越放越远大，越放越美丽！

为了安慰

1981年秋天，新疆生产建设兵团农八师某单位的王团长来北京治病。他在“文革”中，因为是国民党起义人员，受到残酷的冲击；“文革”后发现得了肠癌，开刀一看，已经扩散，属于晚期，无法治疗，就给缝合上了。病人和他的家属提出到北京求医。为了安慰病人，农八师同意了。

刘炳正政委写来信，希望我们帮助病人联系医院。当时我们住在北纬饭店，因此，就把病人也接到这家饭店里了。

我们在农八师所在地石河子住了十多年，但是对这位病人，并不认识。

我叫艾青去看看病人，他问我传染不传染。我说：“不传染，要是你怕传染，就不要和他握手了。”

我们来到病人的房间。躺在床上的王团长，一见到艾青走进来，就伸出手。艾青说：“高瑛叫我不要和你握手。”

病人不知所措，我也愣了一下。我怕病人难过，就急忙跑过去，坐在病人的床边上，紧紧握着他的手说：“王团长，艾青这个人老是爱开玩笑。他是个书呆子，说话不知深浅，你不要介意。”

我为了打圆场，为了安慰病人，开始编话了：“我知道你刚开过刀，不知道你伤口在什么地方，我怕艾青见到石河子的人激动，没轻没重的，碰着你的刀口，提醒他不要和你握手，他马上就来向你告密了。你说，气人不气人？”

病人听了我的话笑了。艾青听了我在说谎话，也跟着笑了。

艾青说：“我这个老婆很聪明，好为人师，我经常接受她的再教育。”

病人说："咱们都得多听老婆的话，没有老婆管，日子是很难过的。我这次生病，更体会到了老婆的重要性，多亏有她耐心地照顾我，不然的话，我就来不到北京了。"

我能看得出，艾青已经意识到自己说了不该说的话，就走近病人。我看他那样子，好像想去握握病人的手，但是没有机会，因为病人的两只手，都被我紧紧地握住了。

艾青对病人说："北京这座城市，人才济济，有不少大医院，有很多中西医老专家，我叫高瑛给你联系，她学雷锋学得好，热心肠，爱帮助人，又神通广大。"

我不知道他往下还要说什么，就抢话说："你不要给我戴高帽子，我受不了。我们得想想找哪家医院好。"

病人说："刘炳正政委就是叫我来找高瑛同志，这不，就来给她添麻烦了。"

我们在病人房间里待了一刻多钟，我的两只手始终和病人握着，直到要走了才松开。我从来没有和谁这么长时间握手。我这样做，就是为了弥补艾青说的那句失礼的话。

我们回到了自己的房间，艾青有点醋味说："你和那位病人的手，好像长到一起了！"

我肚子里有气，没有理他。

他又说："看你们俩，亲亲热热地，像一对久别的老情人。"

我忍不住了，说："艾青啊，你不要说话太随便，出口就伤人，你闻到病人房里的异味没有？他是一个快离开人世的人了，我们应该安慰他，你可倒好，还说刺激他的话。"

艾青也来气了，说："我说的是你说的话，你会编，我不会编，你说了没有事，我说了就犯错误了！"

过了一会儿，可能他想明白了，对我说："东西丢到人家那里，可以去拿回来，话说错了，就拿不回来了。这就是'一言既出，驷马难追'啊！你去饭店小卖部，给病人买些吃的吧，明天早晨我们再去看看他。你不要先抢握病人的手，该轮到我去握手了。"

一双小鞋

1981年4月，艾青去日本东京，参加联合国教科文组织和亚洲教科文协会会议。临行前，他问我想要什么东西。我说不知道。公家只给他三十美元，买点什么，只能就这点钱花。

陪艾青去日本开会的中国作家协会外联部的金坚范，是他的翻译。

会议结束了。最后一件事是购物，艾青给我买了一双皮鞋。

回国的路上，艾青怕皮鞋放在箱子里压坏了，就装在一个手提袋里提着。他一下飞机就把袋子递给我，说是送给我的礼物。

到了家里，我打开一看，是一双棕色鹿皮皮鞋。不久前，我曾看到画家张仃的夫人就穿着这个样子的皮鞋，工艺精致款式新颖，国内市场很少见到。遗憾的是鞋的尺码小了，脚穿不进去。为了不扫兴，我就没有告诉艾青。

过了些日子，艾青问我为什么不穿那双鞋。我说不舍得穿。又过了些日子，艾青又问我："我给你买的那双鞋，你是不是不喜欢？"

我说："非常非常地喜欢。"

可能他从我的语气和我脸上的笑容里，觉察到了什么，就说："穿给我看看吧。"

我把那双一尘不染的全新皮鞋拿出来，使了很大的劲穿上了。艾青叫我走走给他看看。

我说："只能站，不能走。"

他问："为什么不能走？"

我忍不住笑了："你为什么给我小鞋穿？瞧，我的十个脚趾都窝在鞋里头。"

他说："我是按着你的鞋码买的，怎么会不合适呢？"

我说："大中国的鞋码大，小日本的鞋码小，可能是两个国家的鞋码不一样。"

他"哎呀呀"地叹了一声，说："我这个人，过去喜欢进古董店、工艺品店，还有卖烟的店，就是不喜欢进卖其他东西的商店。这次为了给你买双鞋，我和金坚范在东京银街上走啊，看啊，选啊，进了很多家商店，才给你选上这双皮鞋，结果给你买了一件废品。我在东京银街几家商店里，看到许多造型奇特、图案色彩很美的工艺品，真想买上一件，但是，一想到兜里这点美元要给你买东西，就打消了别的念头。"他问我："你说，我这个丈夫好不好？"

我说："做一件好事很容易，做一辈子好事就很难了。"

他说："看来你是不领情的。这双鞋，你真的不能穿就送给别人吧。"

我说："不送，我要留着它，放在那里，当艺术品欣赏。穿在脚上，和摆在那里看，都是一样的享受。"

艾青说："我给你带回来一件礼物，是想叫你高兴，费了那么多的心思，却送给你一双小鞋穿。"

我说："是啊，现在人家没有机会给我穿小鞋了，就轮到唯一的你了……"

艾青与画家

齐白石

艾青写过两篇有关齐白石的文章，一篇是谈齐白石的画，另一篇是谈他们之间的友谊。

我随着艾青去过三次齐白石家。

第一次去，白石老人给我留下很深的印象：长长的银丝胡须，黑亮黑亮的一双眼睛。

艾青对齐老先生说："这是我的妻子，她来看看你。"

齐老先生目不转睛地看了我半天，点了点头，笑了笑，就走进里屋，拿出来一盒吃的东西，说是湖南老家送来的土产，叫我和艾青尝尝。

侍候齐老先生的人说，这是老人喜欢吃的东西，贵客来了，他才拿出来。

第二次到齐白石家，是陪着巴西诗人阿尔贝蒂去的，齐老先生见了外国人不多言，好像是有距离感。客人要告辞了，齐老先生小声地对艾青说："叫洋人走吧，你们留下来吃饭。"

艾青说："我陪着客人来，还得陪着客人走，下次来，再吃你的湖南饭。"

齐老先生要出来送，艾青劝他留步，他目送着我们离开了他的小院。

后一次去看齐白石，老人正在生病，艾青和他握手，问他："你还认识我吗?”

齐老先生带着浓重的湖南乡音说:“我有一个朋友,名字叫艾青。”

老人面无笑容,看样子病还不轻。

临告辞时,艾青对齐老先生说:“我会再来看你。”

齐老先生说:“你再来,我就不在了。”他可能感觉到自己的日子不多了。

不久听说,文化部在准备齐白石的后事,治丧小组里有艾青的名字。

“反右”运动开始了。艾青为所谓的“丁陈反党集团”说了公道话,被牵扯进去。

齐白石去世的消息,我们是在《人民日报》上看到的。

齐白石的追悼会,没有通知艾青参加,他对我说:“我和齐白石的友谊,在文艺界是众所周知的。不允许我和齐老先生的遗体告别,不知是什么人的主意?”

艾青的画(1985)

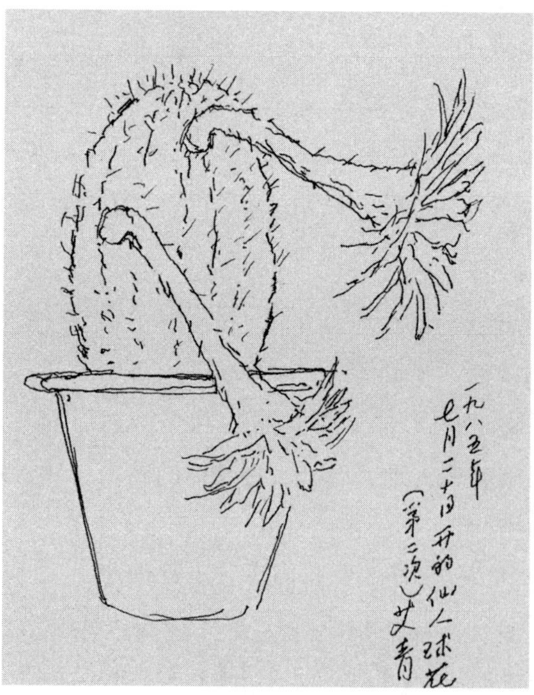

艾青回忆了他和齐白石的许多往事。

他给我讲了一个小故事:

有一次,他去看齐白石,老人从柜里拿出一卷画,画里附着一张纸,上边写着:“妻妾儿女切记,此卷画是传家宝,务必好好保存。”

齐老先生对艾青说:“这些画,给你保存吧,家里人是收藏不住的。”

艾青说:“齐老先生,我既不是你的妻妾,也不是你的儿女。这些画，不好由我保存。”

艾青说：“通过这件小事，可以看出白石老人对我的信任，我们是这样深交的朋友，在他离开人世时，我都得不到机会去送送他。”

为此，艾青难受了很久很久……

刘 海 粟

艾青想写一部史诗。

1957年3月，我们去了上海，想在上海收集鸦片战争以来的历史资料。到了上海，首先看望了刘海粟。刘先生正在举办个人画展，请我们去看。在展厅里，刘先生对艾青说：“你喜欢哪一幅，我就给你摘下哪一幅。”

刘先生是很有诚意的，但是，艾青看完了画展，一幅画也没有要。

在回饭店的路上，我问艾青为什么不选上一张画拿回来。

他说：“刘先生正在举办画展，怎么好意思叫他摘下来一张？”

接着他又说：“美术界很多有成就的画家都是我的朋友，时至今日，我想来想去，还没有向哪位画家伸手要过画。但是有些画家，像林风眠、黄宾虹、吴作人、李可染，还有其他一些画家，都送过画给我，我还是很高兴地接受了；唯独齐白石，我请他画了两张小画，给他钱他不会收，我就请他到他最爱去的‘曲园’吃饭，他高兴，我也了却了人情债。”

1979年春天，刘海粟夫妇来到北京，住在颐和园的“藻鉴堂”，江丰约艾青去看他，我问艾青：“能不能向刘先生要一张画？”

艾青批评我说：“你一张口、一伸手就得到了。但要知道，向画家要画，就等于向人家要钱，你好意思吗？”

我说：“国画又不是油画，一会儿就画一张。”

艾青说：“你以为画画儿就像画符那么简单？那都是花了一辈子的工夫！”

江丰说：“刘先生的字写得很好，可以向他要幅字。”

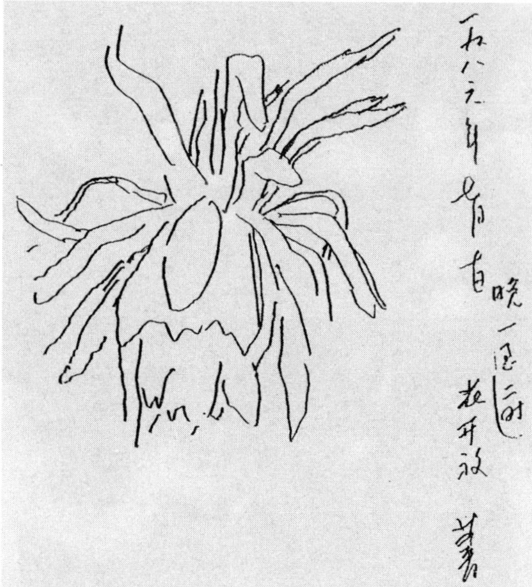

艾青的画(1986)

艾青与刘海粟上海一别,二十年过去了。今又重逢,叙旧的话一说就没完。刘先生的底气很足,他从巴黎说到上海,又从上海说到北京,非常兴奋。

临要分别时,江丰笑了笑对刘海粟说:“高瑛想向你要幅字。”

刘先生说:“好呀,好呀,我马上就写。”

刘先生的夫人夏伊乔拿好了纸,刘先生大笔一挥:

纸上人间烟火
笔底四海风云

十个大字,写得苍劲有力,我拿在手里感觉沉甸甸的。

我对艾青说:“这幅字,是江老给我要的,怎么写上你的名字?”

艾青说:“高瑛呀,你不要计较什么你的名字、我的名字,我都是你的,这幅字肯定也是属于你的了。”

许 麟 庐

1975年5月,艾青来北京治疗眼睛期间,常有朋友来看他,当时住在王府仓4号院里的邻居说:“我们这个小院,过去来的都是普通老百姓,自从你们住进来,画家呀，作家呀，教授呀，轮着个儿来，可叫我们见到名人了。”

那时来的常客有郑可教授，记者子冈，翻译家荒芜，作家周而复、管桦，画家许麟庐、黄永玉、周怀民……

许麟庐每次来，小院里就热闹了。他爱喝酒，有时喝完酒还唱几段戏，院里的人都很喜欢他。有一天，他打电话来，叫我准备好纸和颜料，说要给我画画。

那天，许先生兴致很高，拿起笔来画呀画呀，一面墙挂满了他的画。

这些画得到得容易，送出去也容易，被我一张一张地给了求画的人。后来我想，要是许先生知道我这样不珍惜他的画，肯定会怪罪我了。

有一天，艾青和我去许麟庐家。许先生叫他的女儿许嫦拿出一袋子画，一张一张展给艾青看。

艾青看完了画说：“放纵有余，收缩不足。”

许先生笑着说：“意见提得好，意见提得好。”

走出许先生家，我对艾青说：“许先生是想听听你的意见，你怎么给他泼了冷水？”

艾青说：“人要说实话，对朋友更应该这样，过去我不是和你说过吗，许先生是齐白石的大弟子，号称东城齐白石。他画得确实很好，但是也有一部分画，像喝醉了酒画的。我给他提的那八个字，要是他能好好琢磨琢磨，对他以后画画是有益处的。”

艾青的画(1986)

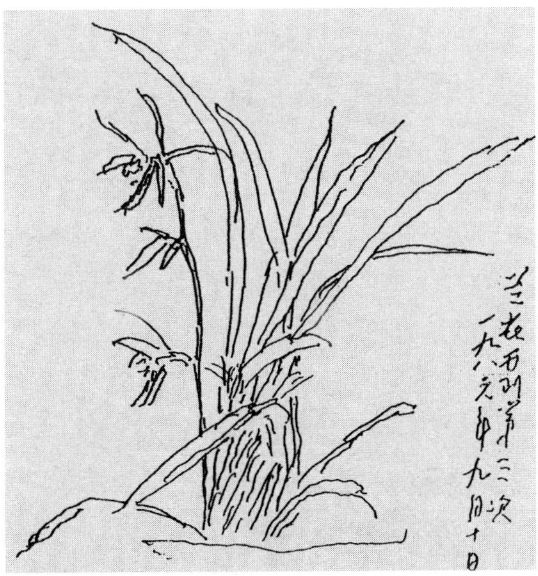

黄永玉

黄永玉一口气给我们画了四五张画，其中一幅大画，画的是荷花。艾青说，他所看到的黄永玉画的荷花，这一张属于佳作。

不久，管桦来了，他发现墙上挂着黄永玉的画，说他很久以来，就想向黄永玉求一张画，始终没有找到机会，他向我要那张荷花。当时我不知道是喝迷糊汤了，还是一时冲动，就把那张荷花送给了他。

在一次集会上，遇见了管桦，就想起送给他的那张画，我说："管桦，你把黄永玉那张荷花还给我吧！"

管桦马上说："不行，不行，那不行，黄永玉的那张画，已经是我们家的'传家宝'了！"显得很紧张的样子。

艾青绘高瑛像（1982）

艾青问我："你和管桦在说什么？"

我说："我想向他要回黄永玉那张画。"

艾青说："嫁出去的女儿，泼出去的水。给了人家的东西，怎么好意思再要回来？"

我说："我是和他开玩笑，吓唬吓唬他。"

1982年7月，旅美作家陈若曦来到北京，想见见黄永玉。19日那天,我和中国作家协会外联部陈明仙,陪她到黄永玉家。在路上,陈若曦说很想得到一幅黄先生的画。黄永玉给她画了一张,也给陈明仙画了一张,我对黄永玉说:“一视同仁,给我也得画一张。”黄永玉问我画什么。我想了想说:“画一幅猫头鹰吧。”他问我要多大尺寸的,我说越大越好。于是他给我画了一只比鸡还大的猫头鹰,睁一只眼,闭一只眼,蹲在粗粗的树杈上,题的字是:造福者,往往生活于毁谤之中。落款是:送给高瑛,壬戌仲夏于三里河。

艾青看了画说:“这幅画,题上了你的名字,谁都要不走了。”

知　己

艾青听到江丰逝世的消息，就像被电触了一下，惊疑地说："前天还见面了，怎么说走就走了？也太突然了，太突然了！"

死，就是一个生命的结束。

艾青冷静下来之后，坐在写字台前沉默无语，我知道他是在思念江丰。烟，一支接着一支地吸，屋子里，烟雾弥漫，我这个老气管炎，被熏得快窒息了。

我说："我们出去走走吧！"

他说："到哪里去都看不见江丰了。我们俩已经是阴阳两界的人了。"

我说："到中山公园去看花吧。"

他说："心情不好的时候，看花花也不美。"他问我："你有没有体会过，失去最喜欢的人，心里是什么滋味？"

我说："我最喜欢的人都还在，不过，我想那种滋味一定是不好受的。"

他说："江丰的去世，对我的震动很大，这样一个好人、好朋友走了，我是很沉痛的，他是在开会发言时倒下去的。人的生命，太脆弱了，那口气，一下子就断了。"

1932年春，艾青从巴黎回国不久，在上海认识了江丰，两个人都是从事美术工作的，不仅职业相同，人也投缘，一见如故。江丰是左翼美术家联盟成员，经他介绍，艾青也加入了联盟，志同道合，他们共同参与组织"春地美术研究所"，举办"春地画展"。在一次活动中，十三人被法租界巡捕房抓走，其中就有艾青和江丰。法租界以“政治犯”名义把他们引渡给国民党政府，国民党政府又以“春地美术研究所”是左翼美联机关、是危害国民的团体组织等理由，分别给他们判了刑。

几年后，艾青与江丰在延安相逢了。

1949年，艾青与江丰一起进了北京，两人以军代表的身份，接管了中央美术学院；1957年，都被打成“右派”；1979年，又同时被平反。他们是同龄人，这对难兄难弟，像一根藤上的两个苦瓜，几经风雨摧残，终于又都熬过来了，天长地久的友情是以真诚维系，牢不可破。他们的友谊堪称典范。

在“文革”的时候，一天半夜里，艾青被拉走，到了一四四团团部，有两个陌生人出现了，他们把手枪往桌子上一放，说：“坦白从宽，抗拒从严，不老实交代，死路一条！艾青，你知道我们找你干什么吗？”

艾青说：“没有人告诉我，不清楚。”

“我们是来向你调查江丰两次被捕和叛变的情况，你要把知道的通通交代出来。”

艾青说：“你们是第二批找我调查江丰的，我跟上次来调查的人把要说的都说了。”

“那是什么单位的人来调查的？”

艾青说：“我不敢问，他们像天兵天将，说来就来，说走

艾青在北京家中

就走了。”

“从你的诗里看，你像是泰山压顶不弯腰的人，原来你还是个胆小如鼠的人。”

艾青说：“我已经没有胆了。”

“胆哪里去了？做了手术？”

艾青说：“来找我的人，不是拿着枪，就是拿着棍，我的胆都给吓破了。”

“你这个人很会说笑话，诗人都是这么说话吗？你要严肃一些，谈谈江丰的叛变情况吧！”

老调重弹，艾青又从刚认识江丰谈起。

他说：“我和江丰都是左翼美联成员。”他问外调的人，“你们知道左联是什么组织吗？那是共产党的外围进步组织，我还是江丰推荐加入的，江丰是工人阶级家庭出身。”说到这里，外调的人听得不耐烦了：“艾青，你不要避重就轻，叫你交代江丰的问题，你却给他唱赞歌。你要回答我们的问题。”

艾青说：“听了你们说，我才知道江丰被捕过两次，我只知道我和江丰等十三人被捕的那一次。据我所知，没有什么人叛变。大部分人因证据不足，陆续放了，我在法庭上，和法官辩论、顶撞，鸡蛋碰了石头，吃了大亏，判得最重。”

艾青所谈的，不是外调的人要听的。一个人瞪起眼睛说：“看来你是不想说实话，是不是要找个地方给你清醒清醒头脑？”

艾青说：“你们太不了解我啦，我一辈子吃的苦头都是因为说了实话。你们可以到文艺界打听打听，就知道我这个人了。”

艾青回来说：“这次来调查江丰的两个人，乍一见，手里拿着枪，来势汹汹。但是谈起话来，我感觉不是胡来的人，他们给我准备的纸和笔，我一动也没动，他们可能知道从我这里得不到什么东西，就放我回来了。我在路上想，说不定他们俩还会感激我和江丰，给了他们来新疆旅游一趟的机会。”

我听了艾青说的这些话，真为他后怕，我想，那两个外调的人如果是红卫兵，非叫他的皮肉吃些苦头不可！

1971年春，艾青意想不到地收到一封信，他从八连连部匆忙地回来，刚走到地窝子门口就喊：“高瑛，江丰出现了！江丰出现了！”自从“文化大革命”以来，我还没有看到他这样兴奋过。

江丰的信，写得很简单。

信中说：“多年无音信，常在怀念中。”说他前几天梦见了艾青，从蒋希宁（艾青小妹妹）处打听到我们的地址，匆匆写信问安。

信中说：“我们被折腾的时间太久了，还能活下来，说明身体底子好。”

信中说：“文艺界的新闻不少，信里不便说，以免生事，对我们最重要的是，要好好爱护身体。希宁说，幸亏有高瑛陪伴和照顾你，盼望有一天能见到你。”

沉思中的艾青

1973年夏，艾青的眼睛又出了毛病，经新疆生产建设兵团政治部批准，去北京治疗。

一到北京，艾青首先见到的就是江丰。中央工艺美术学院的教授郑可，从江丰那里得知艾青的眼睛患了重病，就和江丰陪着艾青去了协和医院和同仁医院。经两家医院的专家检查，结论是一致的：右眼已无复明希望，左眼进行药物治疗。

不到黄河不死心。

江丰说，西医治不了，再请中医看看！他通过上海的老画家唐云，找到他在北京的弟弟唐由之，又给艾青做了检查。唐说：右眼误了治疗期，没有复明的可能。嘱咐艾青要好好保护左眼。

9月下旬，艾青想趁来北京看病的机会，在返回新疆之前，去金华老家看看两个弟弟。

当时，像艾青这样身份的人，无论走到哪里，都会遇到困难。就是住旅馆，没有人介绍，也很难住进去。

江丰为我们南行考虑得很细，他叫艾青到了杭州去找莫朴，又给史行写了封信，叫他在我们路过杭州时关照关照。

我们临离开北京前，江丰送来两件棉背心，说我们回新疆的时候天就冷了，留在路上穿。给我的这件背心，是他夫人陆维敏的，给艾青的那件背心，是他自己的。

我们回新疆的时候，当火车到达乌鞘岭一带，气温骤降，多亏有这两件棉背心。艾青穿上了说："背心啊背心，暖了我的身，又暖了我的心。"

1975年艾青再次来北京治病，赶上了唐山大地震，波及到北京。地震的第二天，江丰赶来了，他来看看我们的安全情况。过了几天，江丰听说还会有大地震，又赶来说："艾青，人灾还没有完，天灾又要来了。北京一旦发生了大地震，像我们这种人，死啊活啊，都不会有人管，我们走吧！我和陆维敏马上去上海，你要是不想回新疆，就找个近处躲躲。"他说这些话时，声音发颤，两眼含着泪。

江丰走了，艾青对我说："我们哪里都不要去，北京这么大，有上千万人口，别人都不怕死，我们还怕什么？"

1957年"反右"冤案，经过二十多年的血泪历程，终于平反了。心灵的创伤，身体的摧残，刚刚开始恢复，而江丰却在这时突然离开人间。艾青在痛苦中写下怀念他的诗：

没有告别

你走了，没有告别

离开了人间
像一缕青烟

于是，我想起
这离乱中的五十年
历尽艰辛的五十年

……

一九三二年春天
我们住一个房间
一同上街撒传单
为了纪念五卅惨案

一同举行“春地画展”
展出了饥饿、罢工、巷战

一同被捕
关在同一房间
你高唱“监狱永远是黑暗”
我朗诵自己的诗篇

……

爆发了抗日战争
跑遍了半个中国
我到了武汉、桂林
你到了西安、延安

宝塔山下重相见
参加“华北文工团”
过黄河，上雁门关
一路步行到太行山

走过多少冷谷荒山
一直走到冀中平原
一同进入北京城
一同接管中央美术学院

……

你性格刚直
你严肃、认真
从来没有谎言
坚守着自己的信念

……

你走了，没有告别
好像还要回来
有许多事没有做完
有许多话没有说完

艾青写完诗，对我说：“我多么希望江丰的死，是我做的一个噩梦！”

我们和江丰遗体告别了之后，艾青说：“我看到江丰躺在那里，像睡着了的样子，真想唤醒他。但是，我知道，这种奇迹是不会出现的……”

戒　烟

从前,我看艾青吸烟,就像看他吃饭一样正常,从来没有把吸烟和健康联系起来看。那时候,他喜欢抽凤凰牌香烟。我就经常到处给他买这个牌子的烟,一买就是五六条,总是供大于求。

我们的日子一年一年地过,艾青的烟一天一天地抽。后来他的呼吸道出了毛病,咳嗽、气喘,心脏也越来越不好,我劝他少吸烟,最好能把烟戒了。

他说:"我就有这么一点嗜好,你不要干涉得太多了。"他又开玩笑地说,"我还想给哪家制烟厂去做广告呢!"

一天,艾青半夜醒来,坐在床上不停地搓脚,我问他是不是脚气病犯了,要不要用热水烫烫。

他说:"没有。你睡你的觉吧。"

我问:"平常,你的头往枕头上一放,三五分钟就打呼噜;你今天晚上有些反常,好像有什么心事?"

他笑了:"我的烟断顿了。白天徐刚和韩作荣来,我们三个人把烟都抽光了。我以为柜子里还有烟呢。"

我是不抽烟的人,体会不到烟瘾上来会是什么滋味。这时,我忽然想起来,曾经几次在马路上,看见捡烟头的人。那时我想,不吃饭能饿死,没钱买烟就不抽算了,何必在大街上丢人现眼!当我看见艾青在烟灰缸里找烟头抽的时候,才理解了那些在大街上捡烟头的人。

1979年,我们调回北京。当时因单位没有房子,就住进了北纬饭店。

艾青和高瑛在北纬饭店

艾青咳嗽得很厉害，我开始限制他的抽烟量了，每天从两盒烟慢慢地减到一盒，后来我发现他每天抽的烟量大大地超过了，才知道他常背着我到小卖部里去自购烟。我为了控制他，就断了他的财路。

艾青发火了，说："你不要对我管得太过分，我连抽烟的自由都没有了，我不想当'妻管严'。"

我来气了，说："你这个人，真不知好歹，我是你的老婆，对你的健康要负责任，我有权力这么做！"

他说："你的权力也太大了，中华人民共和国还没有剥夺我抽烟的权力呢！"

"你是不是活够了，想让我做寡妇？"我委屈地哭了。

他说："高瑛啊，烟不是毒药，我不相信抽烟就能送了命。你不要言过其实，没有那么严重！"

我说："你不能不相信科学吧？医学界论证烟与健康的文章太多了，你也不好好看看。你真是个'盲人骑瞎马，夜半临深池'那种人。"

他说："伪科学也是有的，要不然你给我解释一下，为什么有的人从来不抽烟却得了肺癌？有的人抽了一辈子烟倒长命百岁？科学家应该好好研究研究这个问题。"

我说："艾青啊艾青，你真是一个顽固不化的人。我是为了你的健康，才苦口婆心地劝你。你怎么就一点都听不进去?"

他说:"高瑛啊,你也太劳心啦,我们休战吧,不要再为我抽烟吵闹了。我可以坦率地告诉你,烟是我最好的朋友,无论在我得意的时候,还是在我失意的时候,它和你一样始终陪伴着我,我不能和它绝交。我还要带着它去见上帝呢。如果全地球发布戒烟令,那个最后戒烟的人,他就是你的丈夫——我。"

我说:"好啊,你已经铁心了。那么我问你,假如我和烟,你只能选其一,你要烟,还是要我?"

他说:"我先要你,后要烟。"

我说:"我说得明白,你不能都要。"

他说:"你和烟怎么能相提并论?这个问题,你提得很怪,你不要大做文章了,我也死不了,你也当不了寡妇。不过我们得有言在先,万一有一天我真的死了,你得等我的坟土干了再嫁人。"我知道他又和我开玩笑了。

我说:"那时,我要多买几把扇子,二十四小时坐在你的坟头上拼命地扇。"艾青哈哈大笑起来,我满肚子的气,都被他给笑跑了。

玲玲和未未在美国重逢

我和艾青在他吸烟的问题上,一直是争争吵吵的。我把软的办法,硬的办法,都使用尽了,偏偏他是个软硬都不吃的人。对付他,我真的是没有招了。

1983年1月13日,我陪他去新

加坡参加“国际华文文艺营”会议。1月中旬的北京已经进入三九严寒天，但是新加坡，正是北京的暑天气温。那天，我们为了轻装远行，临上飞机前，就把冬衣交给送行的人带回家了。谁都没有预料到，飞机飞出去十五分钟又返回北京机场。广播里说，因飞机发生故障，半小时后起飞。半小时过去了，广播里又说，请旅客到候机室休息。到了中午十二时，又广播说：“请旅客到餐厅用餐。”直到下午两点钟，飞机才离开了北京。这么一折腾，脱下冬衣的艾青感冒了。在飞机上就开始咳嗽。

那时，北京到新加坡没有直达航班，必须在香港转机。我们到达新加坡时，已经是半夜了。

艾青发烧了，不停地咳嗽，没有食欲，但烟还是没有忘记抽。

第二天一早，医生来了，检查的结果是肺炎。医生说：“艾先生，希望您能配合治疗，不要吸烟了。”

艾青绘高瑛像(1982)

和我们一道来新加坡参加会议的还有萧军和他的女儿萧耘。他们每天出席会议，参观游览美丽的岛国。而我整天坐在五星级文华大酒店的房间里，侍候着生病的艾青。望着窗外透明的蓝天和窗下边清澈的大海，心里想，我这也算是来了一趟新加坡？

艾青的体温刚刚降下来，就向我要烟抽。我看他那虚弱的样子，发了慈悲，只准许他一次抽两口烟。他拿起烟来，就像缺氧的人得到了氧气瓶，深深地吸了一口，又慢慢地呼出去，他那表情，叫我看了又气、又同情、又好笑。

回到北京后，艾青的烟量明显地减少了，他对烟与健康有了新的认识。这也算是我们去新加坡的一点收获！

我要趁热打铁了，攻克这个顽固堡垒！

我去协和医院高干门诊部，找到王医生，把艾青的健康情况和吸烟史，以及他在新加坡生病时医生对他的忠告，向王医生做了介绍，请他以医生的身份劝告艾青戒烟。王医生理解了我，接受了我的要求。

第二天，我陪着艾青到了协和医院。王医生用听诊器给艾青听了又听，检查了又检查，表现得严肃又认真。他沉默了一会儿，说："艾老，你的肺部罗音很重，可能有炎症，你咳嗽吗？胸闷吗？"

我说："前不久，艾老在新加坡生了一场病，得了肺炎。"

王医生问："艾老，您是不是烟抽得很多？"

艾青说："是啊，我是个烟鬼。"说着笑了，王医生也跟着笑了。

他说："艾老，您的健康情况不允许您再吸烟了，我劝您戒烟。您知道不知道，呼吸道有三部曲：气管炎、肺气肿、肺心病。这三种病，可能您都有。您的肺部还有炎症，得做透视检查。"

我说："王医生，您检查得对，我感觉艾老的肺炎还是没有完全好；他老咳嗽，痰也很多。"

艾青说："你又不是医生，靠着感觉能有准吗？"

王医生说："艾老，老年人得了肺炎，恢复是很慢的，这是个隐患，得引起您和您的家人注意。我希望您先把烟戒了。"

艾青说："烟，是我的朋友，我舍不得放弃它。我老婆反对我吸烟，你也反对我吸烟，你们真是异曲同工。"

王医生说："您的夫人反不反对您吸烟我不知道。但是，您万万不能把烟当成您的朋友。正确地说，烟是您的敌人，它能要了您的命！"

艾青说："高瑛啊，你今天可找到同盟军了。我和你们俩是1比2，少数服从多数，看来我得向你们投降了。"

艾青从协和医院回来，就再也没有动过烟。他真的和烟绝交了。

艾青和高瑛在北纬饭店

吸烟、反吸烟，我和艾青的持久战，终于结束了。

第二天，我在家里请客吃饭，宣布艾青戒烟了。我把他的存货，三五牌和中华牌香烟，分送给在座的瘾君子。艾青看着我把他的烟，一条一条地送给别人，说："高瑛，你怕我抽烟抽死，你就不怕香烟害了别人？"

我说："我只管你，别人就不管了。"大家听了哈哈大笑。

据说戒烟的人，脱离尼古丁非常难受，我就对艾青说："丁玲是吃糖戒的烟，我也给你准备些糖吧？"

艾青说："戒烟，各有各的戒法。我这不是已经戒了吗？你再也不要为这种事操心了。"

我说："看你戒烟并不困难，说不抽烟就不抽了，我很佩服你的毅力！"

他说："我也佩服你的毅力，终于改变了我这个老顽固，叫我和烟朋友永别了。"

记者李辉来我家，我告诉他艾青戒烟的事，他写了一篇文章在《北京晚报》上发表了。

过了不久，艾青到人民大会堂开会，客厅里的茶几上，摆着中华牌香烟，陈企霞拿出一支说："艾青，来享受一下。"

艾青说："你离我远一点，自己去享受吧！"

后来有一天，艾青忽然问我："那天你陪我去协和医院看病，是不是你先和那位医生串通好了的？"

我说："何以见得？"

他说："没有证据，只有感觉。"

我说："提起烟来，我就头疼。为了劝你戒烟，我们俩就像商人做买卖似的，讨价还价。你挖苦我、讽刺我、打击我，我都不放在心上，我就怕烟夺走了你的命！"

艾青说："我知道你是为了我的健康才那么用心良苦。我这次下决心戒烟，也多半是想到你。记得我们刚结婚的时候，谈到我们俩年龄的差距时，你曾经对我说：'你多活几年，我少活几年，我们俩一道死。'这句话，你还记得吗？"

我说："这么多年来，我所做的一切努力，都是为了你能长命百岁，我真怕你过早地丢下我走了。你说老实话，你是想到我才戒烟的吗？"

艾青说："你要相信我的话，不然我的老烟瘾还会复发的。"我急忙地说："我相信，我相信，我不信也得信！"

“避风港”

1984年4月3日，中国作家协会作家党支部组织作家到香山春游，家属也可以随着去。

4月4日，女儿玲玲要去日本上学，这一天又是她的生日，我问艾青，还去香山吗？

艾青说：“去吧，叫玲玲带着咪咪（玲玲的女儿），我们陪她好好玩玩。玲玲这一走，也许几年才能回来。”

我们一家四口人，高高兴兴地去了香山。那天去香山的有老作家丁玲、陈明、舒群、曾克等。

4月的香山，春意浓浓，游人，双双对对地往公园里涌。

走到“望峰亭”时，艾青说要到亭子里坐坐休息，舒群说亭子里有风，最好不去。艾青说：“我们这些人，大风大浪都经历过了，这点小风算不了什么。”

丁玲马上接着话说：“艾青是什么都不怕了，因为高瑛是他的避风港。”陈明说：“高瑛不是小避风港，是个大避风港，是十二级台风都能顶得住的避风港。”

他们夫妇，一唱一和，说着笑着，我感觉他们的话里有话，就回敬说：“我真想成个避风港，好保护艾青一生平安。”

我悄悄地对艾青说：“你感觉到了没有，春风里头有点邪风了。”艾青瞅了瞅我，没弄明白我话里的意思。

聪明的玲玲知道我不高兴了，就说：“妈妈你瞧，那些紫红色的花开得多好看！走，我们去照张相吧。”她拉着我离开了“望峰亭”。

来到花前，玲玲说：“妈妈，刚才丁玲阿姨和陈明叔叔是和你开玩笑的，你不要太认真了。他们都年纪大了，一生风风雨雨，坎坎坷坷的，就是他们心里有什么怨气，也叫他们发泄发泄吧。”

我说：“我和他们无冤无仇，要发泄，也不该发泄在我身上呀。”

玲玲劝我说：“这些老作家，曾经都是天涯沦落人，今天能凑在一起，很不容易，大家高高兴兴地游春多好啊。”

记不起是什么时候了，有一天，艾青开会回来对我说：“今天见到了丁玲，她走到我跟前和我说了三句话：第一句，说我是最最好的人，就是缺少主见；第二句，她叫我要注意，有人在挑拨她和我的关系；第三句嘛，我想不起来了。”

我说，丁玲说的三句话，绝不是随便说说，一定是经过深思熟虑提出来的。我叫他好好想想，第三句说的是什么。

1984年4月，女儿玲玲赴日留学前，一家人在豆腐巷9号家中合影：左起：女婿李英群、高瑛、艾青、外孙女咪咪、女儿玲玲、儿子艾丹和高剑

艾青说:“用那么些脑汁干什么?你要是有兴趣,就去问问她吧。我真应该带着你去开会,这样就用不着回来给你传达了。”

我说:“要是我去了,可能丁玲就不会说了。她和你说的前两句话里是不是指的就是我?”

艾青马上说:“不会的,你不要生是非了!”

我说:“要生是非的不是我。你得好好想想丁玲说的那第三句话的内容是什么?她是个大作家,不是几岁的孩子,你不要听她说你是‘最最好的人’就糊涂了。”

艾青和我急了:“你总是爱教训人,这么点小事,就唠唠叨叨没完了。”

我说:“教训你我还没有资格,我只不过是提醒你,叫你头脑清醒一些,你说,有什么不好?”为了缓和一下气氛,我说,“不怨天,不怨地,就怨老艾青过去吃猪脑吃得太多了!”我笑起来了。

艾青一听我说吃猪脑,也跟着笑了,说:“你怎么又想起猪脑来了?猪脑这种东西太好吃了,软软的,香香的,牙不好的人都喜欢吃,你去给我买一块来吧?”

一天,我从街上回来,艾青告诉我,丁玲和陈明夫妇来过了。

我说:“他们无事不登门,来了准有事。”

艾青说:“他们是来请我做《中国》杂志编委的。”

“你答应了吗?”我问。

“两口子都找上门来啦,我能不接受吗?”

我说:“这件事情,你应该慎重一些,考虑考虑,商量商量再作决定。”

艾青把脸一沉说:“我要和谁商量?”

我说:“要和你老婆商量!”

他说:“高瑛啊,你管我管得太多了。我不能什么事情都得向你请示!”

我知道话不投机,就没再说下去,只好转身离开了客厅。

我躺在卧室的床上,琢磨来琢磨去,都觉得艾青不能做《中国》的编委。

过了一会儿，艾青来了，他看我躺在床上，问我是不是生他的气了。

我说：“你挖苦我、讽刺我，我都习以为常了。但是，丁玲叫你做《中国》编委这件事，你得听听我的意见。”

高瑛和女儿玲玲、大儿子高剑、大儿媳付金陵、小儿子艾丹、孙女芫芫、外孙女咪咪在豆腐巷9号

艾青说：“这不是什么国家大事，人家仅仅是叫我挂上个编委的名，搞一次形式主义。再说这样的虚名，过去我也做过。你何必那么认真。”

我说：“给《中国》做编委，可不像你所说的那么简单。有些情况，你根本不了解，文艺界太复杂，我们要远离是是非非才好。”

艾青说：“不就是当个编委吗？复杂能复杂到哪里去？”

我说：“你这个七十多岁的人，还不如我这个五十多岁的人有心眼。”

艾青说：“是啊，我是两耳不闻门外事，一心在家写文章。我不是说过么，你是我的教师爷。”

“我是在和你说正经的事，你不要没完没了地开玩笑。”

这时，我把所听到的关于丁玲要办《中国》的舆论，对艾青说了：

“有人说，中国作家协会已经有了那么多的刊物，像《人民文学》呀，《中国作家》呀，还有必要再办一个《中国》吗？说丁玲是在招兵买马，拉一帮人，给自己立一个文学山头。”

丁玲这个刊物还没办起来，就有些人在说三道四的了，我劝艾青说：“你不要给别人当轿夫，抬轿子了。丁玲要折腾，就叫她去折腾，你不要老是叫人家牵着鼻子走。我看《中国》就是办起来了，也不会是一帆风顺的，不信，就走着瞧！”

艾青很冷静地听了我这些话，他若有所思地说：“文艺界刚刚出现稳定的局面，现在看起来，宗派矛盾又要浮出来了。”他说，“宗派斗争，说穿了就是权势之争，文艺界的问题，就是宗派的问题。这棵宗派大树，经营了几十年，根深蒂固，要想彻底解决，是很难的。”他说，“文艺界有些人，结怨太深，我这个人是不记仇的，不算老账，也不会立新账。1979年我的‘右派’问题平反了，周扬眼泪汪汪地向我道歉，说我被错划‘右派’，他是有责任的。我马上说，事情已经过去了，‘俱往矣’。他已经承认了错误，就得给他改正错误的机会。有人说，当时周扬是不同意给我戴‘右派’帽子的，但是我还是当了‘右派’。我猜得到是谁，是哪几个人，硬要送给我这顶沉重的、压了我二十一年的帽子。苦也吃了，罪也受了，这本老账簿子，扔掉算了。这样做，整人的人和被整的人，都会轻松起来。”

我说：“要是人人都能像你这样宽宏大量，文艺界的天，就是明亮的天了。”

艾青说：“其实丁玲想办一个文学刊物，搞一个文学阵地，也不是什么坏事，她不是经商做买卖挣钱，用不着七嘴八舌的。”沉默了一会儿又说，“宗派，也像是一种瘟疫，一旦兴风作起浪来，文艺界又要无宁日了。”

我说：“宗派，宗派，过去你是深受其害，老婆孩子也跟着你吃了二十一年的苦，历史的教训可得吸取。”

艾青说：“《中国》编委这件事，我已经接受下来了，找什么理由辞掉好呢？”他走到电话机前说，“我给丁玲打电话，就说我老婆不叫我做编委好不好？”

我急了，说：“丁玲以前批评你缺乏主见，这不是叫她说准了吗？”

“你当我真会这样说？”他拿起了电话，“丁玲吗？你们走后，我想了想，《中国》的编委够多的了，我就不凑热闹了吧。以后我给刊物投稿就是了。”

艾青放下电话，我问：“丁玲同意吗？”艾青说：“没有，她叫我不要推辞。不过，我已经向她说明了，她会考虑我的意见的。”

我高兴得紧紧地拥抱了艾青，说：“你真正地听了一次老婆的话。”

过了几天，《中国》编辑部主任牛汉来了，说请编委们聚一聚，吃顿饭。

艾青问他：“丁玲没告诉你我不做编委啦？”

牛汉说：“是她叫我来请你的。”

艾青说：“牛汉啊，我们过去荒废的时间太多了。你写诗写得那么好，我希望你能把精力用在写作上，别的事……”艾青说到这里，我赶紧捅了他一下，暗示他说话要有分寸，生怕他说出了不该说的话。

牛汉走了，我对艾青说：“你说话太直了，自己不干编委就不干嘛，可也不能拖别人的后腿啊。要是牛汉不理解你的好心，甚至误解了，还以为你在瓦解丁玲刚刚苦心组织起来的队伍呢！”

艾青说我是“妇道之见”。

《中国》创刊新闻发布会那天，我陪着艾青去了。新侨饭店的大厅里坐满了人，平常看不见的人也出现了。

印好的《中国》编委名单里，有一个人的名字被墨笔抹掉了。我看见有的人拿着那张纸，在冲着灯光晃来晃去，大概是想知道这个被抹掉的名字是谁。

当我们快走到丁玲面前时，我遇见了一张冷面孔，立刻想起丁玲曾对艾青说的那句话：你是最最好的人，就是缺少主见……

忘不了过去

1949年中华人民共和国建国前，我在哈尔滨考进了松江省鲁迅文艺工作团，首次参加演出的是话剧《红旗歌》。

1975年，我陪艾青从新疆来北京治病。鲁煤来看艾青，这时我才知道，《红旗歌》是他执笔写的。

有一次鲁煤来，在闲谈中，艾青问他当年是什么原因被打成“胡风分子”的。

他说：“说起来话很长。我和胡风是40年代在重庆认识的，那时我在重庆艺专读书，我往胡风编的《希望》刊物投稿，他给我发表了三次诗，对我的鼓励很大，可以说，是胡风带我步入了诗坛。北京解放了，我们进了城，还记得吗，有一天你对我说胡风到北京了，是来参加政治协商会议的。他向你打听我的情况，你叫我去看他。当时我听到了一些对胡风不好的议论，就问你，我去看他好吗？你说，是老朋友，为什么不好去看？我把这个消息告诉了徐放，他也是在重庆认识胡风的，我们就一道去北京饭店探望了胡风。1949年7月，胡风来北京参加第一届全国文艺工作者代表大会，茅盾作报告时，对胡风和路翎进行了不公正的批评。1950年3月，周扬在北京和天津的文艺干部大会上，公然说胡风等人是社会民主党，要对胡风和阿垅‘狠狠地打击’，从此胡风陷入困境。我对他非常同情，只要他到北京，我和徐放就去看他。有一次，张光年请胡风来我们戏剧学院谈创作问题，事后，又请何其芳批判胡风的文艺观点，我把此事告诉了胡风。为此说我给胡风通风报信，又因为我曾带着司空谷到胡风那里去，说我拉拢人、联络人，由于这些理由，把我打成了‘胡风分子’。”

1988年8月，艾青收到了鲁煤的一封长信，艾青拿着放大镜，逐字逐句地看完了，把信递给我说：“你不是问我和鲁煤的关系吗？看看这封信就知道了。”

艾青同志：

在我诗歌生命的幼儿期，您是我的“大堰河”。

1946年春，在重庆，我决定去解放区张家口华北联大。本来，过去我一直是向往去延安的，但这时不去延安了，因为我最崇敬的诗人您到了张家口。

临行前，我请胡风先生来我所在的国立艺专讲演，宣传民主。讲完后，我送他回城里，在山间路上，我告诉他我就要远行了。因当着抬“滑竿”工人的面，不敢明言，便说：“胡先生，我要找艾青去了！”

1946年2月，我到了张家口，写出两首小诗和一首长诗。我拿上诗稿，就贸然地到东山坡去找您。我先毛遂自荐，谈了您的诗在大后方广大知识青年中的影响。您向我询问胡风的近况，那么亲切地和我交谈，好像我早就是您的学生。您让我留下诗稿，过两天再来听意见。

几天后，我又去了，您嘱咐我把其中的长诗《我看见新的兵士》抄出来，到《晋察冀日报》社去找田野同志，果然不久就发表了。

1947年1月，咱们的华北联大转移到冀中束鹿县。我从政治班转到文艺学院文学系学习，您是副院长，从此我成为您直接领导下的学生，我继续毫无拘束地请您看诗稿，您都一一指点。有一次，我认为陈企霞同志对我的《星之歌》个别词句的改动“概念化”，就对同学说：“过去胡风都不随便改我的稿子！”为此事，您找我谈话，促膝而坐，您语气温和、恳切，只把问题点到为止。我感受到前辈诗人的爱心，对这种独特的批评，四十年来一直不忘。

不久又一次原地夜话，您用自己的诗来启发我。您说过去您写工农兵生活的诗，是从知识分子的感觉出发，用的是知识分子语言。您赞扬田间的《赶车传》。

1948年，学校迁到正定县，您领导全院的创作工作。当时我正积极申请入党，您主动对我说，您愿做我的入党介绍人。

1949年进城后，我转到戏剧学院工作，您到了作协，我们接触少了。

大约在1984年，我买到了《艾青谈诗》，其中《中国新诗六十年》一文中，您把我列为抗战后期国统区影响较大的诗人之一。我知道我这个学生，依然在您的记忆中。

我准备出一本《鲁煤诗选》，想请您写序，不知可否？现把一些有代表性的作品送上，供您参考，谢谢了。

致崇高的敬意！

学生　鲁煤

1988年8月1日

当时，艾青的身体不好，因腔隙性脑梗塞综合症住进了医院，出院不久，因冠心病复发，又回到医院。1990年3月，艾青在会议中摔倒，右肩关节脱位，造成肱骨骨折，做了肱骨置换手术。

那几年，协和医院的大门，艾青几次进进出出，医院成了我们的家，我们的家也成了医院，旧病未愈，又添新病，艾青的健康状况每况愈下。

但是鲁煤请他写序的事，他还是念念不忘。他对我说："可能这是一笔难还的文债。我已经感觉到力不从心了。"

鲁煤与艾青的接触，引起了艾青对胡风的回忆。

艾青告诉我，1936年他去上海时，经田间介绍认识了胡风。他的诗《雪落在中国的土地上》、《向太阳》、《乞丐》、《人皮》、《风陵渡》等，都是交给胡风在他主编的《七月》刊物上发表的。

艾青告诉我，胡风是第一个写文章评论他的诗的人，题目是《吹芦笛的诗人》，对他的作品评价很高。

艾青告诉我，他在重庆，第一次见周恩来，是胡风陪着他去的。1941年，周恩来建议他去延安时，他问胡风去不去，胡风马上说不去。艾青知道胡风和周扬的关系不和，他不愿意再和周扬凑在一起，就没有劝他同行。

艾青对我说："我和胡风在历史上那段关系，文学界很多人都是知道的。反胡风运动中，被牵连的人都下了地狱，田间和胡风关系比较密切，吓得跳湖想自杀，我也是惊弓之鸟！政治运动，就是战场，子弹乱射，打在谁的身上，不是死也是受重伤。反胡风运动，我逃过了一劫，但是到了'反右'运动，要整我的人，就不放过我了。我和胡风，就像两片树叶，被政治运动的风暴刮得谁都不知道谁的去向……"

天下大事，合久必分，分久必合。到了1979年，文艺界一些长期遭受政治迫害的人，带着精神创伤、身体疾病，陆陆续续地回到了北京。

有一天，到人民大会堂开会，艾青和胡风见面了。胡风坐在那里，沉默无语，面无表情，好像凝固了似的，见到艾青，像见到了陌生人。艾青却很激动。但是，当他看到胡风的精神异常，发愣了，他把手伸过去，问了一声："你好吗？"胡风微微点了点头，没有吭声。

这是我第一次见到胡风，就让我看见了令人心酸的场面。

回到家中，我问艾青："你今天见到胡风有什么想法？"

他说："有啊！怎么能没有？当时我就想，这就是几十年前的胡风吗？人，怎么给'改造'成这个样子了？"

1985年6月的一天，艾青收到梅志的来信，信中说胡风病危，要是她不告诉老朋友，怕日后会落埋怨……

艾青马上叫我要汽车。在去友谊医院的路上，司机说："胡风昨天下午去世了。"艾青唉了一声，说，"最后一面都见不到了。"

艾青知道田间也住在友谊医院里，说："高瑛，我们去看看田间吧。"

那天，田间的精神很好，就是有些气喘。他和胡风同住一家医院，胡风去世的事他还不知道，家里怕他受刺激，瞒着他。我们从田间的病房出来时，田间说："胡风得了重感冒，医生不准探视。"艾青说："我们要尊重医生的意见，改日再看他吧。"

1985年6月8日胡风逝世，同年8月30日田间逝世，两位老朋友，相继离开了人间。

田间去世不久，有一天，艾青坐在沙发上，自言自语地说："胡风走了，田间也走了，他们都到哪里去了？我想再见到他们，是不是得去找马克思？"

我说："你不要胡思乱想了，你谁都不要去找，你就找我好了。"

他说："你还用找吗？你就像我的影子，一步都难离开我……"

蛋　糕

记得是1984年，诗歌界在“欧美同学会”举办茶话会，首都的诗人欢聚一堂。在大厅里，每张桌子上都摆着水果、点心。

我们刚刚坐下，艾青看见有我喜欢吃的奶油蛋糕，说：“高瑛，你看，蛋糕，快吃！”他的声音很大，我想，半个会场里的人都会听到。我着急了，就用脚在桌子底下踢了他一下，暗示他要注意影响。可是这个“木头人”竟然没有理解我踢他的用意。

过了一会儿，他看我没有吃，又旁若无人地说：“这么好的奶油蛋糕，你怎么不吃啊？”他的声音还是那么大，好像我是个聋子，唯恐我听不见。我又用脚踢了他一下，他对我瞪了瞪眼，说：“你踢我干什么？”这时我发现，有几个人正朝着我们这边看。艾青问我：“你不是很喜欢吃这种蛋糕吗？客气，客气，难为肚皮。”我还是装着充耳不闻。

会散了，雷抒雁笑着走过来说：“高瑛，艾老大声疾呼地叫你吃蛋糕，我坐得那么远都听见了，你怎么就无动于衷？”

我说：“艾青这个人，一点都不顾影响，在大庭广众下，大嗓门叫老婆吃东西，也不怕人家笑话！”

雷抒雁说：“高瑛，你说错了，这才是真实的艾老。别人听到艾老一次又一次地叫你吃东西，都会觉得艾老对你太好了，哪里还会有谁笑话？”

回到家中，艾青又问我：“今天会场里的桌子上，摆着那么多好吃的蛋糕，你为什么不吃？”

我说：“我不喜欢吃。”

他说:“我刚认识你的时候,我们星期天去郊游,我总是先到春明食品店买些水果和高级点心带着,我记得那种牛角式的奶油蛋糕,你一顿能吃好几块。我看着你吃的那个劲真高兴!”

我说:“此一时彼一时,那个时候,我的体重才九十七斤,你不是用绳子给我量过吗,我的腰比头还细一点,可是现在我一天比一天胖了,再吃奶油做的蛋糕,还不知要胖成什么样子呢!”

艾青唉了一声:“一胖三分美,你比起日本的相扑差得远着呢,就大胆地吃吧。”

我知道艾青是在和我开玩笑,我也就顺着说了:“好吧,以后再遇到吃蛋糕的机会,我就放开肚子,吃了我这份,再吃你那份。不过我对你有个要求,你要叫我吃什么东西的时候,声音要小一点,别叫人家听见。”

他说:“奇怪了,叫老婆吃东西,也不是说私房话,还怕别人听见?”

我真的没有耐心和艾青较真了,心里想,艾青啊艾青,你真是个固执的人,要想叫你改变点什么,真是太难了。

艾端午

1957年夏，未未刚出生两三个月。一天，我从窗外往屋里看，发现未未两只放平的小胳膊，一颤一颤地抖动。我想，孩子是怎么啦？走进去一看，原来是端午蹲在小床旁边，拿着灌满水的破皮球，往未未的脸上一下一下地喷水。

我说："端午，你太淘气了，哪能这样吓唬弟弟。"他说了一声："真好玩。"就溜出去了。那年他才十四岁。我想他还是个小孩子。

妈妈带着我的大儿子高剑，从佳木斯来看我们。孩子来到新的环境里格外地高兴。那时，小院里养了许多花，一天，我看儿子在那盆睡莲边上转来转去，好像在找什么东西，我走过去一看，他在捉马蜂。我说："不要捉，它会蜇人。"儿子说："端午哥哥说那是蝴蝶，叫我给他抓。"我想：天哪，我的傻儿子，都四岁了，还分不清什么是马蜂，什么是蝴蝶。

端午的行为使我有了想法：他是顽皮？还是搞恶作剧？

1957年9月，《人民日报》公布了"丁陈反党集团"成员的名单，艾青就在其中。

韦嫈趁机向法院提出要领走孩子，她如愿以偿。

五年之后，到了1963年夏，端午要求来新疆和我们一起生活，我们欢迎了他。

但是端午来石河子刚一年多，说含蓄一点，他欺负了一个幼女。为此，艾青打了他，骂他是畜生，叫他滚回天津去(他是从天津来的)。当时我想，他毕竟是艾青的儿子，才十九岁多，尽管他所犯的罪足够进监狱，但我还是发了慈悲心给他捂着盖着。但是一年以后，有人检举了这件事，他被下放到农场劳动去了。1966年“文化大革命”开始，石河子发生了“1·26”流血事件，在混乱中，艾端午逃离了农场，也就是逃离了新疆，从此再也没有见到他。

1981年夏，我们收到这样一封信：

……你们在我落难的时候，对我百般地关心和帮助，我是永生不忘的。基于这种原因，我总该在有人诽谤你们的时候，提醒一下你们。在你们顺利的时候，有人在阴暗的角落里，散布你们的谣言。这个人就是艾端午。

有一天，一位朋友把他带到我家。他说，高瑛和力群的儿子郝明搞两性关系，郝明已被捕。他是因为特务行为被捕的，高瑛也牵连在内。又说他现在的继父，是法院副院长，说：我们国家进口了几台在一公里外能窃听的窃听器，已经对他们外出活动跟踪窃听。他们的家里也给安上了窃听器。高瑛很快就会因通奸及特务活动而落网。

你们从美国回来，我当时想写个字条，告诉你们家里有窃听器，但又怕你们说出去。

艾端午被人打瞎了眼睛之后，我在朱乃正的家里看见了他。他正在说：“我被打伤了，许多人叫我爸爸来看我，他也不来，人家说他禽兽不如。”

我想他到处讲你们的坏话，会有很多人相信的，对于你们的影响太坏。

艾端午为什么四处造谣，我不明白。我戳穿他的谎言，他必然会恨我，加以报复。所以，请你们看完信烧掉，就此了事。

小朋友×××

我们回到北京，一时解决不了住房。中国作家协会把我们安排在北纬饭店。

画家力群，是艾青在延安时期的朋友，他带着定居在香港的儿子郝明来看艾青。这是我第一次见到郝明。后来他又和弟弟阿强、妹妹阿黎来过一次。只有两次接触，我对他什么都不了解，只知道他是力群的长子。

我对艾青说："以前有人从私生活上攻击我，现在又从政治上陷害我，我要不要用法律保护自己？"

艾青说："你不要点火就着，先沉住气，看看他还有什么诡计对付你？"

我说："艾青啊，艾端午已经送给了你一顶绿帽子，你还真能容忍！"

艾青说："他的话，没有人会相信。"

我说："造谣、传谣、信谣是一条龙，能到处跑。什么谣言，传来传去，听的人多了，假的都能变成真的了。"

艾青说："某某某的信里说，怕遭报复，叫我们看了把信烧掉。我们得保护她。"

我给力群写了封信，问郝明发生了什么事情，也把艾端午给我造谣的事提了提。

力群给我回信了：

高瑛同志：

你好。8月6日来信收到了，因忙未即复，请谅。

阿明与弟弟确实判刑二年，罪行是为了向国内购进黄色电影机、片事。没有政治问题。法院将判刑结果通知了我。罪有应得！关于端午的造谣，你不必往心里去，有一次一位美院版画系的同学告诉我，说端午告诉他，说你是美国特务。我听了非常吃惊，但也立刻明白其中底细，因为怕你知道了生气，所以没有写信告诉你。但我是绝对不会相信的。你是美国特务，他怎能知道，除非他也是美国特务。果真如此，也只有中国公安部门知道，他是不可能知道的。因此我只置之一笑。

端午有此恨气可以理解，但是不应出此卑鄙手段。恶劣透顶！况且你和艾青结婚，并非挖了韦嫈的墙脚，这是人人皆知的事。韦嫈和艾青据我侧面所知，在延安时期就有了矛盾，全国解放后才发展到离婚地步。这种“恨”是完全不该记在你的身上的。倒是韦嫈挖了“七月”妈妈的墙脚，这是文艺界共知的事实。不过爱情的变化，是很复杂的，外人不好评论是非。但我明白，他们恨你是不对的，尤其不应造谣伤害。

这种事情你用不着生气，“文化大革命”以来，随意给人造谣诬蔑已司空见惯。有心人自会看破那些阴谋。而且时间也会对那些造谣有所驳斥。

有机会来京，再来看你。

代问艾青同志好。

祝　秋安

力　群

8月15日

艾青看了力群的信说：“谣言还真的能满天飞，都到太原了。像力群这样德高望重的人说的话，谁都会相信。他信里所说的，就是公论。”

1987年5月，艾青和我因澳门文化学会邀请，前去参加中葡双文版《艾青诗选》的发行仪式。路经珠海的那天晚上，经过一天折腾，艾青早早上床休息了。珠海海港研究所的一个人，看到报道消息，找到我们的住处。一进门就问：“艾老，还认识我吗？几年前你来珠海时我们见过面。”艾青说：“我老了，记忆力不行了。”

我想天已很晚，明天早饭后要去澳门，就没请这位不速之客坐下来。他看出我的冷淡，就冲着我来了：“听说你对艾老前妻的孩子不好？”

我火了，大声地叫起来：“你是什么人？谁给你权力指责我，你给我出去！”

艾青坐起来了，批评他说：“你这位同志刚才说的话也太刺激高瑛了，实在是不应该。我有个浑蛋儿子叫艾端午，四处给高瑛造谣。她已经满肚子委屈了。我还没有见过我老婆发过这么大的火。你说的话，真是把她气坏了！”

艾青在珠海

客人走了，我才哭起来。

艾青说：“刚才来的这个人真是讨个没趣。我想，他一辈子都会记住今天晚上发生的事情。教训教训他也好。有造谣的，也有传谣的。对你的攻击，已经到了珠海了。艾端午，他那张嘴，除了吃饭，就是说谎，真是个孽种啊！”

1986年5月，香港朋友涂乃贤来信说，他在香港《镜报》杂志上看到了一篇文章。问我们是不是有什么麻烦了？艾青说：“谣言造到香港了，真是树欲静而风不止啊！”并叫我立即复信，请乃贤把那篇文章寄来看看，到底是什么事。

文章很快寄来了，艾青说：“这个谣言非同小可，我们要认真对待了。”

于是，我们找了几位新闻界的熟人，问问怎么办。都说不能听之任之，要向《镜报》讨个公道。当时大画家刘国松的太太也在我家，鼓励我们和《镜报》打官司，说她可以给我们找律师。艾青说：“先礼后兵，看看《镜报》的态度再说。”

吴醉的文章，确实魔力很大，很快就在大陆传开了。朋友、熟人、电话、信，都来打听这件事。那个时候，我像个解说员，一次一次给人家讲，心烦透了，我真想做个录音带，谁想知道，就放给谁听。骆宾基的女儿告诉我们，外边传说，我已经进了公安局。杭州的朋友黎央夫妇去北戴河，路过北京，也想来探探情况，开始不敢问，见家里高朋满座，有说有笑，知道是谣言才放了心。

我给《镜报》写信了：

香港《镜报》：

今年5月号贵刊登一篇署名吴醉的文章《衙内犯法严重，打虎困难重重》，其中说："据闻另有大诗人艾×之夫人高×女士(也是一位'诗人')，亦因为某外商服务，向高官求批'特许证'，赚取大笔回扣而被传讯候审。"

这一爆炸性新闻，引起了海内外广大读者的关注，文中虽然没有点出我的全名，但谁都清楚指的是我，那么我只好对号入座了。吴醉文章中谈及其他人问题的真伪姑且不论，仅就有关我的部分，向吴醉提出以下质问：

第一，我为哪位外商服务？

第二，我向哪位高官求批"特许证"？

第三，有何证据说我赚取大笔回扣？

第四，在何时何地我被传讯候审？

《镜报》编辑先生，说来我还是贵刊的读者，你们的刊物过去是坚持正义的。遗憾的是吴醉的文章中有关我的部分纯属造谣。刊登此类哗众取宠的马路新闻，有损于贵报的声誉。

众所周知，我们夫妇一向堂堂正正做人，从不贪图私利，不知吴醉造谣、中伤的文章将何以向社会交待？记者应该讲职业道德，吴醉失真的报道已给我们造成恶劣的社会影响，使我们的生活失去了平静，健康受到了影响，严重的后果，吴醉是要负责任的。

海内外许多朋友和读者纷纷来信、来电表示关注此事。为消除影响，望《镜报》将我的声明原文公诸于众，并要求吴醉公开给以答复。否则我将诉之以法。

高　瑛

1986年于北京

10月4日，有位记者朋友，打电话告诉我们说：《镜报》董事长徐四民来京参加侨联三届三次会议，住在京西宾馆4楼里。房间里的电话也告诉了我。我拿起电话挂过去了，我说："你是徐四民先生吗？我是艾青的老伴高瑛，艾青想见见你，和你约个时间。"

徐说："我是来开会的，时间很紧张。"稍停了一会又说，"明天下午四点钟请你们来吧。"

我说："好，就这么定了。"赶快就把电话挂上，我怕徐四民回过味来，再改变主意。

事情就是这么巧，刚和徐四民通了电话，《人民日报》记者部主任林钢来了，我把发生的事情向他说了一遍，说想找个人陪我去见徐四民。他说："我给你找个年轻的记者好了。"

4日下午三点半，我和钱江走进了徐四民的房间。徐见来的人不是艾青，就问："这是哪一位？"我说："他是《人民日报》的记者，是我们的朋友。"徐四民听了若有所思。我说："徐先生，我今天来拜访，你大概知道是为什么吧？"

徐说："你给《镜报》的信，我读过了。"

我说："你们《镜报》发表了吴醉的造谣中伤的文章，给我们惹了不少的麻烦。我想问问您怎么办？"

徐说："这个作者做得非常不好，如果他是凭空捏造，实在是罪大恶极，如果是道听途说，也是实在不该。"

我说："作者造谣固然有罪，但是你们《镜报》也不能推卸责任。假如说，有人给你们子弹，叫你们打张三或者打李四，你们首先是不是应该考虑，能不能打？该不该打？但是你们打了，伤了无辜的人。"

徐说："我向你们道歉，非常对不起。"

我说："我今天来，不是叫你向我道歉，我是要和你商量如何消除不良影响的问题。"

徐还是重复指责吴醉。我听不下去了。

我说："要是打官司，我首先要告《镜报》。"

徐说："那么我们就打官司好了。"他不冷静了。

我说："要是真的打官司，你们是要坐在被告席上。我今天来，艾青说你是爱国华侨，要先讲个'礼'。徐先生，你不会不知道，我们曾经有过很不幸的遭遇，刚刚开始过舒心的日子，《镜报》又捅了我们一刀。你们还嫌我们吃苦吃得不够吗？"

我问徐四民，吴醉是谁的化名？

徐说："只有这一条不能满足你的要求。"

我和徐四民最后达成如下协议：

1.照登高瑛给《镜报》的信；
2.《镜报》向受害者赔礼道歉；
3.赠送二百本《镜报》给高瑛。

我们和《镜报》的纠葛结束了。但是吴醉他是谁，我依然在继续打听，从香港到大陆，我真想弄个真相大白、水落石出。在寻找的过程中，我发觉有人知道吴醉是谁的化名，但是，怕说出来惹了麻烦。

艾青劝我不要耗费精力了，他说："我们没有什么仇人，也没有伤害过谁，在学术上也许有不同的观点，但是也不至于如此层出不穷地造谣中伤啊！你仔细想想，多少年来，匿名电话、匿名信、化名文章，始终跟随着我们，明的暗的攻击我们，这都说明了什么？我敢说，谣言的发源地，不在别处，就在我们的家族里。"

妞妞的信

1985年4月，艾青收到妞妞(化名)的信：

艾青伯伯：

您好！

我是张今(化名)的女儿，现在中国剧协工作。冒昧地给您写信，并为这样一件事来打扰您很觉不安，因为再没有别人可以帮助我解决这个问题了。我想，也许您会给予一点帮助。

事情有关艾端午，我在前两年文联组织的植树活动中认识了他，在一个星期的接触中，从他那里得知他与老婆感情不好，他很痛苦。当时我较同情他。回京后，又听他说他与老婆已分居，他生活上很困难，常常早上不吃饭到中午，多次饿休克过去。听到这些，想到妈妈早就说过与您相识的关系，想到他的身体、眼睛受伤状况，觉得有义务帮助他，我先后给过他三百元，当时没提还的问题，去年，我急需用钱，给他写过两次信，不知是何原因，他未回信。艾伯伯，虽然我父母收入较多，但我们作为子女的从不向父母要一分钱，我的工资也并不高，而今年又想解决个人生活问题，很需要钱用，不知您能否与艾端午谈谈。事隔几年了，他是否以为我当时和以后不再提这事，没再催他是软弱可欺。我习惯于为别人考虑，我也总以为他还未宽裕起来，记得他当时说过："滴水之恩，也当涌泉相报。"可他的实际行动却竟是那么不通情理，无奈之下，只有来打扰您。我想，您的话他总会听得进去了。钱还与不还是另一个问题，只是希望您转告他，我无愧于他，相比之下，他比我渺小得多。

再一次请您原谅我的打扰。

健康

妞　妞

85.4.14

艾青看了信叫我代复。因为信里写的是关于艾端午的事，我不想参与，就对艾青说："你说，我记，你签名。"

妞妞：

你的信，我读过了。

我和艾端午近二十年无来往。我对他已尽抚养义务。他借你的钱应该还你。你可直接向他要，我不想过问此事。

代我问候你的父母。

祝好！

艾　青

1985年4月26日

为了促使艾端午早日还债，我把此信和妞妞给艾青的信一并寄给了艾端午。

有一次，我和艾青在北京人民艺术剧院看节目，散场时，我们后排座上有个姑娘走过来打招呼："艾青伯伯，您好，我是张今的女儿妞妞。"

我和艾青这是第一次见到妞妞。看上去姑娘有二十多岁，斯斯文文的很可爱。

回到家里，艾青对我说："艾端午欠她的钱，不知还了没有？"他还惦记着这件事。

一天，文伟来了，不知怎么说起张今来，我问文伟，认不认识妞妞。她说："认识，这个姑娘已经失踪很久了，到现在，活不见人，死不见尸。张今很爱这个女儿,伤心过度,身体都垮了,朋友在他面前,谁都不敢提起这件事。”

文伟来的那天晚上,艾青在床上翻来覆去地睡不着。我问他有什么心事。

他说:“我老是在想,妞妞这个姑娘到哪里去了,怎么就没有了?她又不是个找不到家的孩子!”停了一会儿又说,“我给她的那封简单的信,太公事公办了,我想起来很难过。那时我们怎么不送给她几百元钱?我和她爸爸妈妈都是熟人,她有困难了,我这个伯伯也是该帮她的。不知道是什么人对她下了毒手?”

这时,我忽然想起来,柯岩和我聊天的时候说过,北京有水下打捞队,常捞出死尸来,有的身上捆着石头,有的装在麻袋里。我对艾青说:“妞妞被害了,会不会是有人也把她推到水渠里去了!”

艾青说:“时间太久了,就是在水里,也早就腐烂了。”

我说:“这不是就成无头案了?”

艾青说:“也许是个永远无法解开的谜。”

1989年入冬的一个晚上,有个人打来电话,说找艾青,我说您有什么事可以和我谈吗?他说,这件事得直接和艾青说。我看艾青正在脱衣服准备睡觉,就说我能不能转告。他说:“艾端午欠我两万元钱,说是很快就还,可是现在连他的影子都找不见。他妈妈告诉了我这个电话号码,她叫我向艾端午的爸爸要这笔钱。”我把那个人在电话里说的事告诉了艾青,问他怎么回答人家。艾青说:“你告诉他,艾端午的爸爸已经死了,叫他去找那个姓韦的要吧!”我像传话筒,传来传去。那个追债的人说:“他妈的,都推来推去,要是我找到了艾端午,非砸断他一条腿!”我又把这话转告了艾青。他说:“最好把他的两条腿都给砸断了,他就不会到处去干坏事了。”停了一会儿,艾青想起来另一件事,说:“艾端午欠张今女儿的钱,也不知最后还了没有?现在又来了个追债的人。我想,肯定还会有我们不知道的债主。有人告诉我,他在到处给人家算命骗钱,这个浑蛋!给我丢尽了脸!”

我告诉艾青,艾端午已经不在国内了。

艾青说:“他走得越远越好,以后不要再向我提起他……”

女儿来信

我的女儿玲玲三岁时，我和谭谊分居了。她四岁时，又有了一个新家。

当母亲知道我要离婚时，她马上写信给我，说孩子能跟要饭的娘，也不能跟当官的爹，劝我两个孩子都要。并说我养活不了，她帮助我养活。

艾青看了母亲的信，叫我写信告诉母亲，说两个小孩他都抚养，叫老人放心好了。

我和谭谊办理离婚手续那天，他问我孩子怎么办。我说听他的。他说："玲玲我抚养，高剑你抚养。"两个小孩的抚养责任都写在离婚书上了。

1987年，玲玲在美国

玲玲没有离开我，她一直生活在我和艾青身边。1958年4月，我们带着她去了北大荒。1959年冬，我和艾青要去新疆，想到路途遥远，交通不便，新疆的生活条件又不了解，怕孩子们去了不适应，决定把他们留在北京。未未寄养在姑姑家，玲玲送到谭谊那里了。直到1961年大饥荒严重，我们怕孩子们挨饿，把他们都接到新疆了。

1966年“文化大革命”一开始，我们家就是重灾区。在石河子小城里，是第一个被红卫兵抄家的。

“文革”前，农八师机关大院里，玲玲是女孩子堆里的头头。石河子发生了“1·26”事件，被打死的就有玲玲的同学。我怕孩子遭遇不幸，就劝玲玲和高剑去投奔北京的父亲谭谊。他们到了北京，玲玲被接受下来，因为在离婚书上写着她由父亲抚养。高剑却被拒绝于门外。他带着满身虱子回到了石河子。高剑对我说：“谭谊不要我，他说我要是不回新疆，在外边饿死他都不管。”

我带着四个孩子，跟着艾青度过了漫长的苦难岁月。到了1979年，我们全家人陆续回到了北京。

玲玲1984年4月去日本，1986年又去了美国。高剑1988年去美国，姐弟俩都在那里定居了。

1988年4月4日女儿寄来的信，是一封回忆往事的信。从她的信里，可以看到我们家过去的一段生活侧面：

妈妈：

4月4日是我的生日。1969年4月4日是我上山下乡去内蒙兵团的日子。1984年4月4日是我去日本上学的日子。今天又是4月4日，我在大洋彼岸给您写信。在这封信里回顾一些往事。

记得在我七岁那年，您和爸爸去新疆，把我留在北京一个陌生的环境里。从那个时候起，我知道自我封闭。

1961年，当我知道您来到北京要见我时，那天的夜特别长。第二天我在动物园门口，一眼就认出您，您惊喜地叫着我的名字。我高兴地跑过去，对您说：“妈妈我要跟你走，我不要再回去！”当时可能您怕有人盯着我，拉着我的手匆匆地离开了那里。我的感觉好像您是把我抢走了似的。

艾青和女婿李英群

新疆的六年，是我一生中过得最轻松的时候。石河子是美好的，这也许是我的错觉，却始终保留在我的记忆里。“文化大革命”来得太突然。抄家的那天，搬走了很多的东西，还有爸爸以前从国外带回来的那些艺术品。我心疼地哭了。爸爸说：“这些东西算不了什么，他们拿就拿去吧。”

“1·26”流血事件发生了，石河子混乱起来，好人坏人都分不清了。那些和我划清界限的同学，无一幸免都变成了狗崽子。我们又结成了伙伴，玩着武装部队开枪留下的子弹壳。白天围着那些尸体转，晚上老是做噩梦。

直到有一天，您拉着我的手，朝着西公园走去，我们坐在树林里，您第一次像对大人那样和我讲话。您告诉我爸爸几次想自杀，说您每天都是提心吊胆的。我吓得哭起来，您也哭了。您说不知运动会发展到哪一步，叫我和高剑去北京投奔谭谊，希望他能收留我们。

那时，我真害怕当狗崽子，可是我不愿意去北京，呵护我的奶奶已经去世，我害怕和继母生活在一起。您还是劝我走，说：“如果你们将来有个好前途，生活还会有些希望。”您说的这句话，我牢牢地记在心里。

离开石河子那天，汽车没开前，我没掉一滴眼泪，不想让您看见我哭。汽车开了，看到您在冰天雪地里哭着追赶着汽车，我想大概您是要多送我们一程。当您的身影在我们的视线里消失了，我和高剑都哭得泣不成声。今天回忆起那个情景，仍然是泪流不止。

到了北京没几天，高剑就返回新疆了，因为继母不收留他。这对高剑来说，是再好不过的事，因为他的全部生活都融于了艾家，他是这个家庭里的人，从来他都不知道另一个家庭里的事。对于亲生父亲，没有一点记忆。

我想念石河子，想念父母和弟弟。总想起丹丹说的那句话："姐姐怎么还不回来？"我常常因思念你们，趴在枕头上一次一次地哭。

我十七岁去内蒙兵团，衣服还都是从新疆带来的。我是带着五元钱走的。那天火车一开，车厢内外一片哭声，只有我一个人感到离开北京那个家是轻松愉快的。我十五岁来到北京，十七岁又离开北京。我走了，是继母最高兴的事，也是我最高兴的事。

艾青和女儿玲玲、女婿李英群、外孙女咪咪在一起

在内蒙兵团八

年,那是唯有青春才能抗衡的艰难岁月。可以写一部长篇纪实小说。1977年,我是最后返城的人,又回到了北京。继母不允许我把户口落到父亲家里。可是我得有个着落,无奈之下,不得不把我的户口,落在兵团战友李英群家的户口簿里。

1984年,我没想出国,但是命运把出国的机会送到我的面前。从此,我好像踏上了不归之路,而且越走越远……

爸爸说我:"人在曹营,心在汉。"多少年来,我一人在异国他乡,心却留在家里,留在亲人们中间。

妈妈,爸爸需要像您这样刚强的妻子,我们需要像您这样刚强的母亲。我们这个家,在您辛苦的操持下,应该说是很圆满的。我们姐弟几个谈起家时,对您充满了敬爱和感激!都深深地感到养育之恩永生难报。我会努力去做。

您和爸爸身体健康,生活遂心,就是女儿最高的愿望!

玲　玲

1988年4月4日于美国

缘　分

向萧军遗体告别的那天，我们的汽车还没有开出八宝山，艾青就捂着胸“哎哟哎哟”地叫起来。我知道他是心绞痛，就急忙取出一片硝酸甘油，给他放进了嘴里。

听医生说过，人一旦犯了心脏病，就不能乱动。我就叫霍志华马上把车停下来。

艾青说胸还是闷疼，我看他的前额在冒汗，就又给他用上了一片药。停了一会，艾青静下来了，他深深地喘了一口气，说：“好啦，没事了，开车吧。”

在路上，艾青对我说：“多亏你带上了药，不然的话也许我就跟着萧军去了。”又说，“硝酸甘油，是救命的药，以后无论我到哪里去，都得给我带上。”

我问艾青：“你是不是看到萧军躺在那里受了刺激，心才绞痛起来了？”

他说：“也许有点关系。高瑛你看见了没有，有的人在哭，有的人在笑，哭的是家属，笑的可能是一些同城难见面的老朋友，在这里遇见了。在一个场合，有的哭有的笑，两种情绪太不协调了。”停了一会他又说，“高瑛，你要记住，这也算是我给你留下的遗嘱吧，等我死了，千万不要开追悼会，我只要求你和孩子，把我送到火葬场烧了，然后把骨灰拿回家，放进抽水马桶里冲走就行了，这也是一种回归土地的方式。我不赞成把简单的事情复杂处理，劳民伤财，毫无意义。”

回到家里，艾青就上床休息了。他醒来对我说：“今天叫你和小霍虚惊了一场。我不是吓唬你，当时我自己都紧张了，生命是很脆弱的，一口气上不来，就去另一个世界报到了。”

艾青说：“其实，我躺在床上并没有睡着。萧军的死，叫我想起当年在延安时的一些事情。那时延安的文人，都是来自全国各地，因为文艺观点不同，又有派性，也就是宗派，不团结，矛盾争论很多，召开延安文艺座谈会，就是为了解决这些问题。

“萧军在延安文人堆里，是一个极有个性的人，他当过兵，后来走上了文学道路。他写的《八月的乡村》，在30年代反响很大。他和萧红都是鲁迅的得意门生，鲁迅很器重他们。

“有一次，萧军和柯仲平争吵起来，萧军把刀子往桌子上‘啪’地一放，摆出要打架的样子。我说：‘萧军，你要干什么，是不是想闹人命案子，你的头上像长了角，总想和谁斗一斗。’萧军说：‘你害怕就躲远一点。’我说：‘我怕什么，你不就是写了一本《八月的乡村》吗？’萧军说：‘艾青我告诉你，你的诗我就读过一首。’我说：‘你的文章我一个字也没有看。’

“萧军人很直率，想什么就说什么。有一次毛主席建议他加入共产党，居然被他拒绝了。他说：‘毛主席啊，我不是党员那块料，自由主义惯了，像一匹野马，还是在党外跑跑好。’我看能这样坦率说话的人，也只有萧军了。

“日本投降后，延安文艺界的人，兵分两路，我去了华北，萧军去了东北，从此关于萧军的消息，多半都是听来的。”

1979年8月，应黑龙江省文联和作协的邀请，我陪着艾青去了哈尔滨，住在南岗区107号省委招待所。很巧，萧军和他的女儿萧耘也来了，我们住在一处，吃在一起。就在这个时候，我不仅认识了萧军，还和萧耘成了忘年交。艾青取笑我是个自来熟。

我对艾青说：“日本投降后，我在佳木斯和哈尔滨读书时，就知道东北作家最有名的是萧军和萧红。我是先知道有个萧军，然后才知道还有个艾青，我是先读了《八月的乡村》而后才读了《卖艺者》。”

1983年1月，艾青和萧军应邀去新加坡，参加“国际华文文艺营”

会议。我和萧耘以陪同的身份，也应邀前往。这是我和萧军父女接触最多的时候。在一次晚会上，萧耘接连唱了好几首歌，掌声阵阵。艾青特别爱听她唱的“大庆儿”。他说萧耘长得很像她父亲，爽快的性格也像她父亲。又说，时间是会改变人的，现在的萧军已经不像过去的萧军了，沉默寡言，也温和多了。

1987年5月，艾青和我应澳门文化学会的邀请，去澳门参加《艾青诗选》中葡双文版发行仪式。我们在澳门又遇见了萧军和萧耘。艾青笑着对我说：“这么大的中国，能一次又一次不期而遇，就太巧了。”

我说：“可能这就是缘分吧。”

艾青说：“我知道你很喜欢萧耘，天遂人愿了。我发现很多人都喜欢萧耘，她对人亲切，歌也唱得好。”

1987年7月，郑愁予和夫人余梅芳从美国来了。他们想去看看萧军和萧耘，艾青叫我向作家协会要车。他对郑愁予说：“我和高瑛陪你们去，你们看新朋友，我们看老朋友。”

萧军的家，住在后海北沿鸦儿胡同。那是一栋危旧小楼，楼梯板踩上去颤颤悠悠的，感觉随时都有可能塌下去。萧军把他们的家比作“蜗蜗居”。一大家人都挤在里边住，没有牢骚，没有怨言。客人走进去，听到的是笑声，感觉到的是热情和真诚。

从萧军家回来的路上，余梅芳对我们说：“看了萧军的住处，心里很难受，像他这样一位有名的作家，居住的环境可太差了，有没有人关心他们？”

艾青说：“有些作家，要是和过去比，也许现在是在天堂里。”

萧军家搬到木樨地新居不久，听说他得了“贲门癌”。这是一个吓人的消息。

艾青对我说：“我们去看看萧军吧。”

我问：“带什么礼物去？”

艾青想了想，指指窗前那盆花说：“萧军算是个君子，就把这盆君子兰送给他吧。”

正在开花的君子兰，是长春的朋友刚刚送给艾青的。那个时候的君子兰还是花中的佼佼者。

那天，萧军见到了艾青，满脸笑容。他坐在床上，不像是病中人。我想，他是心太宽，还是不知道自己得的是什么病？

我抓紧机会拍了几张相，这竟成了艾青和萧军最后的留影。

临走时，萧军小声对我说："艾青走了大运，找到你这样的好老婆。"他说完笑了。

艾青问我："你们俩在说什么？我的耳朵背，听不清楚。"

我说："他说我走了大运，嫁给了一位大诗人。"

艾青不相信我的话，说我骗他。

走出萧军家门，我告诉艾青："萧军说，你送给他的君子兰，他很喜欢。"

艾青说："我也很喜欢，送给萧军，我是割爱了。"艾青问我："癌真的是不治之症吗？如果是这样，萧军这个'出土文物'不是很快又要回到土里去了吗？"

说也巧，几天后，中医医院邹光大姐给艾青送来了绞股蓝，说此物能抗癌。邹光大姐刚离开我们家，艾青就说："高瑛，你赶快把绞股蓝给萧军送去，一定叫他吃，就是救不了他的命，也许会延长延长他的寿命。"

后来，萧耘告诉我，她那个不爱吃药的爸爸，还真的把绞股蓝都给吃了。

有一天，在一个会上，碰见了作家协会的陈明仙，她告诉我萧军报病危了。

艾青叫我再去看看萧军。

萧军住在海军总医院，我走进他的病房外间，透过玻璃窗，看见萧军仰面躺着，紧紧闭着眼睛，半天都没动一动，我感觉到已经没有回天之术挽救他了。

那天，我是流着眼泪走出了医院，知道这位我从学生时代就敬重的萧军，在人世停留的时间不会长了……

他是伯乐

我不能说艾青是千里驹,但是我可以说,画家林风眠是伯乐。艾青在十八岁的时候,有幸成了他的学生。

1928年夏,艾青考入了杭州国立西湖艺术院,读了不满一学期,校长林风眠看了艾青的画说:“你在这里学不到东西,去国外吧。”

就是林校长这么一句话,艾青动了出国求学的念头。

第二年春天,艾青和雷圭元、孙福熙、孙福源、俞福祚、龚珏等人,踏上了赴巴黎的路。

1931年9月18日,日本帝国主义侵略我国东北。艾青在国难当头时返回了祖国。他先回到离别三年多的家乡探亲,随后到了上海。经江丰介绍,正式参加了中国左翼美术家联盟,和江丰、力扬、黄山定、于海等人积极筹备“春地美术研究所”与“春地画展”。在开展活动时被捕。

在监狱里没有条件画画,于是他就暗中写起诗来,《大堰河——我的保姆》、《铁窗里》、《透明的夜》、《芦笛》、《一个拿撒勒人的死》、《巴黎》、《马赛》、《黎明》、《搏斗》等诗,都是在监狱里写的,并通过探监的人和律师带出来发表了,化名艾青。

艾青的狱中诗一篇篇发表之后,在社会上引起了强烈的反响。文学界的名家,给了很高的评价。

三年多的狱中生活结束了。他开始教书、编刊物、写作。今天这里,明天那方。1941年在周恩来的帮助下去了延安。

1949年1月北京解放,艾青和江丰等人以军代表的身份,接管了中央美术学院。

艾青原想在美术界工作，重操旧业，但是这个愿望没有实现。不久被调回文学界工作，他第二次与美术断了缘分。艾青说："从那以后，我只能算是一个美术爱好者了。"

有人问艾青："为什么母鸡下鸭蛋？"意思是说，你学的是绘画，怎么写起诗来了？提出这样问题的人，是因为他不了解艾青的历史。艾青回答他说："无论是鸡蛋，还是鸭蛋，总还是蛋，它们都是有营养的。"

1961年，我们从新疆来北京接孩子。艾青从许多藏画中选出来三幅林风眠的画、几幅齐白石的画、一幅李可染的画带走了，想在新疆石河子的家里挂挂。这些画是艾青的偏爱，所幸的是，这些画在"文化大革命"中，被我弟弟给藏起来了，才免于洗劫。

1979年，艾青被错划"右派"平反了，我们又带着那些画回到了北京。1982年搬回丰收胡同。林风眠的画，又挂在我们家的客厅里了。

高剑绘画(其一)

艾青曾对我说过，他到了巴黎，才理解了林风眠校长为什么叫他出国学习，要想开阔视野，提高思想境界，就得迈出国门。

林风眠是1919年去巴黎勤工俭学的。1925年回国，先任北京国立美专校长，1927年又任杭州国立西湖艺术院院长。艾青说："林风眠是在法国学习有成回来的。他的画，既继承了民族传统，又发展了民族传统，他把东西方的绘画技法，融汇一体，不断地突破与创新，形成了自己的独特风格，因此说他是成功的。”

未未绘速写(1979)

1957年“反右”运动之后，我们一家，先去北大荒，后去新疆，与世隔绝二十年之久。

1972年艾青趁来北京看病之便，带着我和小儿子丹丹去金华家乡探亲，在杭州结识了雕塑家徐永良。他和林风眠很熟，向我们讲述了林先生在“文化大革命”中的遭遇，说林先生和他的夫人，以及住在巴西的女儿，长期不能团聚，一人独居上海。“文革”期间以特务为理由被关进监狱，一蹲就是五年，受尽了折磨。

1977年7月，艾青给林风眠一信，8月初收到了林先生复信：

艾青同志：

收到你的信。我七十八岁了，我从认识你到现在，始终感到你在文艺创作上的才华。希望你多写些作品，人民会了解你，喜欢你的。我被批准出国探亲，正在办理出国签证，希望在国外有一天会看见你。寄上两小幅拙作，请指正。

并为念为感。即致

敬礼！

林风眠

1977年8月3日

信内附两幅画。

一幅是一只孤雁，在芦苇塘上低飞，艾青看着画自言自语地说："他要飞向何处？"

另一幅画是一只鸟蹲在树枝上。艾青又自言自语地说："他是在等待，还是在盼望？"

艾青说："不了解林风眠的苦难人生，是无法读懂这两幅画的含义的，但是我读懂了。"他对我说，"你看，迎风的芦苇，暗淡的秋色，凄凄凉凉。在我的视觉里，那只雁，那只鸟，不正是寂寞、孤独的画家自己吗？"艾青难过地说，"虽然我也有不幸的遭遇，但是，我还有个家，有你和孩子。可是林先生呢，他真正的家在哪里呢？妻子女儿都在异国他乡，而他自己，年年月月独居上海，苦不堪言哪！林先生是个沉默寡言的人，他是在以绘画的语言向朋友叙说着自己的不幸！"

停了一会儿他又说："中国有一句俗话'叶落归根'，林风眠先生是在他七十八岁的时候要离开祖国。故土难离，他却要离去了，他得下多大的决心？能不叫人痛心吗？"

未未的画(1979)

有一天，新加坡的朋友刘奇俊来我们家做客，他看到墙上挂着林先生的画，说他很喜欢，问艾青是不是也喜欢。艾青说："这还用问吗？我不喜欢能挂在墙上吗？"

艾青说："林先生的画，虽然还没有被所有的国画家接受，但时间会证明，林先生是位了不起的大画家。最近我到'荣宝斋'去看画，我认为有一部分画家已经走进困境，模仿的多，创新的少。有些山水画，树没有动的感觉，水没有流的感觉，多了些匠气，少了些灵气。古人这样画，今人也这样画，如果这样下去，中国画还有什么希望？有的画，画着曲曲弯弯、高高低低的山间小路，在山的至高点上，有一座或两座小亭子。这样高的亭子，有多少人能走上去？真叫旅游人'望亭兴叹'！我们的画家，也许画完了画，就陪着穿着高跟鞋的夫人逛马路去了。"

高剑绘画（其二）

我说："你是不是太挖苦画家了？"

他说："你懂得多少？你要好好听课，我就收你这么一个学生了。"

1979年冬，艾青看《林风眠画集》有感，写了《彩色的诗》，在香港《海洋文艺》上发表了。

1980年4月林风眠先生给艾青一信：

艾青同志：

收到您给我的诗集，以及看到您在《海洋文艺》写的长诗，衷心感谢。这次应法政府的邀请，个展在巴黎成功地举行，多亏了法国的老朋友们，如富尔主席、埃利塞夫馆长的大力帮忙，这么多年后又重见到他们，都感慨非常。年纪大了，在巴黎东奔西走，确实很累，但旧地重游，当然也很高兴。后来又回巴西去探亲，住了一段时间，最近才回到香港，一路上四十多小时的飞行，真是辛苦。到香港后就病了，本来计划在港或其他地方举行一个比较大的个人展，但一病数月没有作画，只好等身体好些，再作打算了。

最近在香港杂志上看到郝明同志介绍未未和艾丹，看见您和夫人最近的照片很高兴。未未的素描很好，创作也一定会画得好。我的义女冯叶从小跟我学画，她的父母是我的老朋友。我在国内甚至受到迫害时，全由他们一家照顾的，最近她在巴黎及里昂开个人画展(大约25—30幅)，法国杂志也作了介绍，评价不错，她还年轻，很有希望，寄上目录等材料，请与江丰、王朝闻、力群等同志商量一下可否在报刊或杂志上介绍介绍海外的青年画家，并请代候他们，匆匆即致敬礼并代候夫人及你们全家。

风　眠

1980年香港

未未绘速写(1979)

1980年8月，我随艾青应美国爱荷华"国际写作计划"主持人、华裔作家聂华苓及其丈夫美国诗人保罗·安格尔的邀请，赴美访问。12月30日回国路经香港，艾青在飞机上和我说，到了香港，第一件事情，要去看看林风眠先生。说机会难得，不能错过。

林风眠先生知道艾

青过港，也非常想见见艾青。二十多年来未见面的师生和朋友，终于盼到了这一天。

1980年12月30日到达香港，1981年元月4日林风眠先生请我们吃饭。那天，筵席上吃了些什么，艾青记不清；那天一席人都是谁，艾青也记不清，因为他的注意力都集中在林先生的脸上了。不多言语的林风眠先生，始终是面带微笑。艾青说，透过林先生的眼睛，他看到先生的心境是快活的，生活是舒心的。他相信有义女冯叶的细心侍奉，林先生的晚年一定会是幸福的。

1989年11月15日，在中国美术馆举办“林风眠画展”。林风眠的学生踊跃前去参观。

八十二岁的李可染看见艾青坐着轮椅来到了展厅，马上从我的手里接过轮椅，推着艾青，两个人兴奋得笑声不断，说着幽默风趣的话。

旁观者说：“这真是一对老顽童！”

那天生动的场面，都被照相机和摄像机记录下来了。

但是，有谁会想到，二十二天之后，李可染先生突然离开了人间……

八十换骨人

每当我从张自忠路走过，就想起艾青摔的那一跤！

1990年3月21日，在中纪委招待所召开“中国解放区文学书系”编委扩大会。中午散会了，殷白扶着艾青边走边叙旧，往男洗手间走去。我进了女洗手间，一会儿，听到啊啊的惨叫，像是艾青的声音，我急忙冲出来，跑过去一看，艾青躺在地上。

刻不容缓，我把艾青送到了协和医院。

两位年轻医生出现了，诊断是右肩关节脱位。他们把艾青推进治疗室，把我关在门外。

我听到从治疗室里传出来的声音，就像给人上刑那么恐怖。我知道艾青在里面受罪了。

过了一会儿，治疗室的门开了，医生走出来对我说：“你给艾青办理住院手续吧。”

我问：“关节脱位，给他复位就是了，还需要住院吗？”

医生说：“不像你说的那么简单，已经不能复位了。”说完，就匆匆地走了。

拍X光片检查，艾青属于大结节撕脱性骨折。

协和医院马上组织专家会诊，参加会诊的有吴之康教授、叶启彬教授，人民医院的冯传汉教授，积水潭医院的王亦聪教授，还有协和医院的领导和其他科的专家。我也参加了。

冯传汉教授看了艾青的片子，问复位时是不是用脚踹了。我看见给艾青做复位的那个大夫点了点头。我又看到冯教授摇了摇头。我立刻明白了，用脚踹复位脱位关节是错误的，后果是把肱骨与肱骨头分了家。但是，事故已经发生了，我就没有挑明这件事。

未未和父亲

迫在眉睫的是如何治疗了。

专家们聚集一堂，讨论治疗方案。对艾青这位知名度很高、患有多种疾病的八十岁老人，协和医院非常慎重，最后达成共识：给艾青换假体。

人工肱骨假体到哪里去找？有的专家说，到上海假肢厂订做，最快也得一个多月。有的专家主张到海外购买。经查资料，香港一家德国公司有肱骨假体。但是怎么去买，又是一个难题。我说，只要香港有，我要千方百计请人去买！

谁能帮助我呢？我把朋友一个一个想过去，最后选择了野曼，他在广州，离香港近。野曼接到我的电话，立即和香港的犁青先生联系上了。犁青先生和夫人卡桑女士到处打电话，发传真，终于在一家美国公司找到了适合艾青用的那种型号的假体。他们想得很周到，连手术用的配套工具以及骨水泥，都给购齐了。

假体买到了，怎么取回来？我设计了一条龙的传递方法：先请犁青交给香港民航办事处于进武，再由于进武交给飞行员王建德带回北京。仅用三天时间，我就完成了找假体的任务。

接到假体的当天，我收到了犁青夫妇的加急传真：

艾青、高瑛先生：

所需的医疗用品已经购妥，并交由中国民航CA102航班带往北京。该机于今日中午12时20分起飞，下午3时10分到达北京。请速派人到机场与CA102班机机长王建德先生联系领取。艾老在治疗期间，如感痛苦难忍，可使用福建漳州名药“片仔癀”止痛。

祝祷艾老迅速康愈！

香港犁青、卡桑敬上

1990年3月28日11时40分

我一面在千方百计地到处找假体，一面又要照顾医院里的艾青。

他胳膊疼得厉害，打针吃药，都无济于事，他痛苦地说：“高瑛啊，要是有枪，我真想朝自己打一枪。”

3月27日，是艾青八十岁生日，到医院来给他祝寿的人很多，高干病房长长的走廊里，摆满了鲜花花篮。我忙着接待客人，脑子里还要想着那块假体。好事坏事都搅和在一起了。

艾青的疼痛渐渐减轻了，他说：“我感觉到这只右胳膊，不在我的身上了。”他的感觉没有错，但是我不能把他的伤情和医院的治疗方案全都告诉他，我怕他知道右胳膊要截去一段，再换上假体，会接受不了。

手术报告上写着：拟行手术，右肱骨头切除，人工肱骨头置换术。

术中、术后可能发生的问题：心、肾、肺功能衰竭，术中及术后均可能发生，造成生命危险。亦可能发生麻醉意外，血管神经损伤，术后可能发生切口感染等等。

我看了手术报告，吓得心跳，在手术方案上签字时，手直发抖。我无法预料把名字签上之后，会发生什么可怕的事情。这样的手术对于一般人来说，算不了什么，但是对于一位全身是病的八十岁老人，什么事情都有可能发生。

艾青的人工肱骨头置换术是成功的，他又闯过了一关！顽强的生命力，又经受了一次考验！

殷白为此事感到不安，3月22日，他的老伴来医院看艾青，带来殷白给我的信。

高瑛同志：

我无法分担艾青的痛苦和你的负担，真是不安，甚至怕去探望，看也没有用，就让沈世鸣代表了。我相信一切仍会很好。祝祷早日归还艾老健康，并请你也保重身体。诚挚的敬礼！

殷　白

3月22日晨

艾青手术后，病情稳定了，我把殷白的信读给他听，他说："我那天摔倒了，不能怨殷白，是我这条受过伤的腿走路抬不起来，被东西绊倒的，以后有机会见到他，好好给他解释解释吧。"

邹荻帆来看艾青那天，是艾青心情最好的一天。他对荻帆说："我这个人真奇怪，1957年打成'右派'之后，老是在右边出毛病。1959年在新疆生产建设兵团农场割麦子时，让镰刀把右腿膝盖割了

艾青和小儿子丹丹、外孙女咪咪

个大口子，一个多月，不能治，也不能走，更不能打弯，受了很多罪。'文革'期间，在连队阴暗的地窝子里住了五年多，里面没有电灯，在煤油灯下读'圣书'，还要写这个写那个，又缺少营养，瞎了右眼。1988年在自己家小院里跌了一跤，右眼眶碰了个大包，引起脑血肿。这一次又摔断了右胳膊，真是太巧了，都是发生在右边。"

邹荻帆风趣地说："你以后对右边，不管是什么，都要多加注意，多加小心了。"听得出来，他话里有话。

艾青说："我已经是个铁臂人物了，什么都不怕了，以后再遇到什么事，都能扛得住了。"说到这里，他俩会心地笑了。

3月27日那天，张志民来医院探望艾青，当夜写了一首诗《致艾青》：

又摔倒了
躺在病床上
仍还是谈笑风生
仿佛
那块被粉碎的肩肱骨
没长在自己身上

摔跤
对你来说
已并非罕见的事
但从没听你埋怨过
路途的崎岖
跋涉的艰难

只见你从容地爬起来
掸掸身上的泥土
拾起地上的笔

又写起挺立着的诗句
祝福他人的
一路平安……

随赠诗附有简信：

艾老：

昨天看您回来，为您的伤痛久久不能平静，写了首小诗给您解闷。不知您是否喜欢？

祝您早日痊愈！

志　民

3月28日

我哪里都不去了

1975年艾青来北京看病。先是在他妹妹蒋希宁住的杂院里借用了一间小屋,后因房主自己要用,无奈之时,朋友的朋友李敏行把他在王府仓4号的闲房借给了我们。

刚搬进来的时候,只有我和艾青,还有小儿子丹丹。后来在内蒙兵团劳动的女儿玲玲回京了,紧接着在新疆高中毕业的儿子未未也来了。小小的屋子,挤得满满的,吃饭时放上折叠桌,人就无法走动了。

那时,李千峰和姚文经常来看我们。他们是艾青在延安时候的朋友,看到我们一家五口人蜗居在大约十多平方米的小屋里,非常同情。他们向王震反映了我们的困境。又是王震帮助了我们,他在给北京市政府的一封信里写道:"艾青同志在东城区丰收胡同21号的私房,应物归原主,退还给他住。"

不久,东城区区长来到王府仓,当时有几位朋友正和我们挤在一起吃饭,没有区长的立足之地了。他看到拥挤的情况,就说:"房子实在太小了,也实在太挤了。我们尽快给解决住房问题。"

艾青说:"大救星来了,那就太好了。我们要不是床上架床,一家人挤在一起就成沙丁鱼罐头了。"说得大家都笑起来。

区长说:"我去看了你们丰收胡同的旧宅,里面住着四户人,要叫他们搬出去,还得做工作。我的意见,先给你们找几间过渡房,改善一下目前的居住情况好不好?"

艾青说:"当然好。只要屋子大一些,把大儿大女给分开住就行了。"

不久，我们搬到了史家胡同27号。里外四间屋，房子是宽敞了，但是离公共厕所少说有一百多米远。这对一位患有前列腺肥大的病人来说，实在是太困难了。我常为艾青上厕所发愁。他反倒对我说："这要比新疆一四四团二营八连的条件好多了。人得知足。多走点路不是坏事，你不是常说么，生命在于运动，上厕所也是一种运动。"我是为他着想，他却找到机会给我上了一课。

1982年，艾青和高瑛在豆腐巷9号旧宅

外文出版社的法文翻译苏姗娜，在燕汉生陪同下，来我们家谈出版法文《艾青诗选》一事，苏姗娜要解手，我陪她去了公共厕所，她刚走进去就捂着鼻子跑了出来。从此，她每次到我们家来，都不敢吃、不敢喝。谈完事情就匆匆地回去了。她害怕再进那个厕所。

1979年2月，中国作家协会对艾青错划"右派"问题正式给予平反。9月我去新疆搬家，把户口和工作关系都办回北京了。

10月末，周扬忽然到史家胡同来看艾青，这是艾青没有想到的事情。

两个人坐在椅子上，看不出这两个人之间，曾经发生过什么刻骨铭心的事。

周扬说："你的问题搞错了，我是有责任的。"他说着两眼滚着热泪。

艾青说："俱往矣，过去的事情，都过去了。"

一个人在表示歉意，另一个人宽宏大量。那些陈年老账，一下子烟消云散了。

周扬看到住房环境说："条件太差了，我找张僖谈谈，先找家宾馆住吧。"

艾青在电话里告诉丁玲说："周扬来看我，说1957年对'搞错了'他有责任。他还是有检讨精神的，我回答他说：'俱往矣。'"

丁玲说："艾青，你也太宽大了，我可就做不到。"

艾青放下电话对我说："不宽大又能怎么样，也不能惩罚他二十一年吧？1957年是谁硬要送给我一顶'右派'帽子，这还是个问号。郭小川陪我去王震家那天，在路上他对我说，总有一天我会告诉你，你是怎么戴上'右派'帽子的。遗憾的是他已经去世了。1963年他和贺敬之、柯岩一道去新疆，那时我问问他就好了。"

我和艾青很快就住进了北纬饭店。一住就是两三年。

1983年秋，艾青在豆腐巷9号家中

我们所等待的房子——木樨地23号楼终于落成了。但是以艾青的名义要的房子，搬进去的却是别人，说艾青在丰收胡同有房子。其实这是一个不存在的理由。我们和中国作家协会早已商量好的，我们住楼房,把丰收胡同的房子交给作家协会管理。我们在北纬饭店住了两三年,等的是楼房,不是丰收胡同的房子。艾青知道这些情况之后,沉不住气了,他拨通了周扬的电话说:“周扬同志,我不知是谁的主意,把国管局分给我的房子,给了别人。在房子这个问题上,是不是又反映出来文艺界的宗派性?希望你能过问一下。”

艾青放下电话说:“周扬说他不知道这件事情,他要了解了解。我一辈子与世无争,看来真是马老实有人骑,人老实有人欺。”

文艺界有些知情人为艾青抱不平了。纷纷向上反映,曾经在新疆任书记的汪锋同志也过问我们的住房问题了。胡启立知道了这件事,他的态度很明确:“征求艾青同志的意见,愿意住楼房,按照他的级别待遇给楼房;他愿意回原来的四合院住,给维修,安装暖气。”

1982年秋末,我们终于结束了东搬西移居无定所的生活。艾青又回到了他喜欢的小院里。年老多病的人,还是那么热爱生活。他又开始买花养花,小四合院里,充满了生活气息。

天有不测风云,小院又要“寿终正寝”了。我们住的这一片民宅,都被国家征用了,拆迁工作紧锣密鼓。艾青知道了这个消息很难过,他不愿意离开这个小院。但是为了顾全大局,也只好放弃了。他说他的一生可能是命里注定要不断地迁移生活,人是抗争不过命运的。

拆迁单位的人到家里来了,他们说读过艾青的诗,知道身患多病的艾青有过不幸的遭遇。当艾青说想住平房时,他们推荐了东四十三条一座危旧四合院。

艾青给当时的北京市副市长张百发写了一封信:

百发同志:

您好!

从电视里得知您很忙,打消了我拜访您的念头,只好写信给您了。

关于我的住房一事,向您作以下汇报:我现在住的东城丰收胡同21号四合院,是1956年经周恩来同志批准用稿费购置的,

1957年“反右”后，我携带家眷先去北大荒，后去新疆，历经二十一年返回北京，在王震同志帮助下最早落实了房产政策，住进了旧居。

我的一生很动荡，好像生活在旅途中，没有安定感，直到迁进旧居，有了固定的家，以为总算可以安度晚年了，不料住宅被划为国际金融大厦工程征用之地，为了顾全国家建设，我同意搬迁。但是，由于我年已八十，身患疾病，行走不便，右眼失明，所以我向拆迁单位提出要四合院，拆迁单位表示同意。

恰好，东四十三条97号院的主人因房子破旧，修复无力，想住楼房，我们两家达成协议，我以安置于我的楼房与97号院对换，这样不是两全其美？之后，我再自费重新翻建。

据说此事得经市里批准，我希望得到您的关照，恭候批示，谢谢了。

艾　青

1989年8月3日

8月4日发出的信，8月8日就批回来了。

1990年3月，艾青住进了医院。我每天要去医院看他、照顾他，抽空还要到十三条97号监工盖房子。

经过几个月的苦战，新的小院落成了。住在医院里的艾青，急着要出院，我请东城公安分局贾炳武局长找公安干警和武警六支队的战士，帮助我搬了家。

6月6日下午，我去医院接艾青回家。从协和医院一出来，他叫司机霍志华开车去丰收胡同。我告诉他小院已经没有了，他还是坚持要去。在一片空地上，他下了车，东看西看，连小院的一砖一瓦都找不到了。我知道他很难过，就说：“艾老，旧房子不去，新房子不来。我们走吧，有一座新的四合院在等着你呢。”

艾青上了汽车，沉默不语。我知道他还是在留恋着住过、爱过的那个小院。我原以为他到了新的家会很高兴，能夸奖我几句，但是没有，他吃完晚饭就上床睡觉了。我几个月的辛苦，没有得到他的肯定，心里真的不是滋味。

艾青睡得早，也起得早。他坐在写字台前，把我叫过去，说："高瑛，我是看着天一点一点亮起来的，窗前走廊上的落地玻璃设计得很好。我坐在窗前，小院都在我的眼睛里。空中鸽群飞来飞去，鸽哨声忽近忽远真好听。这座小院要比丰收胡同那个小院好得多。"他说这些话使我比得什么奖都高兴。心里想，为了这个小院，我费了多少心思，出了多少力，只有我自己知道。

1990年，这株紫玉兰和我们一同迁到新家

这天早晨，天是蓝的。淡淡的云朵慢慢地浮动。我对艾青说："你坐在这里就像船长坐在驾驶舱里，你可以把蓝天当成大海，把白云当成浪花，把鸽群当成海鸥。"

艾青说："大海航行靠舵手，你就是我的舵手了。"

这时我以战士的口气说："船长，一切就绪，准备起航。"

艾青笑着说："这里是港湾，船已经抛下锚了，我哪里也不想去了……"

手

艾青带着半只假胳膊从协和医院回到了家。

出院前，医生对艾青说，手术做得很好，恢复使用功能，要靠自己锻炼了。又说，换假肢时，肌肉和神经都受了伤，开始活动时会很疼。劝艾青要忍着点。

艾青说："要是疼得厉害，我就不锻炼了，可以使用左手，再说我老婆的手，也能借给我用用。"

医生说："你老伴，能帮助你穿衣吃饭，她不能帮助你写诗啊。"

艾青说："写不了诗，就不写了，我这条生命快到终点了。"

有一天，一位朋友来串门，他不知道艾青的胳膊做了手术，走向前就握住艾青的右手，艾青疼得哇哇喊起来。从此以后，只要有客人来，艾青总是主动地伸出左手。

艾青每天早晨起床，就把手慢慢地放在沙发前的小桌子上，一动也不动，就像一件摆设放在那里。

我说："我帮助你活动活动手好不好？"

他说："你不要着急嘛，到时候我自己会慢慢活动的。"

这个慢慢，不知要慢到何时。他从医院回来，那只右手就不叫别人动一下，临出院时，医生嘱咐我，要帮助艾青活动筋骨，可是，我怎么帮助他呢？

我说："艾青，医院给你安上假肢，是为了让你使用，那只手，不是叫你摆在桌子上看的。"

他说："伤筋动骨一百天，现在还没到时候，你着什么急？等肌肉长好了，再练习使用也不晚。”

“我来帮助你活动活动好不好？”我说。

他说：“不好！你不要什么事情都是大包大揽的。”

我说：“看来，你是不想再使用右手了，早知道是这样，当时，就该叫医生把那只胳膊给你卸下来，这不就省事多了，也不用让我操心了。”

他说：“真奇怪，你怎么会这样想，我又不是一头猪，随便任人宰割。退一步说，以后我这只手就是不能使用了，把它留在身上，让人看着，我还是一个完整的人。就拿我的眼睛来说吧，1975年我的右眼出了毛病，有个眼科医生对我说，为了保护我的左眼视力，建议必要时摘除右眼球，我听了感到很恐怖，就对医生说，眼睛瞎了，治不好就算了，但是眼球还是要放在眼眶里存着，十几年过去了，没有几个人知道我是在用一只眼睛看着这个热闹的世界。”

我说：“你知不知道，为了挽救你的手，协和医院请北京的一些专家会诊，讨论治疗方案；为了给你寻找假体，惊动了多少海内外的朋友，都希望你的这只手，还能拿起笔来写文章，要是你不活动锻炼，大家所有的努力都白白地废了。”

他天天坐在沙发上，守护着那只受了伤的手。

我说：“艾青，我看你这只写了一辈子文章的手，真正是退休了。”

1985年，艾青和高瑛在豆腐巷9号院中

他说："不是退休了。是在养伤。"

起初我摸他的手，他就像触了电似的。过了些日子，我又去摸他的手，给他揉揉，他没有拒绝，我发现他的手慢慢地消肿了，他自己也在做手指的伸屈动作。

三句话不离本行，这个时候，我三句话不离"手"，在手上做文章，为的是叫艾青看重自己的手。

我说："你这只受伤的手，在文学史上，功不可没，没有这只手，哪里会有《大堰河——我的保姆》、《火把》、《向太阳》、《吹号者》、《雪落在中国的土地上》、《我爱这土地》，还有《卖艺者》？"

他问："你为什么喜欢《卖艺者》？"

我说："也许是因为我在学校读书的时候，读到你写的第一首诗就是《卖艺者》，所以对这首诗，有点偏爱。"

艾青和孙女芄芄

艾青很愿意我守在他的身边，在这个时候，正是我要帮助他活动筋骨的好机会。我随时可以摸摸他的手，轻轻地揉揉他的胳膊。有一次，我给他活动疼了，他不耐烦了，我马上说："艾青，你的手，长得多好啊，一看就知道是文人的手。"

他说："文人的手，还有什么特别的标志吗？"

这时，我把我的手伸给他："你看看我的手，皮肤粗糙，青筋暴露，关节变形，哪像是个曾经的舞蹈演员的手？"

他用右手反复摸我手上的血管，说："摸摸你的手，就知道你不是个游手好闲好吃懒做的人，我喜欢你的这双手。"

我说："要是把我的手割下来，安在工人身上，就像工人的手，安到农民的身上，就像农民的手，真是一双名副其实的劳动的手。"

艾青说："干什么要安来安去的，现在我才深刻地体会到，什么都是天然的真实的好，你看看我，胳膊里安上了金属假体，变成半真半假的人就不必说了，经受的痛苦是太难忍了。"

为了加速艾青的手早日康复，我动了很多脑筋。我想，写字对艾青活动手是最佳方法。

起初，他不想写，我就软硬兼施，把纸和笔摆在他的眼前，叫他反复地写"乐而康"三个字。

他说："为什么老写'乐而康'？你要去卖吗？"

我说："要是卖，不会有人买。看看你写的是什么字，就像从毛衣上抽出来的线，歪来扭去的。等你练好了手，写好了字，我就拿去给你换猪脑吃。"

他说："要是你真的开恩，买块猪脑给我吃吃，我就天天给你写字。"

有一天，他写字写烦了，说："你该慰劳慰劳我了吧？我十几年没吃猪脑了。"

我说："我说话算数，等你练好了手，我一定给你买一堆猪脑，叫你过过瘾。"

1993年，梅志要艾青题："胡风生平与文学道路展览"。

艾青对我说："胡风是我几十年的老朋友，我应该义不容辞地为他题字，但是我的手拿起笔来还是发抖，恐怕写不好。"

他叫我向梅志解释解释，另请人写。

我说："梅志既然请你写，肯定有所考虑，你要是拒绝写，我想会伤朋友的感情，还是写写看看吧。"

他说："你总是逼着我写这个写那个的，可不要逼出人命案子来！"

我还是耐心地对他说："活动活动手和胳膊也没什么坏处嘛。"

他说："这不是一般的签字，是要挂出来给大家看的，你告诉梅志，要题字没有，要命有一条！"

我知道艾青说的是气话，这句话也是冲着我来的，我拿起了电话，想吓唬吓唬他："我把你刚才说的话，告诉梅志吧！"

艾青信以为真了，马上急着说："你放下电话，拿纸拿笔来。"

他提起笔，在纸上写了一大片，横不像横，竖不像竖。

我问他："你怎么不写字，画那么多线条干什么？"

他说："运动员上场，要先热热身。我这个伤员上阵，也得先练习练习手，试试笔能不能听我使唤。"

那天，他写了一张又一张，但是没有一张是他满意的，他说："我想出了两个方案，一个方案，你叫梅志另请高明；如果她还坚持叫我写，那就用另一个方案，你从我写的这些字里，挑出一张来，你把每个字的笔画描直了。"

我照艾青的话做了，拿给他看。他说："只好这样了，交给梅志吧。"

我说："我把字都描走样了，人家一看就知道是赝品。"

艾青说："人家，人家，哪那么多人家！就是我和你一家，梅志叫我题字，因为我是胡风的老朋友，要是论字，她知道我不是书法家。"

我未加说明，把题字交给了梅志，她用上了。

一两年的时间里，我常叫艾青写字，这对他恢复手的使用功能，很有裨益。

艾青也知道我的用心良苦，他给了我很多头衔：好特护、好保姆、好妻子。

我对他说："不必夸奖了，谁叫我嫁了一个经常出毛病的丈夫！"

他说："你还记得王震在新疆对我们说的那句话吗：少年夫妻，老年伴。他说得很好，我们两个人相伴得不错嘛……"

我说："是啊，就是活得太累了……"

潜移默化

1979年2月，艾青和来自全国各地的诗人组成海港访问团，到广州、海南、湛江、上海等地参观。第一站是去广州。我也陪着艾青去了。

我是平生第一次乘飞机。坐在机舱里，瞭望着茫茫无边的云海，新鲜的感觉从未有过。看着千变万化的云，在我的视线里出现了许多的景象。我就立即把瞬间观云的感觉写出来了。我给坐在身边的邹荻帆看，他说是一首很好的诗：

云

这么多的天鹅，
从何处飞来？

这儿没有战场，
哪里来的马帮？

没有青青的草地，
是谁放牧着群羊？

多像茫茫的雪原，
也像滚滚的海浪。

那连绵千里的远处，
是不是重峦叠嶂？

艾青和外孙女咪咪在院中

艾青看了看说：“常坐飞机的人看云，会熟视无睹，只是写诗的人看云，云就会变成了别的。你的想象力很丰富，把对它的观察很形象地写出来了，以后就这样写下去吧。”

有一天，雨下得很大。我坐着公共汽车，从前门大街穿过。看着马路两旁的来往行人，打着五颜六色的伞，触景生情，我写了一首小诗：

伞

流动的花，
旋转的花，
七彩的花，
争妍的花。

雨下得越大，
花开得越繁华，
来往的行人，
都藏在花底下。

艾青看了说：“你把伞比喻成花，这个比喻抓得很好。花是美的，雨中的伞也是美的，可以说，这首小诗因比喻恰当而生动了。如果你没有看见雨中打伞的场景，也许写不出来。最后一句诗里，那个‘藏’字用得太好了。”

后来听金坚范说，这首小诗被路易·艾黎译成了英文。

回到北京后，艾青常回想起齐白石老人和他在劈柴（辟才）胡同里的故居。有一天我和艾青去了。故居后院有棵高大的柏树，一棵藤萝从柏树根部直攀缘上去。当时正是藤萝开花的时候。马上从我脑海跳出了这样几句：

藤

数他最多情，
爱上了谁，
就和谁缠绵一生。

艾青说：“这是三句的爱情诗，太好了，回家把它记录下来。不过，最好改一个字，把‘他’改成‘你’字。”

我说：“你是柏，我是藤，谁和谁都不能分。”

艾青说：“好啊，我们就永远这样拥抱着吧！”

这时，他忽然想起我以前写的一首歌颂新疆林带的诗。他说：“你形容林带的美：‘像无数孔雀一齐开屏’。这样的诗句，叫人过目不忘。”

1973年，艾青和我带着丹丹来北京看病，随后又去艾青老家金华探亲。回来路过杭州，认识了雕塑家徐永良先生一家。他有个小女儿叫蒙蒙，一天，跟丹丹在公园草地上来回滚动着一个很漂亮的大球，玩得很开心。不知道球怎么破了，蒙蒙抱着跑到爸爸跟前说：“是我搞坏的，不是丹丹哥哥搞坏的，不要批评他。”我们很受感动，从这件小事上看到蒙蒙的可爱。

1979年暑假，我们邀请蒙蒙来北京玩，她高高兴兴地来了。蒙蒙聪明开朗，天真活泼，我们全家人都爱她。她希望艾青伯伯送给她一首诗。艾青叫我完成这个任务。

于是我写了《给蒙蒙》组诗：

给 蒙 蒙

之　一

像一只南来的春燕，
飞进了屋里；

像一束刚采的鲜花，
插进了瓶里；

像一张新的唱片，
荡漾起优美的旋律……

生活本来就是

2005年，高瑛在家中

一幅刚画的画，

你又在画面上
给添上了几笔。

之　二

你像一块水晶，
通体透明——蒙蒙。

你的心灵是透明的，
你的声音是透明的，
你的笑也是透明的。

通体透明——蒙蒙，
你就是一块水晶。

之　三

你是春天的嫩芽，
新鲜而富有生命；

你是夏天的花朵，
无拘无束地绽放；

你是秋天的果子，
甘甜而有水分；

你是冬天的什么？

雪花，雪花，洁白而纯净。

之　四

你不知道
泪是怎么流出来的；
你不知道
苦是什么味道。

有人说你是一片朝霞，
也有人说你是一缕晨光，
而我却说：
你是小小的音符，
常跳跃在琴弦上，
发出激越人心的声响；

你也是一首歌，
一首快乐的歌，
一首希望的歌，
一首人人爱唱的歌。

艾青读了之后，高兴地说：“这组诗写得不错，你把一个可爱的小姑娘写出来了，叫我写，我是写不出来的。”我知道这是艾青对我的鼓励。

蒙蒙把我给她写的诗，当成宝贝藏到箱子里了。后来听说，她去英国读书时把这组诗也带走了。

1982年9月13日，江丰在会场上发言时突然倒下去了，再也没有醒来。

艾青告诉我，他失去江丰比当年失去父母要沉痛得多。

平时艾青晚上睡得很早。这一天他满脑子想的都是江丰。我陪他走出北纬饭店。到了虎坊路大街，找个台阶坐下了。艾青和我谈了许多他和江丰的故事。谈到美术界的宗派矛盾，他说江丰为人刚直善良，从来都是忠心耿耿地工作。受到迫害吃了二十一年的苦，被平反后，整他的人依然嚣张得意。他满肚子的冤气怨气，还没有等说完就闭上了眼睛。

这是艾青最喜欢的一棵紫玉兰树

秋天的夜晚，艾青望着满天的星斗说："高瑛你看，星星之间，都是互相照耀。而有些人，为了权和利，可以不择手段置人于死地，江丰怎么能服气？"艾青含着泪水，望着星空感叹人生。

我从星星得到启示，回到北纬饭店写出了《我默默地想》一诗：

仰望着满天星斗，
我默默地想，
默默地想，
星，有大有小，
光，有弱有强，
彼此静静地照耀，
织出夜空的辉煌。

我又默默地想，
又默默地想，
从星星想到人，
从天上想到地上，
若是人能像星星，
那样的人间啊，
该是多么的理想！

艾青看了说："你从天上的星，想到地上的人，这是以物抒情，这是你对江丰不幸逝世有感而发。算是纪念之作吧。人来到世界上都是过客，因为人间有邪恶，想想有多少人能有好日子过！江丰匆匆地走了，也许是一种解脱。"

有一天，我打开了一封信，从里边滚出来一窝小红豆，我递给艾青看，他问我读过王维写的《相思》那首诗没有，说着就背诵起来：

红豆生南国，
春来发几枝。
愿君多采撷，
此物最相思。

他说，红豆，也叫相思豆。

我问他："寄相思豆的人，是不是在思念你？"

他说："你不要奇思怪想了，要是我还年轻，你可以这么猜，现在都这把年纪了，还有谁会思念我？"

未未和妈妈(2012)

我是生在北方、长在北方的人，还是第一次看到红豆。红红的，亮亮的，看着看着就从脑子里蹦出几句来：

红　豆

红得真，
红得纯，
像鲜血的凝固，
像缩小了的心。

小儿媳倪贞和艾青在香山公园

我马上把它写出来了。艾青说："这是一首很好的短诗。以物生情，也可以说是一首情诗。"

我说："哪那么多情，我是看着这些鲜红鲜红的亮晶晶的小红豆，随便诌出了几句。"

艾青说："有情总比无情好啊。"

我在一家刊物上，看到一首赠给艾青的诗。我对艾青说，诗写得没有特点，赠给谁都行。

艾青马上说："不要眼高手低，你写写试试。"

我真的赌气写出了一首赠给艾青的诗：

你就是你

何必把你比来比去，

你就是你。

你的一生，
艰辛而困苦；
你的道路，
坎坷而崎岖。

喜怒哀乐，
乐太少；
苦辣酸甜，
苦太多。

我真想把你
比作一棵大树，
风来抗风，
雨来抗雨。

北大荒的严寒，
袭击过你；
大戈壁的黄沙，
抽打过你。

你有你的性格，
你有你的脾气，
时间的刀斧，
也无法把你弯曲。

不必把你比来比去，
你就是你。

这首诗写好没给艾青看就请方蒙和刘诚寄给香港《文汇报》发表了。

艾青看了诗，问我是什么时候写的，我说是在他的鼓励下写出来的。

高瑛和孙女芜芜（1986）

他说："这首诗写得不错，你把我浓缩在诗里了，其中'时间的刀斧，/也无法把你弯曲'，这两句诗写出了我的个性。"

我说："你可不要眼低手高啊。"

这时，他忽然明白过来了，想起他曾经批评过我，就说："眼低手高也好，手低眼高也好，我是叫你虚心一些。"

我说："我这首诗，是和你赌气写的。"

他说："有人说愤怒出诗，你是赌气写出了诗，这倒是一大发明。"接着又说，"你写的诗不多，但是，你的诗，就像你这个人，朴实明快。其实写诗，没有什么秘诀，诗的土壤是生活；把对生活的感受，用朴素的形象语言表达出来；尽可能地口语化，做到深入浅出。我记得当年你在芳草地住的时候，一天晚上，我去送你，你又往回送我，我们俩送来送去，你说了几句话，我说，那是一首诗。你还记得吗？"

我 和 你

过去，走这条路，
感觉很长很长；

现在，走这条路，
感觉很短很短。
过去是一个人走，
现在是两个人走。

艾青说："路，还是那条路，路没有变，但是，一个人走，和两个人走，感觉变了。这么多年过去了，我还没忘记你的那几句话。"

我看到许多诗人，以《希望》为题写诗。艾青也写了《希望》。他的《希望》构思很独特，语言很形象，比喻很新鲜。我看了之后，对艾青说也想写一首我的《希望》。艾青说他等着读。

徐刚带着上海的诗友来看艾青，他们谈诗、谈人生经历，我听着，受到了感动，于是我的《希望》一诗写出来了，不久发表在《人民日报》上。

艾青看了说："干什么事都要有动力，没有动力，飞机上不了天，船下不了海，轮子也转动不起来。希望，是人生的动力，也是你写这首诗的动力。"

我说："我的动力，是你的那首诗《希望》。"

他说："你知道有比较文学吗？我们就算是做了一次比较诗吧。"

希　望（艾青）

梦的朋友
幻想的姊妹

原是自己的影子
却老走在你前面

像光一样无形
像风一样不安定

她和你之间
始终有距离

像窗外的飞鸟
像天上的流云

像河边的蝴蝶
既狡猾而美丽

你上去，她就飞
你不理她，她撵你

她永远陪伴你
一直到你终止呼吸

希　望（高瑛）

漫漫的黑夜里，
你在遥远的天边，
向我一闪一闪；

生命的旅途上，
在大山的那边，
你向我呼唤；

生与死的搏斗中，
你总是把我
拉在生的一边。

当我正想拥抱你，

未未和儿子

你却变成一只鸽子，

在我眼前飞旋飞旋……

1973年9月，艾青和我带着丹丹去浙江金华探亲，匆匆路过杭州，那时的杭州没有给我留下多深的印象。“上有天堂，下有苏杭。”我没感觉到杭州有多好。

1982年5月，在杭州召开“艾青学术研究报告会”。在那里住了几天。我们在大西北生活了十几年，看到的多半是荒山野岭戈壁滩。如今来到绿油油、水汪汪的江南，感觉自己也和绿色融为一体了。

艾青对我说：“南方和北方反差最大的是绿色，你可以抓着绿色写写诗。”

我说：“你1979年在广州写了一首诗《绿》。我还怎么写？”他说：“写诗没有霸主，各写各的感觉。”

于是我写了：

颂杭州

一

好像在诗里，
好像在画中。

灵感的小鸟，

飞进了我的心。

她在不停地唱，
歌儿是那样动听。

她唱的是什么？
美在绿里，绿在美中……

二

近的是绿
远的也是绿；

静的是绿，
动的也是绿；

山也绿，
水也绿；

绿了风，
绿了云；

也绿了我这
旅游人的心。

永不褪色的
是绿色的记忆。

多想剪下一角，

带回北京去。

我们从新疆迁回北京。环境变了,我们的心情也变了。艾青重新操笔创作,他也常鼓励我写点什么。

我生活在艾青的身边,能写出点东西来,应该说是他对我的潜移默化。"近朱者赤,近墨者黑。"这是千古不变的道理。中国作家协会安排我给艾青做秘书之后,烦琐的事务越来越多,而我又不勤奋,写诗的激情就渐渐地消失了。

香港《现代诗报》电话采访我,叫我用极短的话,说出做诗人妻子的感受。我说:"我做了一辈子诗人的影子,不是在他的左边,就是在他的右边,仔细想想,常常还是在他的后边。"这几句话被发表出来之后,收到几封赞扬的信,说是字字掷地有声。我知道这是给予我的鼓励。

艾青看了读者给我的信说:"你很有写诗的天赋,没能成为诗人,是我耽误了你。"

我说:"我一直还在写,是一部长诗。"

他说:"我怎么没有发现?"

我说:"暂时无可奉告。"

他说:"又不是什么军事秘密。这部长诗什么时候完成?"

我说:"越写越长,越长越好。"

他说:"不要像王什么娘的裹脚布,又臭又长。你不是拜我为师吗?拿出来给老师看看。"

我憋不住,扑哧地笑了,拍拍他的肩膀说:"你不就是我的一部大作吗?"

艾青沉默了一会儿说:"是啊,是啊!我真是你的一部作品。唉,你整天价围着我转,哪里还有写诗的雅兴!"

不是悬案

这是一本陈年老账，四十几年过去了，居然又出现了新的版本！

想当年，那些“左派”，挺着胸，扬着头，多神气！那些“右派”，低着头，夹着尾巴都做不好人，真是憋气！

艾青说，把他打成“右派”，是天大的笑话。

20世纪30年代初，艾青从法国巴黎回国不久，就在上海加入了共产党的外围组织左翼美术家联盟。在一次活动中被捕。坐牢三年多。出狱后，一直奔走在革命的道路上。只要读读他的诗，就会知道他是革命的诗人，人民的诗人。

艾青对文艺界的宗派斗争，深有恶感。在批判“丁陈反党集团”的会上，他说：“文艺界总是有一伙人专门整人，另一伙人专门被整。不要搞宗派，不要一棒子打死人！”本是说的公道话，却因此引火烧身，成了“右派”。

中国作协的张僖，去世前不久，对金坚范谈了一些往事，其中说到艾青被划为“右派”的事，金坚范在电话里告诉了我。这是一条叫我吃惊的新闻。我对金坚范说：“完全不可信。”金坚范说，张僖讲这件事的时候，作协的柴鸿逵也在旁边，可以作证。

金坚范把事情的经过及张僖说的话作了如下记录：

> 2002年10月14日下午，我去协和医院看望张僖同志，在医院门口碰到柴鸿逵同志，所以两人一块上楼探视。
>
> 有关艾青打成“右派”的事，张僖同志告诉我：

1957年"反右"时，我是中直党委委员。杨尚昆同志向我谈过，艾青划为"右派"是因为在一次理事会上，对刘少奇的话有不同意见。刘说，作家下乡深入生活，可以坐大轿车，带厨师。艾青说，深入生活就深入生活嘛，坐什么轿车，带什么厨师！

听了这段话，我问张僖同志：尚昆同志当时是中直党委书记吧？对此，张僖同志没有表示异议。

金坚范2003年5月30日追记

张僖的话，叫我大为不解，我想他为什么要在不久人世时，放了这么一炮？

张僖是中国作协的老人，他在相当长的历史时期，都是作协党、政领导人的心腹，在他心里有一本很清晰的账。

艾青逝世不久，有一天，张僖来看我，闲聊时，我想起了"反右"运动，问他，把艾青打为"右派"的是不是刘某人和张某人。

张僖说："是的。"

我对张僖说，我看了韦君宜写的回忆"反右"运动的文章，其中说到周扬在一次会议上，提出不要把艾青划为"右派"。我问张僖，属不属实？

张僖说："属实。"

张僖去世不久，我读了他写的书《只言片语》，其中也提到周扬不同意把艾青划为"右派"。

我想，张僖对金坚范说的一番话，是他病重糊涂了，还是临终吐真言，要为历史做见证人？已经被我淡忘了的往事，又重新在脑海里翻腾起来。

1958年初，中央农垦部部长王震要见艾青，那天，是郭小川陪他去的，在回来的路上，郭小川对艾青说："总有一天，我会告诉你，你是怎么给戴上'右派'帽子的。"

当时，我恨不得马上就能知道底细，埋怨艾青不该不趁机会向郭小川问个明白。

艾青很冷静地说:“你急什么,就是我弄明白了又能怎么样,还不是老百姓常说的那句话:哑巴吃黄连,有口难言。”

1964年,郭小川和贺敬之、柯岩要去新疆采风,临行前,王震嘱咐他们去石河子看看艾青。

他们来了,艾青陪着三位远方来的客人,在石河子地区转悠了几天。

我对艾青说:“这是个好机会,你问问郭小川,你是怎么给戴上‘右派’帽子的?”

艾青说:“郭小川想告诉我,他会主动地说,他不提这件事,肯定还有什么顾虑,我不能强人所难,不过我相信郭小川迟早会告诉我的。”

我说:“你在新疆,他在北京,相隔八九千里路,以后你们什么时候还能见到面?”

艾青说:“见不到了,我还可以给他写信问。”

我说:“你这是舍近求远,要是你不好意思问他,我去问他好不好?”

艾青说:“不好,你不要什么事都想出头露面,其实,我这顶‘右派’帽子,是谁送给我的礼物,我早就对你说过了,我只是想在郭小川那里得到证实,他是作协的秘书长,知道‘反右’内幕。”

1976年,“四人帮”倒台不久,郭小川在安阳突然逝世,艾青听到消息说:“郭小川这一死,就把他想告诉我的话给带走了。”

1979年初冬,周扬来到我们临时的家,他一见到艾青就说:“你的问题搞错了,我是有责任的。”

艾青马上说:“俱往矣。”

周扬走后,我问艾青:“周扬说把你打成‘右派’他有责任,其实真正整你的人是在作家协会,这笔账应该怎么算?”

艾青说:“有的人在台前,有的人在台后。这种账是算不清的,也不必去算了。我们的苦吃了,罪受了,冤案也平反了,周扬能找上门来道歉,他是在‘文化大革命’中吃了苦头,深有体会,良心受到了触动,才想起被他们整错了的人。”

他问我:“你看见没有,周扬眼里含着泪?”

我说:“看见了,我还看见你的眼里也含着泪。”

一个人眼里含的是忏悔的泪。

一个人眼里含的是受感动的泪。

艾青说:“周扬,过去一直是统治文艺界的人物,今天能当面向我承认他错了,这说明人是会改变的。”

轰轰烈烈的“反右”运动,已经过去近半个世纪了,当年,无论是整人的人,还是被整的人,活着的已经寥寥无几了。

关于艾青的“右派”帽子,时至今日说法不一,我问过当年作协的几位老干部,不知是因时间久远,人的记忆衰退,还是有别的缘故,不好实话实说,本是一台戏,各唱各的调。

常言道:冤有头,债有主。

我说,把艾青打成“右派”的是谁——

在阴间的艾青知道。

在阳间的高瑛知道。

我们家的大救星

1957年的春节，是我和艾青最难度过的一个春节。

戴上“右派”帽子，开除党籍，解除一切职务的艾青，已经是万念俱灰了。

过大年的鞭炮声不停地响着。幸福的人，越听越欢快；不幸的人，越听越悲凉。

艾青说：“我们早一点睡吧，让这个年在我们的睡梦中过去好了。”

初一，天刚亮，我们还没有起床，电话就响了。艾青说，不要去接，可能是打错了，这个时候还有谁会想到我们。

电话还是在响。我接了：“你是哪一位？”

“希望诗人不要感到孤独，千万读者就在他的身旁。”对方把电话放下了。这样的电话，我接了好几次。

“请转告诗人，现在是乌云密布的时候，诗人歌颂的那轮太阳，总有一天会升起来的。”

“艾青是我们心中的一颗恒星。”

“人民的诗人，人民永远热爱他。”

打来电话的人，都没留下姓名，但是其中有一个声音，我是熟悉的，我知道他是谁。

我把在电话里听到的话都告诉了艾青。他说：“这些人胆子太大，要是被人知道了，灾难一定要落到他们头上！”

传说，北京一个“右派分子”都不留。

我们正在等待发落的时候，听到一个消息，说有位将军向中央要艾青。

无风不起浪。艾青猜测，这位将军一定是王震，只有他才有胆量要“右派”。

不久，郭小川到家里来了，说王震要见艾青，他陪着去了。

王震一见艾青就说：“我知道你是拥护党和毛主席的。”艾青听了，心里震动了一下，他想，这不是和反对我的人唱反调吗？

“你离开文化圈子吧，换换环境。1954年我在铁道兵团的时候，叫你到我那里，你没有；1956年我去大兴安岭视察时，我站在大兴安岭上，观望着茫茫的大森林就想，要是艾青到这里来，一定会写出好诗。”

这时，王震走到墙上挂的地图前，用手点了几个地方给艾青看，说：“这一带就是北大荒，中央军委指示，十万

付金陵、玲玲、艾青、高剑、艾丹、李英群合影

转业军人到那里去，向地球开战，北大荒将发生翻天覆地的变化，北大荒欢迎你去。”

艾青说：“现在这个时候，有人收留我，是我的幸运。”

王震说：“八五二农场给我盖了个小木屋，可以给你住。一两天，我去你家，给你爱人做做思想工作，叫她带上孩子和你一道去。”

王震说来真的来了。他来的时候，我们正在吃中午饭，他看看餐桌上的菜说：“老艾，你的伙食比我的好。”他问和我们坐在一起吃饭的两个保姆：“你们都是哪里人？”保姆说：“我们都是湖南人。”王震说：“我们是同乡啊，你们也去北大荒吧。”保姆说：“我们吃不惯高粱和玉米。”王震说：“你们上哪儿还能找到这样好的主人，同吃同住，平等相处。”

王震对我说：“我是来动员你去北大荒的。”

我说：“我不用动员，我是志愿兵，就是你不同意我去，我也要向你申请去。”

王震对艾青说：“老艾，你这个小爱人，性格很爽快，我对她估计错了。”

那一天，王震看了艾青收藏的画，还看了毛主席、周总理给艾青写的信，他叫艾青要好好保存。当他看到书架上的一些书时说：“老艾，北大荒也需要文化，你把这些书都带去好了。”

王震走了，艾青的精神振奋起来了，他对我说：“十万大军开往北大荒，那里一定会热闹起来了。”

4月，王震想叫艾青和他先去北大荒。艾青对他说：“我有个小孩不满周岁，我怕高瑛路上照顾不了，我们分路走吧。”

我们一家人，是乘转业军人的专列离开北京的。

王震捷足先登，他先到了密山县。当时的密山县城，满街上都是穿着黄军装的人，没有住处，都在大街上待令出发，到被分配的地方去。

没有讲台，开来一辆大卡车，动员行军大会开始了。王震一走上去，掌声响起来。王震说：“我们没有交通工具，怎么办？我们还有两条腿，要战胜一切困难，开始新的长征。大诗人艾青也来了，他是我的朋友，他要来歌颂你们，欢不欢迎？”台下喊起来：“欢迎，欢迎！”热烈的掌声响起来了。

王震对艾青说，我每次来北大荒，都带你到各个农场走走看看。

1958年冬，那天下着雪，王震和艾青走了。我没问到哪里去，因为我知道艾青跟着王震，无论到什么地方都是很安全的。

艾青回来说，他们去了八五三农场，那里有个“右派”村，一百多名“右派分子”，都是从北京下放来的，其中有文艺界的名人，吴祖光、黄苗子、丁聪、聂绀弩、陈明都在那里：“王震叫我去看看老熟人，我没有去，就在大和镇跟一个老猎人聊天等着他。回来的路上，王震对我说，那些‘右派’的生活很艰苦，比起你们差多了，住大房子，睡大铺，像个大工棚，还说他给‘右派’村起了个名字，叫‘向左村’，问我这个名字好不好？我说太好了，这样，劳动改造的目的明确，他们都有奋斗目标了。王震听我这么说，哈哈大笑起来。”

王震住的招待所，紧挨着我们家，他每次从外边回来，我们家是必经之路。那天他和艾青从八五三农场回来，走到我们家门口对我说：“我把老艾还给你了。”又说，“明天早晨我到你们家吃稀粥。有没有咸鱼？”我说：“有，我弟弟来看我们时带来的。”他说：“好好好，我来分享分享。”

醉翁之意不在酒，王震之意不在粥。我想，他是想来和艾青聊聊。

第二天一大早王震来了。他和艾青谈了北大荒的远景，谈开发北大荒，给十万转业军人找到了用武之地。他说国家人口大幅度增长，吃粮是个大问题，要向荒原要粮，要把北大荒变成北粮仓。

王震也谈到艾青的“右派”问题，说：“我问过郭小川，是什么理由给你定的‘右派’，郭小川没有对我说清楚。”

艾青说：“在北京时，小川陪我去你家的路上说，总有一天要告诉我是怎么戴上‘右派’帽子的。如果我以后还能见到他，一定得问问划我为‘右派’的原委。我这个‘右派’当得实在莫名其妙，人家像送礼似的，送给我一顶‘右派’帽子，而我，还无权拒收，这是欲加之罪。”

王震说："生米已经做成熟饭。老艾，向前看吧，争取在一年内，给你摘掉'右派'帽子。"说到这里，他转了话题："我们已经决定，在八五二农场建示范林场。树越伐越少，这得育苗造林，我想叫你当副场长，给你一个接触群众的机会。"

艾青说："这个副场长，我还是不当的好，谁会接受'右派分子'的领导？再说我又不懂林业，我参加劳动就是了。"

王震说："你是个大诗人，当个小小的副场长，是大材小用了。你要打消顾虑，大胆地干，向工农兵学习，丢掉知识分子的多思多虑、优柔寡断。这里的领导都很信任你，也很尊敬你，李桂莲书记还向我表扬你们两口子，说你们一来到这里，就挖树根种菜，自力更生，你们在南横林子，发扬的是南泥湾开荒精神。"说到这里，他哈哈地笑起来。

艾青说："我们小小的菜园，种了七八种菜，都长得很好，自家种菜自家吃，自给自足，其乐无穷，这也是一种享受。"

未未和外甥女咪咪(2012)

王震又转了话题，他说："老艾，人的一生，都不会是一帆风顺的，什么事都不干的人，就犯不了错误；什么事都干的人，总会有干不好的地方。我这个人有一个毛病，任劳不任怨，但是有

时也得学着忍。农垦部是中央最小的部，部虽小，我还想干大事情。我不想当那样的部长：每天看看报纸，看看参考消息，看看内部电影，跳跳舞，干杯干杯，批批文件，‘所拟甚妥’。我一年之中，有半年多时间往垦区跑，从东北到西北，从北方到南方，不是去游山玩水，而是去工作。就这么干，还有人向毛主席告我的状，说我搞冒进。毛主席回答他说：‘冒进比不进好，冒进嘛，就是步子快了一些，叫他慢一点就行喽。’我的心里也是有委屈的。”

1959年夏，王震又来到八五二农场，问我们看没看见那个搞林业的姑娘？我说，她已经疯啦。王震问是怎么疯的，我说大概是失恋受了刺激。

正说这件事时，黄振荣场长来了，他说那个姑娘工作不安心，准备下放她，她病了。

王震一听发火了：“一个林业学院毕业的大学生，分配到农场工作，已经是下放到底了，还要把她往哪里放？她是国家培养出的人才，要爱护使用才对。”

王震叫人把姑娘爱的那个青年干部叫来了，说：“小伙子，那是一个多么好的天津姑娘，你为什么不爱她？”

小伙子有些紧张，默不作声，王震说：“那个姑娘正在生病。你去看看她，她是你的同志，你得有同志感情，去医院安慰安慰她吧。”

王震问艾青：“带着什么东西去看病人好？”

艾青对小伙子说：“你到树林边上，采一把花拿着去，病人都喜欢花。”

王震说：“诗人想的就是与众不同。”

来我们家的人陆续走了。艾青对王震说：“爱是不能强求的，爱与不爱，这个矛盾是很难统一起来的。”

王震唉了一声说：“先不要说爱不爱的问题，在这个时候，病人需要安抚，精神治疗要比药物治疗效果强。”

我们到了新疆两年之后，突然接到一封来自湛江的信，内附一张照片。

信中说，你们还记得我吗？请看看照片就知道了。你们离开八五二农场不久，王震部长指示农场，把我送到哈尔滨一家医院里，我在他的关爱下，很快恢复了健康，为了给我换换工作环境，把我调到湛江橡胶农场。王震部长是我的大恩人，我感激他，永远不会忘记他。你们也是关心和帮助过我的人，往事都在我的记忆中。我希望以后能再见到你们。

末尾的署名是林磊。

艾青看完信说："对人才的爱护，莫过于王震了。他又救了一条命。"

王震是个有爱心的人，但对干部的工作作风要求很严厉。有一次，他听黄场长说，发现一块地方有草木灰(腐殖土)。他说，没有肥料庄稼是长不好的，就带着人去了。走啊走啊，王震的两只脚都陷进泥里，他拔出一只脚，看了看，又闻了闻，发脾气说："你们这些蠢猪，稀泥和草木灰都分不清，幸亏今天来看了，要是真的把烂泥当成草木灰用，一年的庄稼就给毁啦！"

白天王震骂了人，到了晚上，他对艾青大谈黄振荣，说他人忠厚，能吃苦，组织纪律性强，无论叫他做什么，他都全心全意地去干，开发北大荒，建设北大荒，他是功不可没。他说："老艾，这样的优秀干部，你好好写写吧！"

1959年10月，王震又来到八五二农场。他进了我们家，看见艾青躺在床上，说："唉，老艾，你怎么瘦成这个样子了？是什么病？"

我说："这里连天下雨，粮食运不进来，大伙都在吃麦种，艾青消化不了，拉肚子，倒下了。"

王震马上叫人找来医生，给艾青看病。

王震走了不久，我们接到中央农垦部的来函，叫我们全家速回北京。

王震曾叫艾青做了五年计划，让他到全国各垦区看看，也提出去新疆的事。

艾青对我说："我们结束了北大荒的生活，可能要开始另一个垦区的生活，北京不是我们久留的地方，我们得有思想准备。”

1959年底，把孩子留在北京，我和艾青去了新疆。

王震没有忘记他对艾青的许诺，他说只要来垦区，就带着艾青到处走走看看。

1960年，当西瓜熟了的时候，王震来到新疆，艾青和我都随他去了奎屯农七师。王震走到哪里，都要看看庄稼长得怎么样。

农七师有一位兵团劳模叫马文汉，因为他的年纪大，大家都叫他马老汉。他负责种的那块条田，离农七师师部很近，他的房前有几棵参天大树。王震带着一些人来到树荫下，马老汉抱出来几个大西瓜招待贵客，刚切成一牙一牙，苍蝇就闻香而至，马老汉用手扇来扇去，王震拿起来一块就吃，说：“老艾，快享受享受。”

我悄悄地对艾青说：“苍蝇已经落上了，不要吃。”艾青瞪了我一眼，脸一沉说：“你不要太脱离群众！”

王震看到艾青向我发脾气，但不知道是为什么。他说：“老艾，马老汉这个地方好不好？你来和他做邻居吧！”

艾青只是笑了笑。

王震看艾青没有反应，回过头来问马老汉：“我们吃的这些西瓜是你种的吗？刚才路过西瓜地，我看东一个西一个，都是小西瓜。”

马老汉说：“部长啊，这得怨天，不能怨人，这里下了一场冰雹，把我种的西瓜都给毁啦！”

王震说：“这个老天爷，怎么不照顾照顾老汉。”他站了起来又说，“走，马老汉，去看看你的庄稼吧。”

一块条田六百亩。王震站在地头上望了望，就钻进了玉米地，半天才出来。他拍着马老汉的肩膀说：“你脸上的胡子刮得光光的，你地里的‘胡子’，是不是也该刮一刮？”

王震的这句话，引起大家哄堂大笑，只有马老汉笑不起来，说：“王部长的意见提得好，提得对。”

王震批评他的老部下，都是直来直去毫不客气，有时还会骂娘。但是对待职工就不同了，他常常会以开玩笑的方式提出意见。

我们随着王震，离开奎屯农七师，来到石河子农八师。

那时的石河子，是天山脚下只有几万人口的小城，远远望去，不见小城只见林，小城藏在绿荫之中。

我和艾青都爱石河子，爱她年轻充满活力，爱她整洁有序的林带，爱她的田园风光，爱听林间潺潺的流水声。这里，领导人有领导人的气魄，军垦战士有战士的风采，听听口音就知道，这儿的人都来自五湖四海。

农八师政委鱼正东诚恳地说："艾青同志，你们留在石河子吧！"

王震说："八师很欢迎你们，你们就在这里安营扎寨，作为写作基地吧。这里有你写不完的开荒造田、征服大自然的生动事迹。但是我对你有一条要求：不要写我。"

农八师的莫索湾垦区，有强大的磁力，牢牢地吸着艾青，他不放过任何机会，采访先进人物和事迹，写了几十万字的莫索湾建场史《沙漠在退却》。这本书快要完稿的时候，"文化大革命"开始了，这股汹涌澎湃的恶浪，把我们一家冲到了人间地狱。粉碎"四人帮"以后，这本书以《绿洲笔记》为名，由四川人民出版社出版了。

一场噩梦做了二十一年，没有想到还能醒过来！

1984年4月，王震以国家副主席的身份访问日本，叫艾青随他去，艾青说身体不好，没有去。

1985年4月，王震副主席访问美国，又叫艾青同去。艾青又以身体健康情况不佳的理由，没有去。

我对艾青说："随国家领导人出国访问是很荣耀的事，你为什么一次又一次放弃这种机会？"

他说："王震的行动节奏很快，今天这里，明天那里。我的腿脚不灵便，匆匆忙忙地跟着他走，一不小心摔了跤，有可能就回不来了。"

1985年新疆维吾尔自治区三十年大庆，王震又提出叫艾青和他一道参加庆典活动，艾青对我说："大庆大庆，一定去的人很多，我不想去凑热闹了。"

我责备他："老艾青啊，你真是个怪人，王老几次叫你和他同行，这样的机会是别人求之不得的，却被你一次一次地放弃了，你到底是怎么想的？你不怕王老生气吗？"

艾青笑了，说："你叫我说真话吗？那么我就告诉你吧，我是叫你给惯坏了，生活一点自理能力都没有。没有你陪着我，我哪里都不想去了。"

我相信艾青说的是实话。多少年来，我就像他的影子，跟随在他的左右。他的年龄越来越大，依赖性越来越强。记得他第一次住医院，到了晚上，我要回家，他紧紧拽住我的手说："高瑛啊，你不能走。"

我说："我得回家睡觉去，这里没有我的床。"

他说："你睡我的床，我坐在沙发上睡。"

我说："你是病人，还是我是病人？"

他说："我们俩可以轮着在床上睡。你在这里，我感觉这里就是我们的家，你走了，我就像是住在别人的家里。"

听了艾青的话，我又感动又生气。我说："老艾青，让我怎么说你才好，要是王老知道了你几次不随他外出的原因，他不发火骂你才是怪事！"

他说："骂就骂吧，你不是说过，打是亲、骂是爱吗？我知道王震心里有艾青。远的从延安说起，近的到现在，王震始终是关心我，爱护我，帮助我。他是我们家的大救星！从小的方面说，我们之间的友情人人皆知；从大的方面讲，他一生对国家的贡献是难以估量的！我本该好好写写他，但是，他在北大荒和在新疆，却给了我一个禁条：不准写他！"

1983年3月5日，王震给艾青一封信：

亲爱的老艾：

黑龙江三江平原，现在要全面开拓。我带去那些英雄的抗美援朝的战士们，开拓北大荒，这些同志们，同你还是友好的北大荒拓者，他们把你作为好友看待。这些同志，有些都有了孙子，请你写诗歌颂歌颂这些开拓的先行者。但绝莫挂上我。

此致

共产主义的敬礼!

你的老友王震

艾青看了信说:“时至今日,王震不让我写他这条禁令,还是没有解除。”

我说:“他为什么一而再地说不要你写他?”

“我想他是为了避嫌,怕别人说,他叫我到农垦区,是为了给他树碑立传。他的这种顾虑,我是可以理解的,但是,农垦事业的宏伟业绩能与他分开吗?我说不能,完全不能,他的贡献太突出了,一定会载入史册的。”

1993年3月12日,我们正在吃晚饭的时候,王老秘书李慎明打来电话,说王老逝世了。

我本不想马上告诉艾青,可是他一个劲追问是谁打来的电话。

我不得不说是李秘书从广州打来的。他问有什么事。我说王老走了。他问到哪里去了。这时我的眼泪流下来了。

艾青明白了,他叹了一声说:“我们家的大救星没有了。”停了半天又说,“对于王震,我是知恩未报啊,我今生最大的遗憾,就是没有为他写一部颂歌!”

皈依佛门

我小时候，在姨姨家读了两年书，也就是说，我在姨姨身边生活了两年。

姨姨是位很虔诚的佛教徒，家设佛堂，她每天晚上烧香拜佛，我也常跟着她磕头，就是那时候，在我幼小的心灵里已经种下了佛根。

我十岁时，随着父母离开了家乡，到了东北，从此再也没有听到诵经声。

1995年3月，我在朋友家里，认识了印安法师，我很直爽地对他说，我对佛教讲的天堂和六道轮回有疑惑，像我这样没有悟性的人，能不能入佛门？他说我的善根很深，有佛缘。

我告诉印安法师，我小的时候在家乡，有一天，姨姨带我到邻村一家大佛堂，里面人很多，有位长辈站在那里，姨姨叫我磕头，我就磕了，那个人给我起了个名字叫莲根。我问姨姨什么叫莲根。她说，就是把毒根拔掉了，再发出来的是善根。五十余年过去了，这句话至今记忆犹新。

印安法师听了之后，对我说："莲根是你的法名，那个时候你就皈依了。"我顿时明白，我与佛教早已结缘了。

印安法师来到北京，给了我与佛教续缘的机会。

我对艾青说："我想迈入佛门，你同不同意？"

他说："信仰自由嘛。"马上又说，"你要进庙里去吗？"

我说："不到庙里，是在家居士。"

他说："不进庙里就好，你要是进了庙，我就没有老婆了。"我知道他是在和我开玩笑。

我从心里感激艾青,他给了我选择信仰的自由。

1995年3月18日,我在北京东城北门仓一家佛堂里,正式皈依佛门了。我的法名是——顿瑜。

皈依之后,我开始接触佛经,反复听了净空法师讲的《无量寿经》和《地藏经》的录音。我对佛教有了初步的认识,佛经告诉我该怎么生活、怎么做人、怎么做事,怎么才能圆满人生。

艾青生命最后的几年,是我最艰难、最辛苦的几年,他患有冠心病、糖尿病、丙肝、尿潴留等等,大病小病,满身是病。后来又患了类天疱疮。而类天疱疮,一天一次要服十四片激素,才能控制病情。但艾青拒绝吃药,我用尽了各种办法,使他能百分之百地把药吃进去,多么难啊!

我每天早晨醒来,想的第一件事,就是艾青早晨吃什么,中午吃什么,晚上又吃什么。天天发愁,顿顿饭发愁。我要想他能吃的,不能吃的,他爱吃的,不爱吃的,他已经没有几颗牙了,假牙又不戴。这位多病的丈夫,真让我头疼。我得了“美尼尔”症,也不能下岗。我的辛苦,艾青都看在眼里了。

他说:“我三生有幸,找到了你这个好老婆。”

我相信他说的是肺腑之言。

他说:“你侍候我几十年了,我这辈子无法报答你,等我下一辈子给你当牛当马吧!”

我说:“我上一辈子欠你的,这一辈子是来还债的,我们俩的账清了。”

艾青问:“你真的相信有来世吗?”

我说:“我相信,佛经里说,夫妻是缘,有善缘,有恶缘,缘缘相报。我这辈子就是来给你们报恩的。”

他说:“哪有那么回事,佛教好就好在教人走正道,积德行善。”

我说:“你不是说过来世给我当牛当马吗?这么说,你是骗我啦?”

他说:“我不是骗你,我是想用当牛当马的话,表示感激你。”

我说："我们的信仰不同，你是要去见马克思，而我，是要去西方极乐世界见阿弥陀佛。等到我们夫妻缘尽了，就要分道扬镳了。"

艾青格格地笑了，可能他以为我在说傻话，说梦话。其实我说的是心里话。人生苦难多，生老病死，人人都得面对，谁都逃脱不了，再有权势也没有用，再有金钱也买不到永生。像我这样在风风雨雨中穿过大半辈子的人，有这些想法，是不足为奇的。

1996年5月10日，未未和丹丹在八宝山送父亲

未未在处理爸爸的骨灰

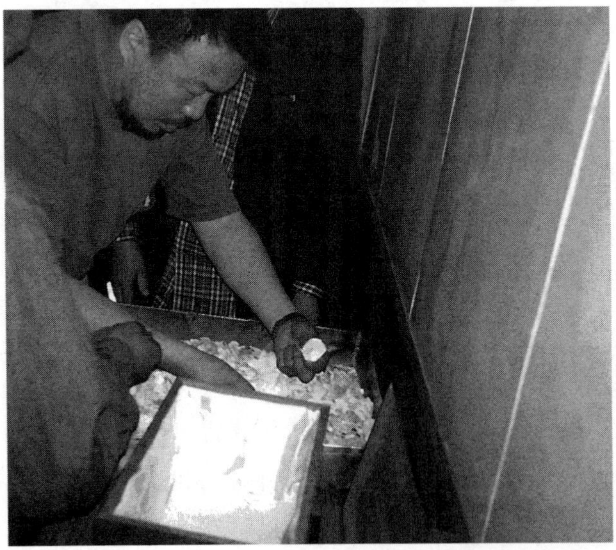

曾有人问我："下一世，你想做女人，还是想做男人？"我说："要我做皇帝的金枝玉叶，我都不想再来人间了。"

1996年3月26日，艾青突然窒息。经抢救，生命又维持了四十天。5月5日凌晨，他走了，永远地走了，他和风雨同舟四十一年的妻子缘尽了。

在八宝山送别艾青的那一天，当我看到大家忙着把艾青往火葬场送的时候，我撕心裂肺地哭喊着："艾青啊，我活够了，

你把我领走吧!”

这话,我是发自内心的。

当一个人的悲痛抑制不住的时候,会有意想不到的举动。如果那时艾青能有魔力带上我,也许我会不顾一切地追随而去。

但是,不是艾青领着我,而是我要领着艾青,朝着我要去的那个地方飞奔了……

书后语

1996年5月10日，向艾青遗体告别。

那天，我从八宝山回来的夜里，躺在床上，辗转反侧不能入睡。我起来了，走进客厅，在艾青生前坐的那张沙发上坐了下来。奇怪的感觉，艾青并没有走，他还在家里！我静静地等待着，希望他能出现在我的幻觉里。我望着墙上挂的他那张像，问："艾青啊，你在哪里？我们俩的夫妻缘，从此就真的结束了吗？"

在艾青离去的日子里，经常有朋友劝我："写一写你和艾青的过去吧！""艾青没有完成的事情，你来完成吧！""艾青不写回忆，是太大的遗憾！"……

有一天，柯岩到我这里来。她说："高瑛啊，你写吧，你快写吧，这本书，就叫《我和艾青的故事》。"

朋友们真诚的鼓励，热心的敦促，让我动心了。

每个人的一生，都有说不完、写不尽的事情。生活是一本流水的账，酸甜苦辣咸，五味俱全，包罗万象。

我思索着：写什么？怎么写？

我想起了艾青曾经给一本传记写的序中说："要尊重历史，我发现有的人居然在为自己编造历史，甚至篡改历史。这是愚蠢不明智的。假如在做人上用些精力，要比编造'辉煌'的历史更有意义。"

写小说、故事，要怎么编，就随意编；人物要怎么写，就随意写。但是，写历史回忆性文章，"真实"就是文章的灵魂。

艾青在世的时候，许多朋友建议他写回忆录。他总是说："我不是身经百战的将军，也不是倾国倾城的美女，谁愿意读平淡无奇的东西？”

我始终认为，艾青不写回忆录，那是他对过去的历史的宽容。1978年，艾青在北京治病。徐迟也从武汉来了。冯亦代对他说：“艾青在北京，你去看看他吧。”徐迟说：“‘反右’时，我当了打手，不好意思见他。”艾青知道了，对冯亦代说：“你再见到徐迟，告诉他，过去的事情，都忘了吧，这样大家都会轻松起来。”

俱往矣，就是艾青对待历史的态度。

《我和艾青》断断续续写了一年多，这是我第一次投下记忆之网打捞上来的故事。

这本书里，写了我和艾青四十一年的夫妻缘，有的故事里，难免写到想避却避不开的人和事，但愿都能以实事求是的精神面对往事。

我和艾青的故事，并没有写完，如果献给读者的这本书，能得到掌声，或许我还会写下去。

感谢帮助过我、鼓励过我的朋友们。我诚实地说，没有你们的鞭策，就没有《我和艾青》这本书的诞生！

附录　高瑛的诗

相思树下

请告诉我,告诉我,
你在那儿徘徊什么?

目光如此深沉,
像那天边的月色;

面容那么宁静,
像那空中的云朵。

为何久久不肯离去,
竟让时光在那儿消磨?

幽香一阵阵飘来,
正是相思树开花的时刻。

呵,我猜到了你的秘密,
且不要说,不要说。

1979.3
于海南台湾相思树下

纽约街头

在奇幻的霓虹灯下，
走着你和你的主人。
是去参加盛大的晚宴？
还是去欣赏繁华的夜景？

主人走到哪里，
就把你带到哪里，
你是一个宠儿，
能使主人欢心。

拴在你脖子上的
谁说是一股绳？
那是一根神经
爱的暖流在向你输送。

我羡慕你，
得到那么多的爱；
我祝福你，
有一位阔绰的主人。

你看看我，

在摩天楼下忍受饥寒，
何处是归宿？
有谁能怜悯？

你是四条腿的狗，
我是两条腿的人，
你和我的命运，
竟是天壤之分！

1980.11

自由女神

这么美的名字，
为什么偏偏送给了你？
你能赐给人们自由吗？
我怀疑，我当然怀疑。

你站在这个小岛上，
送走了一个多世纪，
承受风雨雷电的洗礼，
凝视春夏秋冬的交替。

你可曾看见，
在这举世闻名的
　大都市里，
有的人享不尽荣华富贵，

有的人却一贫如洗，
有的拥有那么多的财富，
有的连自己都不
　属于自己。

高举自由火炬的女神啊，

你能回答我吗？
在这金钱万能的世界上，
你的存在究竟有多少意义？

1980.11

给自己唱一支歌

七十岁的时候，
我为自己唱一支歌。
不是欢乐的歌，
也不是悲哀的歌，
是憋在心里几十年的话，
自己对自己诉说。

我曾经有过不幸，
度过地狱般的生活。
蒙受过诽谤诬陷，
明枪暗箭也难防难躲。
当灭顶之灾过去，
我，依然是我。

我七十岁的时候，
送给自己一份礼物，
不是美酒鲜花，
而是一本书——
《我和艾青的故事》。

它像苦辣酸甜编织的花环，

更像一面明亮的镜子，
映出了我们的不白之冤，
也映出了我们的真实生活。

2003.2.7

影　子

我把你带到人间，
没有我，就没有你。
你默默无声，
和我寸步不离。

没有光的时候，
我们就融为一体，
你就是我，
我就是你。

我有所思，
你就有所梦，
我们所祈求的，
都是在梦里。

我历尽沧桑，
穿过腥风血雨，
你厮守着我，
忠贞不渝。

谁能和我同生同死？

我的影子啊，
只有你，
也只有你。

2003.2.12

昙花一现

你高雅得难以形容
你圣洁得难以比喻
或许是由于偏爱
永驻我心的
是你啊，是你！

你从不争艳
也不炫耀
总是在月光下
悄悄地，默默地
展示着自己的亮丽！

我望着你走来
又看着你离去
来去都匆匆
就像夜空的流星
谁能留住你？

你为一现辉煌
穿过四季风雨
让钟爱你的人

不仅觉得遗憾

更是深感惋惜！

2003

伊拉克小孩

——电视新闻中看到的

一

你的头上和脸上，
血和泪一起流淌。
听你喊着妈妈，
我的心揪着痛。

你的妈妈到哪里去了，
怎么看不见她的身影？
是不是在战火中，
化成青烟消失在空中？

二

你瞪着
黑黑的
圆圆的
惊恐的眼睛

坐在那里

东张西望
好像还不明白
发生了什么事情

那冲上天的
不是节日的礼花
你看见了没有
从熊熊的烈火下
流出来的血
鲜红、鲜红……

一切都是机缘

太阳怎么诞生？
月亮怎么出现？
人类的想象翅膀，
飞了几千年。

太阳和月亮，
是大自然的机缘，
各有各的空间，
各有各的运转。

太阳有升有落，
月亮有缺有圆。
日月同辉，
给人间添了一个景点。

太阳光芒四射，
绝不是无私奉献，
月亮出现在黑夜，
也不是爱在人间。

那是人类的自作多情，

爱太阳，爱月亮，
赞颂的歌儿，
唱也唱不完……

2003.2.13

根

春天
满树繁花
花真美
美在眼里

秋天
满树金果
果真甜
甜在心里

根啊
根啊
有谁能想到
埋在泥土里的你

2003.2.26

心

我的心
是一把琴
只要真诚地拨动
就能发出悦耳的声音

为墓地一叹

挤、挤、挤
活着挤，死了还挤

在阳间
老死不相往来
到了阴间
硬凑在一起

要是积怨化解
也许能安然共处
如果死了都不宽容
那就糟糕透顶

活着，是人挤人
死了，是鬼挤鬼

2003

画一个你

——给当代哲人文怀沙先生

城东买来最好的纸
城西买来最好的笔
调好了颜色，稳住了气
要画一个你

研好了墨汁，提起笔
心里忽然没有了底
我对你实在太熟悉
可，真怕画不好你

你是奇才、鬼才、风流才
一个“才”字充实着你
无论古今中外、生与死
再深奥的学问都难不倒你

你是山，太高望不见顶
你是海，太深看不到底
你的知识太丰富太丰富
都蕴藏在飘逸的银须里

你让土的洋的拉起手
你让下里巴人站在
阳春白雪里
我眼花缭乱没主意
咳,只好放下了笔

我不甘心不画你
深夜难眠捋思绪
把各种颜色都泼在纸上
看,这斑驳陆离的
才是你,才是你

2003.8.12

求

我活得太苦
请把甜送给我一点
好叫我品品滋味

我长得太难看
请把美借给我一点
好叫人不讨厌

我实在太傻
请把聪明分给我一点
好让我少干蠢事

可是　我所遇见的人
都非常吝啬
谁都不肯施舍

不知道是我的顿悟
还是神明的点化
智慧,才是我最需要的

2004

怎么能

在镜子前面
怎么能不看看自己？

在善恶前面
怎么能不想想自己？

短　句

一

苦难
是一座无人报考的大学
但是
从那里毕业的人
都会是好样的

二

扎在泥土里的根
再深也能拔出来
扎在心里的根
是无法拔出来的

三

希望长翅膀的人
一定有远大的理想

四

说真话
很轻松
因为真话是在心窝里
说假话
很辛苦
因为要用脑子编

五

披着毛的兽
一目了然
披着人皮的兽
人们啊
可要擦亮眼睛

六

给予别人的
把它忘掉
接受别人的
要永远记牢

七

与时间赛跑
不要找错了方向

八

水往低处流
不要流进阴沟里
人往高处走
不要踩着人头

九

身体缺钙
腰杆子直不起来
精神缺钙
什么蠢事都能干出来

十

心灵发霉了
就会滋生出邪恶

十一

爱,藏在心里
要比挂在嘴上更可贵

十二

眼睛
能看见人与人的距离

却看不见心与心的距离

十三

有钱的人，
不知道钱怎么花；
无钱的人，
不知道钱怎么找。

有钱的人，
无钱的人，
都不要为了钱，
铺一条路通向地狱之门。

莲蓬自叹

我们灿烂的时候，
迎来的都是笑脸；
我们睁开了眼睛，
才知道什么是世态炎凉！

风　骨

不要像雪花那么脆弱
遇到热就融化了

不要像柳絮那么轻浮
风一吹就飘然了

要像铁
给以火，就能成钢

信　仰

有信仰的人，
心，
就像树，
根扎在泥土里，
活得明白；

无信仰的人，
心，
像柳絮，
随风飘浮，
活得茫然……

泪

泪,往心里流
是最痛苦的

泪,冲出眼窝
是很痛快的

流不出来的泪
是咸涩的

流出来的泪
也许是甜的

蝴　蝶

当我是一条虫
谁见了都要躲！

我变成了会飞的“花”
谁能不喜欢我？

我留下了你

——我给艾青做了面膜

阴阳界那道门坎
永远隔着我和你
你迈不过来
我也迈不过去

要把你化为乌有时
我留住了你
那是真实的你
是饱经风霜的你
是任何天才大师
都画不出来的你

你走八年了
也没有走出我的心
你就在我身边
我随时都能看见你

我的心里
有一个你

我的身外

还有一个你

2004.5.5

手

你的母亲
给了你一双手
我的母亲
也给了我一双手

你的手
洁白无瑕
像能工巧匠
雕塑的艺术品

我的手
像老树枯枝
膨胀的血管
像盘踞着几条蚯蚓

手和手
竟然如此不同
你的手美得令人惊叹
我的手丑得引人遐思

幸福的人生

苦难的人生
都写在手上
看看就能读懂

2004.7

题艾青画兰

他用写诗的笔，
画了一株你。

不知是他喜欢你，
才画了你；

还是他画了你
才喜欢你。

画你的人已经仙逝，
可，他留下了你。

你的花儿开在纸上，
我怎么闻到了香气！

2004.7.30

思念紫群

遥望夜空
我想念紫群

传说,地上少一个好人
天上,就会多一颗星
我在星海里
找啊,找紫群

有一颗星好像是她
但,有些朦胧
有一颗星很亮
可,她不是新星

在北斗星的旁边
我发现有一颗小星
她向我一闪一闪
也许那就是紫群

当我思念她的时侯
就会仰望仰望那颗星

灵　魂

灵魂是什么？
什么是灵魂？

无味也无声，
无色也无形。

它藏在哪里？
摸不着看不清。

高尚的灵魂，
丑恶的灵魂，

附到人体上，
才能显露原形。

2005

爱 情

这两个字
人人想拥有
谁都能品尝出
自己的味道

这两个字
有时像魔鬼
会把人折腾得
死去活来

这两个字
有时像精灵
会让人悠悠忽忽
进入了天境

这两个字很圣洁
不要和它耍花招
这两个字很严肃
不要和它捉迷藏

这两个字本无价

打上标签就变成商品
这两个字要奉献
风雨同舟也幸福

2005

白 云 山

静静地听,静静地听
风声,音乐声
细细地看,细细地看
美,都在绿色中

天,很低很低
月,很近很近
星星在枝叶间闪烁
鸟儿啼啭不停

白云山啊
太迷恋人
我是一个过客
多想是归人!

2005.3.5
于广州

家

我的小院
方方正正
像一幅立体画
镶嵌在城市中

院外车水马龙
院内格外清静
花有香
树有荫

鸽群在上空盘旋
忽高忽低
时现时隐
发出悠扬的哨声

坐在小院里
白天,看多姿的云
夜晚,看月亮星星
感觉生活在画中

2005.4

大 理 石

每一片石上
都是美丽的风景
静,似乎在动
动,却默然无声

重峦叠嶂
摇曳的树林
潺潺的流水
飘浮的彩云

带着灵性
走进永恒
自然的美啊
都藏在大理石中

2005.5
于云南大理

在 海 上

向上看，
天，海一样地蓝
白云像浪花；

向下看，
海，天一样地蓝，
浪花像白云。

顿时迷惑了，
我是在海上？
还是在天上？

思　念

——写在玉兰花开的时候

艾青，我要告诉你
院中的玉兰树又开花了

这是你最喜欢的花
因你，我更加爱护她

我无法留住你
却守住了玉兰花

漫长的十年消逝
花，越开越繁华

阴阳界相距不知多远
也许只是一步之差

在玉兰花开的三月
你踏着月光回家吧

看看不尽思念的我

也看看盛开的玉兰花

2006.3.27

艾青诞生日

林间歌手

你们的歌，
是自编自唱的歌。
独唱，合唱
都充满了祥和。

树林是你们的天堂，
要飞舞，就飞舞，
要唱歌，就唱歌，
生活多么怡然自得。

都说鸟语难以破译，
可是我在林间漫步，
为什么心情
是这么快活？

2007.4.10
于无锡太湖宾馆

白 天 鹅

像无数天使
在天水间表演

忽起、忽落
忽近、忽远
忽高、忽低
忽隐、忽现

水中游弋
空中盘旋

在水里游
比浪花更美
在空中飞
比彩云更迷人

在东营观天鹅

地震中的孩子

妈妈,妈妈
那天,好可怕
地,突然摇晃起来
把村子里的房子
还有我们的家
都给摇晃没了

吓得我直哭
到处寻找你
没有人告诉我
你去哪里了

我在想你的时候
画了一幅画
我们的旧房子倒塌了
就画了一个新的家

宽敞的院子里
树上的小鸟在唱歌
有绿绿的草
有红红的花

鸡妈妈领着
一群鸡娃娃
门口那只小黄狗
在给我们看着家

我画的这幅画
就是我们新的家
你回来吧
快回来吧
我在等着你
妈妈,妈妈……

2008.5

给我一个梦吧

斗转星移十四年
艾青,你在哪里
苦苦思念,无处寻觅
总是自己问自己

白天,我坐着你的沙发
夜里,我睡在你的床上
处处没有你
又处处都有你

要是你还活着
那该多么好
我会像影子似的
围着你转来转去

如今,我们俩
天各一方
你看不见我
我也看不见你

给我一个梦吧

让我们相逢在梦里
我对你，说说我
你对我，说说你

2010.3

我的柯岩大姐

你，真的走了
我实在舍不得你

你八十二岁的人生征途
有坎坷，也有风风雨雨
你说过，“宠辱不惊”
我说，你的生命句号画得圆圆的

许许多多的往事
让我一幕一幕地回忆

周恩来离开了人间
你声声地呼唤
《周总理，你在哪里》
我知道，他就活在你的心里

你是孩子们喜欢的
《“小迷糊”阿姨》
那些真诚动人的儿诗
沁入孩子们幼小的心灵里

你让困惑迷茫的人
找到了努力奋斗的方向
你让误入歧途的人
有了新生的勇气

《寻找回来的世界》
震撼着人们的心
对于青少年的成长
人人都要奉献爱心

《癌症≠死亡》
给患者注入了兴奋剂
对病魔积极抗争
对生命绝不放弃

你是雪里送炭的人
哪里渴求关爱
你就把真诚
送到了哪里

多少年来,重病缠身
你舍不得放下笔
那道生死关
你一次又一次闯了过去

你累垮了
是在战场上倒下去的
你的精彩人生
都蕴藏在厚厚的“十卷集”里

而今,你远去了
但是,你留下的作品
像闪闪发亮的星星
在那历史的长河里……

2011.12.18

我和艾青